王弥宗 著

U0723567

大江浮日月

时代文艺出版社

图书在版编目（CIP）数据

大江浮日月 / 王弥宗著. -- 长春 : 时代文艺出版
社, 2021.6（2021.9重印）
　ISBN 978-7-5387-6671-4

　Ⅰ.①大… Ⅱ.①王… Ⅲ.①长篇小说－中国－当代
Ⅳ.①I247.5

　　中国版本图书馆CIP数据核字(2021)第072821号

大江浮日月
DAJIANG FU RIYUE

王弥宗　著

出 品 人：陈　琛
责任编辑：刘　兮
特约编辑：魏宇轩
装帧设计：陈　阳
排版制作：隋淑凤

出版发行：时代文艺出版社
地　　址：长春市福祉大路5788号　龙腾国际大厦A座15层　（130118）
电　　话：0431-81629751（总编办）　　0431-81629755（发行部）
网　　址：weibo.com/tlapress（官方微博）　　sdwyebgf.tmall.com（天猫旗舰店）
开　　本：710mm×1000mm　1/16
字　　数：233千字
印　　张：16.5
印　　刷：保定市铭泰达印刷有限公司
版　　次：2021年6月第1版
印　　次：2021年9月第2次印刷
定　　价：49.00元

图书如有印装错误　请寄回印厂调换

▲ 位于吉林市船营区德胜路47号的王百川居宅旧址

▲ 建设之中的吉林大桥（摄于1938年）

▲ 即将拆除的吉林大桥老桥（右）和已经竣工的新桥（摄于2020年）

引　子

　　一八九四年七月，中日甲午战争爆发。一八九五年，战败的清政府与日本政府签订了《马关条约》，中国被迫割让辽东半岛、澎湖列岛、台湾岛及其附属岛屿给日本，并赔偿白银两亿两。一九〇〇年，义和团运动在中国北方部分地区达到顶峰，时年六月，清政府向英、美、法、德、意、日、俄等十一国同时"宣战"，但仅仅两个月后，清政府战败，八国联军占领了北京的紫禁城。次年，清政府与十一个国家签订了《辛丑条约》，条约规定，中国向这些参战国赔偿白银四亿五千万两，分三十九年付清。

　　五年之内，连遭两次巨额赔款打击，清政府的财政近乎崩溃，国库空虚。

　　一九〇三年的一天，朝廷派来的几十辆马车乘着夜色，在近百名军士的护卫下，悄然从吉林市一处民居的青砖门楼前离开。身着便装的吉林将军郭布罗·长顺，步履沉重地从大门里走出来，回转身对搀扶着他的中年男子说："我今天奉慈禧皇太后圣命，来跟你王百川借银子，实属朝廷的不得已，本将军亦觉脸上无光。都称有借有还，但是今天借走的这些银两什么时候归还，如何归还，尚不可知。国运不济，理解吧。"男子赶紧说："能为国家出力，是草民的福分，求之不得，何谈归还二字，连那个念头都不敢有。将军大人能为此事屈尊，亲临寒舍，已是草民我天大造化，诚惶诚恐。日后还要仰仗朝廷和大人恩泽。"长顺将军缓步走下台阶，在绿呢官轿前止住脚步，转身拉住正要跪送他的王百川，感叹道："国弱遭人欺呀！老夫今年已然六十有五，多年征战，疾病缠身，自觉时日无多。眼看大清日渐衰落，虽有不甘，但心有余而力不足，日后强国还靠你们这些后起之秀。好自为之吧。"

看着长顺将军的官轿跟着马车队在夜色中远去，王百川百感交集。以前他曾经听说过朝廷跟吉林首富牛子厚借七十万两白银的传闻，他还将信将疑，难道国家真的拮据到了需要向民间拆借银两的地步？今天长顺将军亲自登门，让他不仅相信了传言，更真切感受到了覆巢无完卵的道理。

几年前，王百川从奉天来到吉林，虽然地陌人生，但凭借他丰富的从商经验和忠厚的处世为人，生意做得如火如荼。他把多年在奉天从事金银造币业积累的资本投向实体经济，在吉林城的牛马行、河南街、临江门等商贸繁华地段开设了酿酒、制革、绸缎庄、粮米加工等多家商铺。在吉林城站稳脚跟之后，他又在长春开设钱庄和当铺。经过几年经营，其资本实力虽然比不上吉林首富牛子厚，但已经可以望其项背。而此时此刻，踌躇满志的王百川，在越来越沉的夜色中，却感受到从未有过的失落和迷茫，还有瞬间失去巨额银钱积蓄的痛。吉林距京城千里之遥，他看不见战场上的血肉横飞和侵华洋人的野蛮残暴，但看得见在吉林的金融市场上，本省钱号所发行的官帖被沙俄羌帖和日本金票冲击得七零八落的惨状，与八国列强刀尖上的同胞滴血无二。

王百川的心真的痛了。"商者，国为先，己为后。"他必须为国家的强大尽一己之力。

半年之后，王百川关闭了名下的钱庄和当铺，将这部分资产注入吉林永衡官帖局，一个有权发行地方钱币，直接与外资银行较量的地方。

一

　　"中华民国十年六月十日"，吉林永衡官银钱号长春分号经理王富海在辞职公函上落下最后一笔。他习惯性地把未干的墨迹轻轻地用嘴吹了吹，将手中的毛笔洗干净，挂在红木笔架上，然后仔细地在公函上钤印。篆体的"王富海印"四个字跃然纸上，朱红色的印泥散发出芳香的味道，这种味道能激发他的自信心。除非用于公务，王富海这个名字很少被人提及，在吉林省的地面上，人们更熟知的名字是王百川。"百川"是王富海的表字。

　　王百川起身走出屋外，站在廊檐下，右手轻捋上唇的八字胡须，昂首向天。他中等身材，方脸浓眉，鼻直口方，眼睛不大但炯炯有神，头上的白发多于黑发，与他四十六岁的年龄很不相称。天空湛蓝湛蓝的，飘动着长长的几丝白云，阳光刺目，令他顿生惆怅。

　　去年，华北地区的直隶、山东、山西、河南、陕西五省发生历史上罕见的大旱灾，受灾人口数千万，大批灾民蜂拥至东北。而今年东北也遇春旱，节气过了芒种，仍然未见有效降雨，秋后粮食歉收已成定局。俗语说："牛马年，好种田，最怕鸡猴这二年。"今年恰逢鸡年，开年便遇大旱，正应了俗语。

　　在金融商海多年的摸爬滚打，迫使王百川必须时时关心政局、民情和市场的风风雨雨。去年的直皖战争后，"东北王"张作霖如愿入主北京，与直系的曹锟共同把持了北洋政府，但是民众都清楚，一山难容二虎，战乱远远没有结束，直奉之间必有一战。如今又遇天灾，市面上货币贬值，粮价飞涨，人心惶惶，达官富豪纷纷抢兑囤积金银，市场一片混乱。正当乱世之时，王百川昨天接到提拔他的通知，聘请他就任吉林永衡官银钱号总经理一职，待他把刚才写好的这份辞去现职的公函呈递上去，获批复之后，就要赴吉林市上任。职务升迁本来是件好事，能够更好地实现他的人生抱负，但是祸兮福所倚，福兮祸所伏，王百川不知道此次升迁带给他的是大福还是大祸。

王百川的忧虑与忐忑不无道理，他即将赴任的职务太特殊了。

吉林永衡官银钱号的历史可以追溯到清朝末年。

一九〇四年，清政府为了尽快摆脱"庚子赔款"之后国库空虚的窘境，决定成立户部银行并推行纸币政策，发行国家银行钞票，同时允许各省成立官银钱号，自行发行纸币。一九〇九年，就是王百川入股吉林永衡官帖局的六年之后，在东三省总督徐世昌和吉林巡抚陈昭常的全力推动下，经朝廷批准，合并了原来的吉林永衡官钱局和吉林永衡官帖局，剥离其中的私人股份，成立完全官办的吉林永衡官银钱号，其主要职能是控制圜法 [①]、发行纸币、代理省库。这三大职能非同小可。

第一项为控制圜法，就是在吉林地方政府的领导下，施行统一的货币制度，以打击私币，抵制外币。吉林省内没有银矿和铜矿，所需银两和铜钱主要依靠从关内输入，数量有限。随着商贸活动日渐活跃，市场现钱奇缺，造成了民间私帖横行，加之外币乘虚而入，沙俄银行的"羌帖"和日本银行的"金票"充斥市场，必须有强大的本土货币与之抗衡。

第二项为发行纸币。吉林永衡官银钱号发行的"永衡官帖"和"吉大洋""吉小洋""铜元票"，是省内通行的货币，上自官俸税入，下至民间自用，无不赖之周转。

① 圜法：货币制度。

第三项为代理省库。作为吉林地方的中央银行，吉林永衡官银钱号俨然就是官府的钱袋子，政府所有的行政费用和军费支出，皆由钱号出纳；各地的税赋收入，皆由钱号保管；政府的财政亏空，亦由钱号负责垫支。

除以上三大职能以外，永衡官银钱号的营业范围还有汇兑款项、经理存款、发放贷款、兑换货币、买卖金银等，可谓上达官府，下至黎民，无不牵绊。除此之外，吉林永衡官银钱号还有附属业数十家，其字号皆冠以"永衡"二字，如经营粮栈的永衡通、永衡达、永衡谦，经营典当业的永衡昌、永衡发、永衡泰、永衡裕、永衡德、永衡和、永衡厚，经营杂货的永衡茂、永衡升、永衡成，经营酿酒烧锅的永衡兴、永衡东，经营估衣的永衡长，还有永衡印书局和永衡电灯厂等。这些冠以"永衡"的附属业不仅在吉林城的翠花胡同、西关、北大街、桥头街等繁华商贸街区醒目矗立，还沿着北满铁路、南满铁路、吉长铁路广泛布局。如此庞大的"永衡王国"，其钱号总经理职位的责任之重可想而知。

文书股的小齐从办公室走出来，看见王百川在仰天沉思，便问："经理，今天是端午节，您这遥望南天，准备吟诗作赋？"

"哪有那种闲情逸致，我是在盼雨呀，再不下场透雨，庄稼种不下去，今年真要绝收了。农民没有收成，咱们永衡官银钱号几家粮栈的生意也难做。"

吉林是粮食生产大省，粮食生意是吉林永衡官银钱号的主要收入之一，举足轻重。

文书小齐也皱着眉头往天上瞅了瞅，他的脑海中，浮现出近来每天都发生的民众抢购粮食的景象。粮食一天一个价，民众恐慌不已。

小齐的名字叫齐明科，去年秋天才从日本留学回来。王百川看他人聪明，勤快能干，又有金融专业的学习背景，很喜欢，便把他安排到文书职位上，平时跟着自己，有意栽培他。王百川对小齐说："办公桌上有我刚写好的辞呈，你用公函信封装好，赶紧递上去。"

"您决定接受聘请赴任了？这几年咱吉林永衡官银钱号发行的官帖像坐滑梯一般嗖嗖地贬值，老百姓臭骂，上头也对咱钱号十二分不满意，谁不知道这都是上头那些昏官军阀们胡作非为造成的？我听说前任总经理就是受不了这份夹板气才离职的，难道您就不担心也成了替罪羊？"

"少要妄言，做好你自己的事。"王百川心里清楚小齐是为自己的前程担心，但他还是阻止小齐继续讲下去，年轻人的冲动和率真暴露了他们的不成熟，往往会由此受到伤害。小齐吐一下舌头，转身进经理办公室去了。

前任总经理是主动辞职还是被迫走人，王百川并不清楚，但钱号连续三年经营亏损却是尽人皆知，现时已进入六月，上半年的经营形势依然不乐观。他还听说，前任总经理已经举家离开吉林城，这条消息更令他担心。官场险恶、昏暗、不净，早已是不争的事实，处于各方利益争斗旋涡中心的钱号总经理，其处境更是难以言表。

小齐手里拿着一只中号的牛皮纸信封快步走出经理办公室，对王百川说："经理，刚刚总号打来电话，说刘总办请您后天上午之前，务必赶到省公署财政厅长办公室，有要事相商。"

"既然如此，这份辞职公函就不用寄了，后天直接面交刘总办，免得层层转送耽搁时间。你马上去火车站，买两张明天下午到吉林的火车票，你跟我一起去。"

"好。我就去办。"

王百川从刚才小齐接到的电话中，明显感觉到了上面希望自己尽快赴任的气息。

官银钱号的上层管理者是督办、总办、帮办，其中督办一职由省财政厅长兼任，总办和帮办两个职位由省长直接指派，总经理则由督办与总办协商遴选聘任后报省公署备案。近几年东北政局纷乱，钱号的督办总办更迭频繁，时下的财政厅长兼督办姓丁，总办姓刘，帮办姓赵。刚才电话通知让王百川后天上午直接到财政厅长办公室，那就是丁督办要正式面谈，他必须做好即刻上任的准备。都说军中不可一日无帅，关系到全省经济命脉的永衡官银钱号总经理空缺，自然是一件很麻烦的事情。督办总办帮办都属于政府官员，虽然不参与钱号的日常经营管理，但是钱号累年亏损不见转机，也都难辞其咎，不仅直接影响个人前程，规定每半年一次的钱号盈利分红，他们也都拿不到，这个损失更大，不能不急。

省公署位于吉林市江沿街。江沿街毗邻流经吉林城的松花江，街面宽阔，铺着沙石，街边种植着粗大的杨树。从江对岸看过来，省公署数百间青砖砌筑的房屋呈黑压压一片，显得宏大而森严。省公署大门两侧，各摆放着一座近两人高的石狮子，似乎在告诫人们，官府的权威不可撼动。大门的旁边，设木质尖顶岗亭，有警察昼夜站岗把守。当王百川和文书齐明科来到省公署财政厅长办公室的时候，总办刘恒和帮办赵乾宇已经等候在那里。

财政厅长办公室占了三间房，分为里外间，外面打通的两间用于待客和秘书办公，房间里除了摆放有秘书办公桌和一只文件柜，还有六把清式红木靠背椅和茶几。秘书刚刚为刘总办和赵帮办泡好茶，王百川和小齐就进来了，王百川赶紧向总办和帮办施礼："失敬，失敬，百川来晚了，二位大人见谅。"

总办刘恒手里端着茶碗，微微点头说："不晚，我们两个也是刚刚坐下，这不是，陶秘书给我们泡的好茶还没来得及品上一口。"刘恒身宽体胖，淡眉细目，圆鼻头，厚嘴唇，说话嗓音瓮声瓮气，颇具威严。他祖籍奉天，曾经在清朝考中过举人，能谋善断，深得大帅张作霖的赏识，委派他来吉林担任永衡官银钱号的总办，比较放心。帮办赵乾宇也附和着说："就是，前后脚的事儿，快落座吧。你带来的这位是？"

"文书，齐明科，去年从日本留学回来。年轻人脑子聪明，记性好，跟着我聆听上头训示，帮着做个记录，便于日后百川行事时，不至于挂一漏万。"王百川介绍完，文书小齐恭敬地给总办和帮办施礼。赵帮办手扶珐琅框的眼镜，仔细打量着齐明科问："你姓齐，不是汉人吧？"

"对。满姓齐达呼氏，正蓝旗。"

听见齐明科的自我介绍，总办刘恒面无表情地多扫了小齐两眼，这一举动引起了王百川的注意。吉林的满族人多，属下职员究竟是汉族还是满族，他以前并不特别在意，赵帮办第一次跟齐明科见面就判断出他不是汉人，让王百川不得不对赵乾宇的细心有些佩服。

陶秘书给王百川和齐明科也斟上茶，王百川谢过，总办刘恒说："闲话少叙，咱们说正题吧。原本丁厅长是要面见百川并与我们共同议事的，不巧被省长临时召去开会，冲突了。不过他临行前有交代，如果百川有什么陈情和要求，陶秘书可以代为转达。"

陶秘书坐在他的两屉办公桌后面向王百川微微点头，王百川微笑回应。刘总办接着问道："百川，听乾宇说你已经同意受聘钱号总经理一职，最快什么时候能够到任哪？"王百川回答："承蒙抬爱，特聘不才百川来总号任职，本应尽快到任。我已随身带来了辞去长春分号经理的报告，呈请审批，只是尚不知由谁来接任。钱号无小事，卑职总要跟继任者交接清楚才好脱身。"王百川说完，示意文书小齐，齐明科赶紧从随身携带的皮包中取出辞呈公函，双手交给刘总办。刘恒从牛皮纸信封中抽出公函，很快地浏览一遍，转手交给帮办赵乾宇。他端起茶碗喝了一口，问："百川的心里有合适的接替人选吗？"

"我想上峰必有妥当安排，没想过。"

王百川此刻讲的是真话，分号经理职位出现空缺，不知道有多少人趋之若鹜，他不想参与到人事安排的明争暗斗之中。刘恒点点头，跟赵乾宇交换了一下眼神，赵乾宇干咳一下说："百川在长春分号经营多年，对下属的情况比我们更了解，可以提出两个人选供总号斟遴。分号经理得力，你今后管理起来也顺手省心。当然，这个职位空置的时间不宜过长，尽快补缺为好。"赵乾宇说话的时候，频繁地用力眨眼睛，好像他的思考，需要眼皮助力一样。刘恒说："这件辞呈，我下午跟丁厅长打个招呼就能批复。我的意思是百川不要等，即刻就任。还有十几天就到月底，不论接替你的人何时到位，上半年长春分号盈亏的责任还是要算在你的头上，跑不了。从现在开始，你就要专心琢磨怎么把总号的事情打理好。总号已然连续亏损三年，今年前几个月的情况也不乐观，再这么下去，不得了哇。"

"是啊，上个月又有官员联名向省长上书，告咱们的状，严词质问为何久亏无改。真是不当家不知柴米贵，不养活孩子不知道肚子疼。"赵帮办愤愤地插话，他的脸本来就很长，现在拉得更长了。

刘总办摆手拦住赵帮办的话："人家告咱们也是有道理的，谁让钱号的账面上年年赤字呢？当然，发生亏损的原因很复杂，既有军费和政府预算的连年大幅增长，税收跟不上，财政入不敷出，补充以前年度亏空的压力越来越大，更有钱号内部管理混乱，冗员过多。有的分号不务正业，热衷于投机倒把，买空卖空；有的涂改账目，虚盈实亏，分红套利，中饱私囊；甚至还有分号经理卷款外逃。情形之紊乱，已是尽人皆知。想你百川系业内之人，应当对个中弊端了如指掌。可喜的是，混乱之中也有例外，比如你经营的长春分号管理有序，持续盈利，难能可贵，这也是之所以选聘你来总号担纲的重要缘由之一。"

"在下也因此遭到不少非议。"王百川苦笑着说。

"区区微言，不足为忧。白水鉴心，自有公论。对那些市井流言，百川尽可充耳不闻，任性前行。鉴于目前钱号运转困难，经省长批准，总号已经采取了几项整顿措施，其一是停印官帖，减少官帖发行量；其二是裁减钱号冗员，缩减成本开支；其三是控制政府部分行政费用。现在这三项措施均已实施。官帖自上个月起已经停印，号内雇员业已裁去一成半，给各报馆和学校的补助费也都停发了。这些举措，为你就任总经理之后改善经营状况做好了铺垫，就等着你大展身手。"

刘恒讲到的几条措施，王百川早就知道，他认为这几条都是治标不治本的权宜之计。近几年军费开支日甚，而税收增长有限，维系钱号生存只能依靠增发钱币，停印官帖等于自断血脉，不可能持久。所谓的号内裁员，也是做样子给人看，各分号经理乐得有机会剔除异己，再募新人。但这些想法只能存在心里，表面上仍要做出赞同的样子，便不时地点头，加以回应。

刘恒咳嗽一声，清了清嗓子，接着说："总经理的聘任合同，有赵帮办代表我与你协商签订，你还有什么要求尽可畅言，本总办在此品茶恭听，酌情定夺。"

王百川微微欠身，思索片刻说："能够有机会担任永衡官银钱号总经理一职，是督办总办帮办三位大人和钱号董事会对我的信任和恩惠，百川诚惶诚恐，定当全力尽责，不负厚望。作为官办钱号，我们有权发行钱币，可自办贷款，有数十家自营商铺和工厂，又垄断了省内粮食市场，可谓优势占尽，绝无经营亏损的半点道理。如果我们永衡系都亏损，民间的商铺和作坊又如何生存下去？故依我拙见，凡分号发生亏损者，必有内贼作祟，而内贼之所以成势，与查办不力、罚处不严有关。所以我建议从整肃内部入手，清查账目，稽查内贼，重罚违法谋私，封断雇员贪腐之念，提倡敬业负责之心，如此重锤打他几个，钱号年内扭亏有望。为此，我仅向总办和帮办二位大人提出一条要求，就是在实施整肃过程中，给百川以鼎力支持，让我无后顾之忧。"

"答应你了！"总办刘恒一拍座椅扶手，大声回应道，"总号就缺铁腕之人。给我放开了查，一旦抓出贪腐渎职之人，即报我知，不管谁来讲情干预阻滞，一概由本总办顶着，所需人手，尽可从总号内部各股选用。"

"这回放心了吧？"帮办赵乾宇随声附和道。

"提前谢过。"王百川站起身，向总办和帮办抱拳施礼。他注意到，赵帮办的话语里，并没有明确表示愿意挺身相助的意思，隐含了赵乾宇的油滑。

总办刘恒掏出白丝绸手绢擦脸，轻松地说："正事谈完了，赵帮办已经在老白肉馆订了座位给你接风，我还有事，不参加了，乾宇替我多敬百川几杯。"

"那是自然。百川的酒量赵某领教过多次，甘拜下风。"

"赵帮办自谦了，在您二位大人面前，百川不敢造次。"

说话间，丁厅长办公桌上的电话机响了，陶秘书赶紧到里间屋接听电话，王百川隐约听见陶秘书不停地跟通话的对方低声下气好言解释，而对方好似始终不依不饶。电话打了十几分钟，陶秘书出来，脸色很难看，刘总办问："怎么了，谁来的电话？"

"吉林边防军司令、吉林长官公署参谋长熙洽打来的，找丁厅长催要追加的军费。他说已经派副官找过您几次，您一直推说钱号总经理还没到位，拖着没办，这才把电话打到这儿来。他说若再不拨款，就要到奉天，找张大帅告状去。"

王百川悄声问赵帮办："需要多少钱？"赵乾宇无奈地伸出右手张开手掌："五百万吉大洋。哪儿有哇？"

刘恒站起身，边向外走边说："熙司令要是再来电话，你就告诉他，直接去找新任总经理王百川。"

二

　　得知王百川回到吉林城就任永衡官银钱号总经理，王家的大掌柜夏殿臣喜上眉梢。夏殿臣是王百川夫人梁氏的表哥，表妹夫升迁，不仅他觉着脸上有光，肩上的担子似乎瞬间减轻许多。

　　王百川在入官银钱号任职之前，就已经在吉林城里开有当铺、烧锅、制革、皮货绸缎庄、粮米加工厂等几处商铺作坊，各处买卖皆以"佰"字号命名，如"佰德昌""佰德茂"等，生意红火，资产雄厚，是吉林城里有名的富商。依据吉林永衡官银钱号章程规定，总号或分号经理在任职期间不得兼营他项职业，王百川自从被聘为永衡官银钱号长春分号经理之后，家里的产业就不便亲自打理，全权交由夏殿臣负责。之所以选择夏殿臣，一来敬重他人品好，忠厚坦诚，做事专一，且有多年从商经验，曾经在老家四平街开杂货铺；二来是夫人梁氏跟夏殿臣有表亲关系，属于自家人，有事便于互相商量。长春距吉林城二百四十里，坐火车要四个多小时，来往不便，加之职务拖累，王百川平时很少回吉林城，偶尔回来一趟，对生意上的事情也少有过问。他越是放手，夏殿臣的压力就越大，不敢有丝毫马虎，他索性把老家的杂货铺盘出去，举家从四平街搬来吉林。王百川也不亏待表哥，分给他一些股份，这样一来，夏殿臣干得更起劲，把几个商铺作坊掌柜支配得滴溜溜转。几年下来，王家的产业不仅盈利颇丰，规模也越做越大。

王百川上午在财政厅跟刘总办和赵帮办商谈接任钱号总经理的事情，中午又喝了赵帮办在老白肉馆摆下的接风酒，回到家时，天已经擦黑，夏殿臣早已坐在客厅的八仙桌前等着他，桌子上摆着四碟凉菜和一壶酒。那只酒壶是景泰蓝的，壶身嵌满莲花祥云图案，是王百川的珍爱。夏殿臣高个子，胖墩墩的身材，秃顶，圆脸，细眉细目，春夏秋三季总爱穿黑缎子马褂，头戴钉着玉翠饰的黑缎子小帽，走在大街上，老远就能认得出他。此刻，八仙桌上方吊着的电灯泡把夏殿臣的胖脸映照得亮光光的，像是抹了一层油。

夫人梁氏上前接过王百川手里的皮包，心疼地问："又跟谁喝酒，身上的酒味这么大。"

"赵帮办给我接风，又说了半天的话。在饭馆子里坐得时间长，身上染味重了些。"

"这壶酒还能喝吗？"夏殿臣问。

"一壶不够，烫两壶。各走各的，免打酒官司。"王百川爽快地回答。他脱下外衣洗过手，在表哥的对面坐卜。夏殿臣说："算了吧，你刚从酒桌上下来，当哥的不能趁火打劫。就这一壶酒，接风加祝贺，够不够的就是个意思。听说老弟你荣升，几个掌柜的都挺高兴，张罗着要摆一场酒呢，大伙儿让我问你啥时候得闲？"

"还是免了吧。总号把我从长春调回来接这个烂摊子，不知道有多少人等着看笑话，还是不张扬的好。各家掌柜要是真的有心，就把各自的作坊店铺经管好，多挣钱，比喝多少场酒都强。你还要替我给大伙儿捎个话，千万别打着我的牌子招摇生事，也别盘算着通过我从钱号争贷款，规规矩矩做生意，要比以往更谨慎，防备歹人挖坑下绊子。"

梁氏走到八仙桌旁问："这几个凉菜够不够，不够就让厨房再炒两个热的，都预备下了，你没回来，我吩咐灶上先别动火。"王百川这才往桌面上看了看，四碟凉菜分别是酱猪头肉、凉拌白菜丝、煮花生米和松花蛋，说："热菜不用炒了，煮两碗热汤面吧，三哥你说呢？"夏殿臣在家里排行老三，王百川和夫人梁氏都习惯称他为三哥。夏殿臣说："剥两棵大葱，来个酱碟子，我就得意大葱蘸酱下酒。"梁氏笑了，出去跟厨房打过招呼，回来坐在旁边的椅子上听他们二人说话。夏殿臣说："在旁人眼里，你那个总经理的位子可是个大大的肥缺，香饽饽，眼热得很呢。"

"肥缺，哪儿肥？"王百川苦笑着问。

夏殿臣边倒酒边说："揣着明白装糊涂。旁的业务不论，就是你手里批放贷款的大权就够肥实的。这些年那些靠倒腾俄国羌帖和日本金票发财的主儿，哪个不是因为有门路搞到贷款才时来运转？更别说开厂子的老板做生意的掌柜，谁家离得开贷款？除非甘心做一辈子小本生意。如今这世道，钱毛得跟吃坏了肚子似的，只见稀不见干，谁能搂到贷款，囤下货那就是个赚。你永衡官银钱号的那些附属买卖，不就是靠着近水楼台先得月，有充足的贷款撑腰眼子，才赚得盆满钵满吗？等着吧，你们两口子从今往后再没有消停日子过，见天儿迎来送往就够忙乎的。"

王百川摇摇头说："我这个总经理看着风光，实际上就是个小媳妇，上头管着我的还有帮办、会办、总办、督办，好几个婆婆，再往上头还有省长，他们都是只管发令拿钱不管干活儿，油水还不够他们分的，一旦利益摊摆不平就是祸，我今后的日子如履薄冰。"

"既然知道难，何苦还要应下这份苦差事，跟自个儿过不去？在长春分号干的这几年不是挺顺当吗？"梁氏在一旁问道。

王百川没有直接回答梁氏的问话，他跟表哥碰了杯，将满杯酒一口喝下去。烈酒刺激着他的味蕾。他紧皱眉头，闭目屏气，好一会儿才说："娘们儿家，懂个什么？"

"三哥你知道，我当年撇下家里的生意入股永衡官帖局，说好听的，是眼瞅着咱的国家日渐衰落心里着急，想为官家多出点力；论小算盘，也是被老毛子的道胜银行逼的。咱家在吉林和长春地面儿上开的钱庄，早就是道胜银行看上的肥肉，我若不找一棵大树靠着，倒闭垮台被鲸吞那就是一眨眼的事。这些年，洋毛子欺负咱真是欺负到家了，撇开我王百川跟道胜银行的恩恩怨怨不说，单讲北满铁路和南满铁路，一条是俄国人的，一条是日本人的，从北到南，死死掐着东北老百姓的脖子，让你喘不过气来。为啥咱中国人的地面儿上能容他们进来生切一刀？就是国家太弱，顶不住人家的枪炮军舰。都说东北地肥物博，可是再多的东西也架不住人家把咱地下的煤、地上的粮、山里的木头，成车成船没白没黑地往国外运，看着真心疼啊。"

悬挂在八仙桌上方的电灯泡忽闪两下，灭了。吉林城里电能不足，隔三岔五地突然停电，人们习以为常。梁氏摸索着点亮备用的煤油灯，放在八仙桌上，门房老谭拎着油瓶子在屋外敲门问道："东家，用添油不？"梁氏回答："满着呢，不用。您去帮着把孩子们那屋的灯点着，我这儿跟三哥说话呢。""哎。"老谭答应着，走了。

王百川的目光凝视着八仙桌上煤油灯微微跳动的火苗，仿佛那火苗也是他此刻的听众。他的背影投射在身后的墙上，边界模糊。

"进钱号的这些年，我看得越来越清楚，咱的国家为啥穷，为啥弱？根子就在人心不齐，从上至下，无不把利字顶在脑门子上。逐利乃人之本性，百姓商人逐利，无可厚非，如果官员的逐利之心太盛，失去尺度，不顾国家利益与黎民水火，贪得无厌，那就什么丑事蠢事恶事都干得出来。"

夏殿臣点头赞许，说："世风日下，人心不古哇。如今的为官为商之人，哪个不是瞪着眼珠子瞅别人碗里的那块肥肉？上到张作霖张大帅，为了夺得北京大位，率领着奉军没完没了地跟关里的段祺瑞吴佩孚打过来打过去，拼得血肉横飞你死我活。听说咱吉林边防军司令熙洽，一心巴望着当省长，这回又没当上，耿耿于怀，对新任省长孙烈臣是七个不服八个不忿，有机会就撤梯子使绊子。小到咱吉林城街面儿上，老饭馆子同和居看它对过儿新开的周家肉馆生意红火，硬是使阴招，不到一个月就把周家肉馆给搅黄了。"

"斗来斗去，结果往往是两败俱伤，或者是鹬蚌相争，渔翁得利。你我置身商海，不可能独善其身。我在钱号任职，唯一可为的，是尽我所能，凭良心做事，毕竟钱号的生意一头连着官府，一头连着百姓，非同小可。"

夏殿臣把杯子里的酒干了，又满上，抓几颗花生米，丢到嘴里慢慢嚼着，说："不管怎么说，你升官总是好事，省长的眼里有你了，前程无量。"

"世道不稳，省长的前程他自己都做不了主，我的前程更是一片混沌。不过，我十一岁在奉天千山入寺为僧，十五岁还俗，学佛的几年，明白了人生有七苦，且无常，谁也不能摆脱生命、生活、生存、生死这八个字，但是人生道路可以大不相同。佛教还告诉我，世上一切形色事物皆由因缘和合而起，当机会来临，就要牢牢抓住。如今既然有人为我搭好梯子，为什么不能借势往高处爬一爬？"

"你的意思是说，聘你当钱号总经理也是一种缘？"

"正是。"王百川肯定地说，"三哥你想，咱吉林永衡官银钱号有分号近二十家，附属业的厂子和店铺买卖几十处，那么多分号经理和厂长商铺掌柜，其中比我有学问有资历的能人不少，我跟上头的督办总办帮办非亲非故，官府和军队里更没有大官后台，凭什么偏偏选我当总经理？"

"督办和总办没跟你透透？"夏殿臣反问道。

"说了几句。摆在桌面上的有两条：一是说我入行多年，钱号业务精熟；二是经营有方，大多数分号亏损，而长春分号连年盈利。其实我心里清楚，他们还有一条更重要的考虑，就是咱家也开着多处买卖，资金实力在吉林城里屈指可数。有偌大家业拖着腿，不必担心我像个别魉魉小人一般，贪污之后卷款跑路。最近三五年，已经有六七个分号经理，挪公款用于私人搞倒买倒卖，发生巨额亏空之后卷款外逃。这类丑事，绝对不能发生在钱号总经理的身上，否则总办和督办难脱用人不当之责。"

夏殿臣对王百川的分析表示认同，说："若论起家产实力来，你在那些分号经理中间堪称魁首，无出其右。但是话说回来，这也不见得是什么好事情，今后咱家的几处买卖倘若做得更红火，免不了被人怀疑是沾你总经理的光。"王百川坦然答道："免不了的，既来之则安之。佛家常讲：'此有则彼有，此生则彼生；此无则彼无，此灭则彼灭。因缘聚则生，因缘散则灭。'如今因缘来了，上头给我出人头地的机会，当然顺势而为。这几年来，我眼见着钱号内部一些蛀虫胡作非为而无力匡正，甚至不得不与他们沆瀣一气，忍受良心的煎熬，有悖初心。如今即便当上总经理，也不过是军阀官府高官们的走卒，无力左右大势，但毕竟手中的权力比过去大了许多，就任之后，如果能够做到有利社会之事尽力为之，遗祸民生之事酌情避之，就满足了。"

"不容易。"夏殿臣同情地说，"钱号是众目睽睽之地，人人削尖脑袋要从这口锅里多捞几勺子，个个如狼似虎，垂涎三尺。我看你后头的路，怕是刀山剑树，危机四伏，想在半道上撤你梯子的，可能早已虎视眈眈。"王百川摆了摆手，"不怕。上话说：该死该活屌朝上，哪处黄土不埋人？走一步算一步吧。"

"你也只能如此。"

两人相对苦笑，碰杯，干了。梁氏站起身说："听你们唠的这些心烦，我去厨房看看面条煮得了没有。"

工夫不大，梁氏用木方盘托着两碗面和一封信回来了，进门就说："少喝点酒，麻溜儿趁热吃面，这儿还有老谭刚刚在门上接到的帖子，牛家送来的，你们看看，送信的还在门房候着等回话呢。"夏殿臣睁大眼睛问："牛家，牛子厚送来的？我看看写的啥。"说完，抢先把方盘上的信封拿起来，抽出里面的信纸，把信中内容浏览一遍，对王百川说："牛子厚的亲笔，祝贺你荣升钱号总经理，还请你和我妹子后天到德胜门外新庆戏院看戏，《双龙会》，从京城带来的戏班子演的。去不去？"

"你跟送信的讲，感谢牛大哥盛情，后天一定过去捧场。别忘了多给送信人赏钱。"王百川吩咐梁氏道。梁氏答应着，出去了。

夏殿臣把手中的信递给王百川，说："你刚进家门，牛家的帖子跟脚就到，真快，闹不清这帖子的后头有几层意思。"王百川把信纸展开，凑到灯下又仔细看了一遍说："别想得那么复杂。子厚的年龄比我大，经商的时间比我长，虽说老毛子的羌帖贬值让牛家大伤元气，但至今还是咱吉林城的首富，尤其在扶持京剧艺术发展方面，坚持数年，大手笔投入，那种气魄和胆识无人能及，让我打心眼儿里佩服，每回见面，都是诚心实意地叫牛子厚一声大哥。"夏殿臣不禁叹了口气说："论起来，牛家也真够倒霉的，俄国一场革命，让羌帖变成废纸，那是上亿元的巨大损失啊，如果搁在旁人家，早就跳松花江了。"

王百川伸手拿起酒壶晃了晃，把里面剩余的一点酒全部倒进表哥的杯子里，又说："从私人关系上讲，人家送来请帖，那是给我一个大大的面子；从公事上来说，牛家是咱吉林城的纳税大户，是永衡官银钱号的财神爷，我理应上任之后主动去拜访牛大哥才是。所以，无论于私于公，我都应该赴约看戏。至于子厚大哥是否有其他算计，那都是以后的事情，现在就胡乱猜测，徒劳。"

"无利不起早，无本难求利，这是天条，你心里有数就好。"

兄弟二人喝光杯中酒，端起面条还没吃上几口，门房老谭和夫人梁氏慌慌张张地从外面进来了，老谭说："东家快出去看看吧，大门外头来了七八个当兵的，杵在当街上，不进来，也不走，招得街坊四邻围着看热闹。""还有这种事？"王百川和夏殿臣对视一眼，放下碗筷，跟着老谭来到大门口，果然看见有几个士兵荷枪实弹站立在大门两侧，枪刺在夜色中闪着寒光，围观的街坊们不敢凑近，三三两两在不远处张望，指指点点。王百川见状，赶紧大步跨出门外，拱手问道："几位老总，敢问哪位是班长？"其中一个当兵的过来答话："俺们几个里头没有班长，都是当兵的，请问您是哪位？"老谭代答："这是我们东家，王百川。"

"哦，您就是大名鼎鼎的王百川，怪咱眼拙，失敬了。"

"这大黑天的各位老总不辞辛苦站在我家门前，有公干？"

"您老不知，上头刚交代下来，说您如今是吉林永衡官银钱号的总经理，身价金贵，时下匪盗横行，您的身家安危事关重大，特指派俺们兄弟几个来保护府宅。虽说辛苦，没办法，谁让咱是穷当兵的呢，长官指哪儿咱就得打到哪儿。"

王百川转身看了一眼夏殿臣，夏殿臣走上前说："谢谢几位老总，还是请各位回去，跟你们的长官说，感谢上头厚爱，我们王家没有那么大的造化，实在不敢劳动军队大驾。"

"您这么说话，这嗑儿不就唠散了吗？俺们也不愿意黑灯瞎火在大街上杵着。就这么回去，不是自找挨训？"

"哪能呢，你们的长官也得体谅下头的辛苦不是？若是回去了真挨训，这几个酒钱就算是给几位老总的补偿。"夏殿臣说着，把几块大洋塞进对方的手里。

"那俺们兄弟几个暂且回去，跟长官回话，假如长官不答应，俺几个还得回来。"

几个当兵的走了，围观的街坊也纷纷散去，王百川和夏殿臣站在门前的台阶上，看着逐渐恢复平静的一切。

夜色中，大街两旁黑色的房屋，把坑坑洼洼的灰色沙土路面衬托得愈发清冷与破败，街上行人寥寥。一牙新月挂在西边天上，不时被飘荡的薄云遮挡，阵风吹过，卷扬起街面上的沙土，空气中弥漫着土腥味。夏殿臣担忧地说："莫名其妙地来了这么一伙当兵的，不是什么好兆头，也不清楚是谁派来的，意欲何为。"王百川用手掸一掸落在身上的尘土，说："还看不明白？人家这是告诉咱，不管你当多大官任什么职，都别张狂，东北的天下是有枪的说了算，姓张。"

"看来你应当再搭一架能跟张大帅说上话的梯子。"

王百川不语。

三

吉林永衡官银钱号坐落在吉林市西大街，青砖到顶的平房沿街排开，临街一面的女儿墙上，雕刻着精美的图案，尤其是钱号正门牌匾的上方，三个圆拱相连的砖刻双龙戏珠浮雕十分生动。王百川和文书齐明科坐着人力车来到钱号的时候，副总经理张文举早已经带领着钱号的几名股长在门前迎候。大家相互间都认识，省去了多余的礼节和客套。王百川驻足仰望正门上方的双龙砖雕，两条行龙仰首托举着火珠，周围有祥云和海水环绕，这些精美的装饰，应当是国运繁盛的象征和对钱号生意兴旺长久的期盼，现实的情况却大相径庭。复杂的表情浮现在王百川的脸上，让迎候他的属下难以捉摸。

大家跟随着王百川从各间办公室门前走过，房间里拨打算盘的噼啪声不绝于耳，清脆而嘈杂。

钱号总共有二百三十间房，总经理的办公室在前排房的尽头，总办刘恒和帮办赵乾宇的办公室在后院的另一排平房里。与总经理办公室相通的是一个可以容纳七八个人的小会议室，众人分别落座，王百川问："今天官帖对吉大洋的比价是多少？"副总经理张文举推一下架在鼻梁上的眼镜答道："六十二吊一百四十文，比昨天又涨了零点二。"张文举人长得白净，分头梳得整齐光亮，气度文雅，说话总是不急不缓，轻声慢语。王百川的眉头微微皱了一下，对大家说："上半年就要过去了，官帖持续贬值，钱号经营情况不好。丁厅长和刘总办已经给我定下目标，到今年年底，咱吉林永衡官银钱号必须扭亏并且实现盈利。不用我说大家也知道，这个目标不仅关系到政府层面明年能否顺利运行，与钱号每个人的利益也是息息相关。咱总号的雇员已经两年没分红了，再这么下去谁也撑不住。当务之急是借半年拢账的机会，把各分号和附属业的真实财务状况理清楚，以便采取相应的对策。办公厅立即通知各分号经理和附属业掌柜，五天以后来总号开会，安排半年清账事项。开会之前的这几天，我要到各股了解情况，各位股长有什么事情，届时细谈。"

讲话间，王百川注意到副总经理张文举似乎有话要说，便止住话头，准备听张文举想讲些什么，无意间发现窗外的大街上有几辆汽车驶过，卷起的昏黄尘土瞬间挡住了视线。大家听见有几辆汽车戛然停在了钱号的门前，张文举站起身说："来大人物了，我出去看看。"王百川预感到来人肯定不一般，便让股长们暂时散去，让出会议室。果然，股长们刚刚出门，张文举就毕恭毕敬地把客人引领进来。

来人三十几岁的年龄，两道剑眉，大嘴鼓腮，满脸肃杀气，一身中式便装，身后跟着一名夹着牛皮公文包的军官和两个警卫士兵。王百川起身迎上前去，张文举对来人介绍道："这是我们钱号新任总经理王百川。"转而又向王百川介绍说："这位是吉林边防军司令、吉林长官公署参谋长熙洽将军。"没等王百川开口，熙洽拱手寒暄："从我到吉林地面儿上那天开始，就听说了你王百川的大名，可谓如雷贯耳，今日得见，幸会。"

"让将军见笑。百川徒有虚名，噪了您的耳朵，将军才是文武双全的大才。不知您今天要来，没能出门远迎，失敬。"

熙洽站定环顾，伸手比画一下说："这儿是会议室，我今天不是来开会的，是来办公事，你总经理的办公室在哪儿啊？"文书齐明科抢前一步说："里间屋就是，将军请。"说完，快步过去，把与会议室相通的门推开，然后，笑眯眯地站在门旁。熙洽的目光在齐明科的脸上停留了两三秒钟，迈步走进总经理办公室。

总经理办公室只有一间屋子，南北长，东西窄，室内摆放着一张写字台，两个文件柜，还有三把椅子，其中一把黑色牛皮面的软椅摆在了写字台的后面，另外两把帆布面的靠背椅靠着东墙。写字台上，除了摆放有毛笔架、砚台、电话机等一应办公用品之外，台面的左侧，整齐地放着厚厚的一摞蓝布封面账本，这是钱号上个月的总账，副总经理张文举提前取来摆好，准备给王百川看的。台面的右侧，摆放着几个待批事项文件夹。熙洽走到写字台后面坐下，扫视一眼写字台面，抬眼问王百川："知道我今天来办什么公事吗？"

垂手侍立的王百川回答道："百川不知，还请将军大人明示。"

"军费。"熙洽伸出右手食指，敲了两下桌子，"本来这种例行的公事，由刘副官他们下头的人办理就可以了，用不着我亲自出面。但是一来，你王百川新官到任，我得认识认识你这个财神爷，日后好打交道；二来是这件事情拖得太久，让我很生气。"

王百川侧目瞄一眼站在一旁夹着公文包的副官，知道了他姓刘。

熙洽沉着脸继续说："为了这笔追加军费，刘副官往你们总办帮办那边跑了七八趟，这两个占着茅坑不拉屎的混账东西，不说有钱也不讲没钱，一味推说拨款必须先由钱号打报告，经他们批准以后才能拨付。但是因为下面没有总经理，报告无人签字迟迟呈送不上去，送不上去他们就无报告可批，这是什么狗屁逻辑？昨天我打电话找你们财政厅长，他答复说今天你王百川上任就能解决。怎么样，现在就把事情办了吧？"

"多少钱？"王百川佯作不知，回头问站在身后的张文举。

"报告在桌上的夹子里，五百万吉大洋。"张文举答。

"五百万？"王百川的脸上显出惊讶的表情。

"怎么，办不了？"熙洽厉声问道。

王百川面露难色，轻声说："数额太大，可能真办不了，钱号一次性拿不出这么多钱来。"

"一次性拿不出来，能拿多少？"

"最多一半，二百五十万。"

争取把五百万军费拆分以后分批支付，以减轻钱号负担，这是王百川昨天跟帮办赵乾宇喝酒的时候商量出来的办法。赵帮办说，熙洽这个人不好说话，又关系到谁也不敢怠慢的军费，能不能做得到，他的心里也没有底，就看王百川的福分了。

二百五十万这个数字一出口，张文举替王百川捏了一把汗，熙洽的脸色也瞬间黑下来，齐明科见状，赶紧端上一杯茶来，送到熙洽面前，笑眯眯地说："将军，请喝口茶，这叶子好，清心明目。"熙洽瞥了他一眼，压住心头火，端起茶喝了一口，眉头微皱。对王百川的表现，他心中十分不悦，除了张作霖，熙洽在其他人面前，从来都是说一不二。

沉了一会儿，熙洽冷森森地说："王百川，我初到吉林就听说有这么一码事，说庚子年以后，朝廷要给外国人赔偿巨款，国库银两短缺。吉林将军长顺，亲自代表朝廷，登门找你王家借了几十箱银子，真有此事吗？"

"将军怎么问起这件事情？"王百川没有直接回答此事是真是假。

"我还听说，当时你面对长顺将军，扁屁都不曾放一个，乖乖儿地就把银子全都交了出去，怎么今天换了我这个熙洽将军，往外拿银子就不痛快了？"

王百川不卑不亢地答道："此一时彼一时。那时国家受外寇欺辱，蒙遭大难，庶民理当尽绵薄之力为朝廷分忧。长顺将军亲自登门，往体面里讲是跟我王家借钱，倘若我不知趣，长顺大人一怒，派兵把我的全部家产都搬走，还不是比眨巴眼皮都容易？另外当时拿出去的银子不论多少，都是我自己的，而如今不同，动用的每一文钱都是省库的，眼下库银有限，即便是拆东墙补西墙，也要有墙可拆不是？虽然我今天刚刚就任，摆在台子上的总账还没来得及翻一翻，但是大账心里有数。将军您算算，去年全省的税收才六百多万，如今军费一项追加就是五百万，怎么拿得出来？即便拿出来了，政府里上上下下官员们的薪水和各部门办公经费可就都没有了出处，大伙儿全得扎脖子。老话说，巧妇难为无米之炊，还请熙将军体谅我们这些办事人员的苦衷。"

"你们这是不知好歹，给脸不要脸！"站在王百川身侧的刘副官一步跨到前面嚷道，"竟敢跟熙司令长官讨价还价，猴儿戴帽子——真把自个儿当人啦？你姓王的信不信，我现在一个电话就立马把你们都撤了？"

王百川坦然回答："我信。别说撤一个，撤十个八个我都信。可是我还是要明明白白地告诉你，今天就是让门外那些兵都进来，把后边的金库掘个底朝天，也翻不出五百万吉大洋。"王百川转脸又对熙洽说："熙将军您想，但凡钱号有能力，事情不至于拖到今天。再者说，我就是长一百个脑袋也不敢在军费这件大事上设绊子，您说呢？"

熙洽随意翻弄着写字台上的账本，眼皮一抬问道："刚才你说能拿出来二百五十万，其余的怎么办？"

"余下的用永衡官帖支付。"

"不行！"刘副官反驳道，"永衡官帖只限于在吉林省内流通，又不能兑换成现洋，出了吉林省，你那官帖还不如揩腚纸。"副总经理张文举辩解说："军用物资又不是都到外省买，省内花钱没有障碍就行了嘛。"

王百川见熙洽不语，继续说："余下的部分您就是答应换成官帖今天也不能全拿走。"

"为什么？"熙洽瞪起眼睛问。

"等值二百五十万吉大洋的永衡官帖，按今天的市场比价核算下来，就是一亿五千五百多万吊，数额巨大，筹措起来需要时间。"

听王百川这般讲，熙洽半天没言语，室内安静极了，各自的呼吸声似乎都听得见。终于，熙洽的左手重重地拍在那一摞账本上，说："好吧，今天就破个例，不难为你们。军费可以分成两批拨付，第一笔，付三百万吉大洋加等值一百万吉大洋的官帖，即刻到位；剩余的一百万吉大洋为第二笔，三个月之后补齐。但是丑话说在前头，这是以今后三个月之内没有重大战事和匪患为前提，如果有战事或者剿匪命令下来，那就是火烧眉毛，一百万尾款必须无条件即时拨付。鉴于你们还需要呈报审批和准备现款，姑且再宽限你三天时间，三天以后，刘副官过来把军费事项办结。"

熙洽同意让步，王百川悬着的心终于落下，不敢再作分辩，赶紧点头称是。熙洽站起身，走到王百川的面前，指点着说："今天本将军给了你一个大大的面子，日后可别忘了。"

"忘不了，忘不了，择日百川一定拜府致谢。"

熙洽走了，王百川和张文举、齐明科等人站在永衡官银钱号的门前，目送熙洽乘车远去，车队卷起的尘土，如同一条长长的土龙，翻滚升腾，久久消散不去。街边绸缎庄的伙计赶紧拿出一幅蓝布，骂骂咧咧地把摆在门口的几卷丝绸盖上，以挡尘土。张文举对神色凝重的王百川说："早晨你跟大伙儿见面的时候我就想提醒您军费这件麻烦事，没想到熙洽亲自登门，来得又这么早这么快。全省近几年的收入，七八成划给了军费，而且年年加码，钱号难堪重负，长此以往，迟早黄摊子。"王百川回答道："躲过初一躲不过十五。你去打个电话给刘总办和赵帮办，把刚才的情况报告一下。我自作主张答应了熙司令的付款条件，他们不要责怪就最好了。"

回到办公室，王百川瞅着写字台后面熙洽刚才坐过的那张黑色牛皮面软椅，心中五味杂陈。自己天天想着要谋取高位，有大作为，如今得到了钱号总经理这个炙手可热的位子，但是这个位子在某些人眼里却不及一只马桶，坐着它能拉屎，不坐着它也能拉屎。王百川对文书齐明科说："你去跟管行政的讲，换一把硬木椅子来，这把软椅子我坐不习惯。"

大半天的时间里，王百川专注于那厚厚的一摞账本之中，眉头紧锁，越翻看脊梁沟越发凉。钱号的实际经营状况比他预想的糟糕许多，财政上严重入不敷出，多年积累下来的呆账坏账数额大得惊人，所形成的亏空靠增发官帖弥补，而新的坏账又接踵而来势不可挡，形成恶性循环。从往来明细中可以看出，对政府五花八门的无预算垫支，是造成坏账不绝的重要原因之一，这是钱号自身无力左右的，空有一身本领，难以扭转钱荒颓势。眼前的账本，宛如乞丐的衣裳，补丁摞补丁。他不由得想起古人的两句话："论事易，做事难；做事易，成事难。"在他面前的，是一条看不清方向的路，是一条荆棘丛生陷阱密布的路。他猛然觉得，自己还不如一个叫花子。

室内的光线逐渐暗淡下来，窗外传来隆隆雷声，王百川离开办公桌，走到窗前往外看。天上黑云翻滚，地上风卷尘埃，街上行人匆匆，一场大雨即将来临。王百川感叹这场雨来得太及时了，真希望这场雨能够下得大一些，久一些，彻底解决开春以来持续的旱情。须臾之间，窗外大雨如注，天地间被雨雾笼罩，浑然一色，一个接着一个的炸雷响起，正可谓："雷声千嶂落，雨色万峰来。"正在此时，他听见身后有人敲门，转回身看，是张文举陪着一位浑身被雨水淋湿了的男子走了进来。那人三十岁左右，浓眉大眼，五官端正，一头长发湿漉漉的，滴着水。王百川赶紧抓过一条干毛巾递给他说："快擦一擦，别感冒了。"男子谢过，大方地接毛巾擦拭头发、面额，张文举帮助他脱下淋湿的西服外套，挂在墙角的立式衣架上。看得出，张文举与来人很熟。王百川沏了一杯热茶，问道："文举，这位先生是？"

"哦，没来得及介绍。这位是咱们吉林毓文中学的韩校长。"张文举转而又对韩校长介绍道："这就是我们钱号新任总经理王百川。"二人握手，王百川兴奋地说："久闻韩校长乃南开翘楚，所领导的毓文中学人才济济，思想先进，学风卓荦，是全省新学的楷模。早就想结识先生，讨教一二。"韩校长摆摆手说："哪里，我韩某不过是与数位志同道合的南开校友，合力办一件利国利民的事情而已。我们认准一条：要强国必先唤醒民众，醒民众必先兴教育，而兴教育应以南开精神'允公允能，日新月异'为标杆。遗憾的是，谈起办新学来，捧赞之声不绝于耳，遇到具体问题，我们看到的往往是另外一副嘴脸。"

韩校长直率的回答，让王百川有些惜然，他不清楚韩校长话语所指何事，一时语塞。张文举看出了其中端倪，插话道："先喝口热茶驱驱寒。办事情哪有事事顺心处处如意的，还不都是走一步看一步，实在走不通，姑且付之一叹。"

"张经理的观点韩某不能苟同，如果大家都奉行逆来顺受一叹了之的处世哲学，社会如何进步？旧制陋习如何根除？强国之梦岂不永无希望？"

"且住，且住，我论不过你。快坐下，讲讲你来找王总经理有什么事情吧。"张文举把靠在东墙的两把椅子搬过来，摆在总经理办公桌的对面，三人坐下。韩校长把耷拉在前额的一缕潮湿的头发往后捋一下，让自己的背头整齐些，然后郑重地说："我今天是专为财政停发学校补助费一事而来。我创办毓文中学四年了，成绩有目共睹，所有成果的取得，皆缘自全体教职员工的倾情努力。教员的薪水本来就不高，有些人的家眷又没跟着从天津迁来，两地支锅灶，生活就更加拮据。从上个月起，政府把给学校的补助费砍了，教职员工的薪水又少了一块。教师是学校的四梁八柱，收入过低，人心不稳，长此以往，学校如何支撑？我今天专程拜号，是因为听说有新总经理今天到任，就赶紧来当面呼吁，也可以说是乞求，学校的补助费不能停。既然你们都夸赞毓文的新学办得好，为什么就不能支持一把呢？政府从哪儿挤不出补给学校的那一点点钱？王总经理，您如果能把这件大事解决了，功德无量。"

外面的雨依然在下着，雷声渐远，互相讲话用不着大嗓门儿。王百川看着韩校长企盼的目光，尽量委婉地说："近几年社会动荡，战乱不止，全省财政入不敷出。我们的刘总办昨天还跟我当面讲过，控制政府部分行政费用，停发学校和各报馆的补助费，包括钱号内部裁减冗员，是解决当前财政困难的几项主要措施。这是省财政厅做出的决定，也是经过省长批准的，我没有权力改变，恳请韩校长理解。"张文举跟着说："你看，我也是这么跟您解释的吧？我们官银钱号是过路财神，给谁拨款，不给谁拨款，都是上头定好了的，我们无能为力。别说今天来了个王总经理，就是来个天王总经理也是如此，爱莫能助哇。"

王百川听出了张文举讲这番话的意思，既是帮着解释，也在有意识地洗脱他与韩校长之间的关系，表明韩校长这只皮球不是他张文举故意踢过来为难自己的。

"这么说，我今天是白跑一趟，要无功而返？"韩校长问。张文举笑呵呵作答："不白跑，你和王总经理不是认识了吗？还沾了老天爷赏雨的光，帮你洗头发。"说完，张文举抬头往窗外望了望说："雨还没停，您暂时也走不了。我那边还有事，不陪着了，你们二位再聊聊。"

张文举出去了，韩校长无奈地问王百川："真的不能有一丝丝的改变？"王百川指着面前的一摞账本说："您来之前，我刚刚把总账翻看一遍，资金紧张是事实。不瞒您韩先生，今天上午，熙洽将军还亲自上门来催讨军费。你想想，军费是一等一的大事吧？尚不能及时拨付，其他款项自然更无从谈起。"

韩校长怫然不悦，愤愤地说："军费，又是军费！军阀当政，军费就是个永远填不满的无底洞。辛亥革命推翻了帝制，建立了共和，本指望国家从此走上真正的民主建国之路，哪知道迎来的却是没完没了的军阀混战。咱们数数，段祺瑞、黎元洪、冯国璋、张勋、曹锟、吴佩孚，还有大名鼎鼎的张作霖，他们今天我跟你联合，明天你跟他联合，互相间打过来打过去。战争打的是什么，不就是人命和金钱吗？结果是'战伐乾坤破，疮痍府库贫'，国家动荡，生灵涂炭，民不聊生，当权者完全不懂得'持德者昌，持力者亡'的道理。咱们这个国家需要的不是狗彘不食的军阀和战争，需要的是民主、自由和富强。"韩校长心愤语急，不禁咳嗽起来，王百川安慰道："别急，消消气。你我总归是庶民，操不了那么大的心。"

王百川嘴上不咸不淡，心里却暗喜遇到了知音。

"非也！国家兴亡，匹夫有责，倘若大家都作壁上观，国家岂不成了军阀横行的天地，任其为所欲为，还有什么希望？"

韩校长的慷慨直言触动了王百川，产生了与韩校长深谈的欲望，于是恭敬地问道："韩先生，百川学识浅薄，请教您一个问题。咱们国家不是好几年前就共和了吗？军阀们怎么还是争起来没完没了，是不是跟你讲的那个民主有关系？"

"当然有关系。"韩校长肯定地说，"共和制是什么？它完全有别于统治中国几千年的封建君主制。在共和体制下，国家权力不再属于君王私有，而应当归人民共有，天下为公；国民通过民主选举制度，实现共同执政。如今的北洋政府如何呢？名为民主共和，实为独裁专制；名为三权分立，地方自治，实为军阀割据，各自为政。直系、皖系、奉系、晋系、滇系、桂系，互相角逐，兵连祸结，殃及黎民，远远背离了辛亥革命的初衷，哪里还有民主可言？把军费省下来，能办多少利国利民的大事？如今战火不断，共和无实，着实可悲。"

"古语说过：'溥天之下，莫非王土；率土之滨，莫非王臣。'任由谁坐上了王的位子，不去尽情享受一言九鼎一呼百应的威风，哪舍得丢，你讲的那个民主，太难实现。"

"这就是根源，国民脑袋中帝王至上的思想千百年来根深蒂固，缺乏民主意识，甘愿逆来顺受，任人宰割。所以我们毓文中学办新学的责任和目的，就是要用新思想改造国民，让学生从小就剔除封建意识，摆脱落后蒙昧，锻造自主自由之品格，献身科学与民主大业。时事紧迫，时不我待，真是让人坐不安席呀。"

屋外的雨停了，王百川站起身，走过去推开窗户，潮湿甜润的空气扑面而来，混杂着泥土的清香，沁人肺腑。天上大团的浮云随风而去，云朵间显露出洁净的蓝天。成群的麻雀叽叽喳喳地叫着，在泥水地上蹦蹦跳跳。树叶上挂着晶莹的水珠，闪闪发光。王百川回转身，看见韩校长离开座位正在穿外套准备离开，忙问："怎么刚说几句话韩校长就要走，我还有几个问题想向您讨教呢。"

"实在抱歉，如果不下这场大雨我还能再坐一会儿。这雨下得太急，担心学校是否会积水漏雨，影响师生安全，再找机会吧。"

"好，待忙过了这一段，选个合适的时间，我备酒，咱俩坐下来好好聊一聊。至于刚才提到的补助费，我尽快找机会向上进言，争取对毓文中学能够有所变通。我的几个孩子年龄尚幼，等他们该上中学了，一定送到您的门下，接受新学新思想，造就新人。"

"如此最好，谢谢了，等着王总经理的好消息。"

四

　　齐明科被提拔了，任总务处调查股副股长，这是王百川上任一个月以后的事情。

　　就任总经理那天，王百川建议利用半年结账的机会，在钱号内部开展清账整肃，得到总办刘恒的支持，而要真正落实并非易事。钱号的内部管理机构中，在总务处之下，设有稽核股和调查股，稽核股主要负责对各项报册账目之间查考核算的审核以及对相关人员的考核，调查股主要负责对市场金融状况和各分号经营活动的实地调查，这两个部门是开展清账整肃的主力。稽核股的股长姓孙，三十几岁，头脑机敏，年富力强，刘总办对他很器重；调查股的股长姓董，年近五十，业务能力一般，谨慎有余而魄力不足。征得刘总办和赵帮办的同意，王百川把齐明科提拔到调查股副股长的位置上，其意图不言而喻。

　　各分号和附属产业半年结账下来，情况很不好，半数以上亏损，有的亏损数额巨大，尤以延吉分号为甚。孙股长提出了几家拟重点核查的分号和附属产业的名单，王百川把张文举、孙股长、董股长和齐明科都喊来，商量从哪一家开始重点核查。齐明科为能参会议事感到很兴奋，这是他担任调查股副股长之后的首役，一心要干出彩来，以确立自己在钱号内部的地位。他心里十分清楚，得到王百川重用提拔当然必不可少，留学日本的背景也很光彩，但是让众人心服口服，是要看真格的。听完孙股长对核查建议名单的介绍，齐明科按捺不住抢先发言道："俗话说枪打出头鸟，谁家亏得最甚就从谁家查起，查准了问题就严处，以儆效尤。"

对齐明科的发言，董股长很不屑，他面无表情慢条斯理地说："上半年亏损最多的是延吉分号。据我所知，延吉分号发生巨额亏损与不可抗力有直接关系。上半年，延吉周边地区匪患猖獗，地方剿匪支出偏多，加之匪徒两次砸抢地方税务局，严重影响税捐收缴，收少支多，不亏也难。"

董股长讲述的情况，王百川也有耳闻，上半年不仅延吉闹匪祸，其周边的珲春、和龙、汪清等地均曾上报遇土匪袭扰。

齐明科首次发表意见就遭到董股长的反驳，觉得失了面子，反驳道："匪祸不应当是导致分号亏损的正当理由，不能排除有内部个别雇员与土匪暗中勾结，浑水摸鱼，假借匪祸中饱私囊。"

"即便有内外勾结的问题也查不了，咱是钱号，不是警局。内部清账整肃，还是应当靠账面数字说话服人。"孙股长自恃目光敏锐，稽核能力强，他更倾向于从账册钩稽关系之中发现问题。

张文举对孙股长的意见表示赞同，说："孙股长讲的有道理。我想丁督办和刘总办支持王总经理搞清账整肃，重点应当放在查账上，通过查账，找到发生亏损的主要症结而治之，查人应为其次。"显然，张文举对钱号内部雇员之间各种关系盘根错节心知肚明，他不想在清账整肃中不小心捅了马蜂窝。前些年，永衡官银钱号也搞过几次类似的清查，既有内部自行清查，也有省府派员下来抽查，结果都是雷声大雨点小，雨过地皮湿。张文举对新任总经理王百川主导的这次清账整肃信心不足。

查账的实质就是查人，账有问题，与之相关的人必然有问题，这是不容置疑的，难分孰重孰轻，王百川感觉到了张文举的顾虑与世故，但是他此刻不想与任何人发生争执，把清账整肃真正开展起来才是正题。他问孙股长："你提出的重点核查建议名单都是上半年发生较大亏损的，在盈利的分号或附属业中，没发现有不正常的吗？"

"有。比如德惠分号，去年底结账的时候亏损大洋十二万余，而今年上半年转为盈利四万多，其变化不符合常理。"

"由亏转盈的支持依据充分吗？"张文举问。

"我还没来得及仔细看账，大概印象其盈利的主要因素是上半年存货增加。"

王百川见没有人提出新的意见，便说："半个月以前，我在安排半年清账事项的经理会上，已经向各分号和附属业经理打过招呼，半年结账之后，总号要对各家上报的账册进行全面清查，并且特别对盈亏的真实性提出警示，强调严禁造假，违者必究。为此，还特别把半年账上报时间推迟了三天，给了他们自查调账的时间。咱们先小人，后君子，既然已经把丑话说在前头，接下来的清账工作就要实实在在地搞起来，我看，就从刚才孙股长提到的延吉分号和德惠分号查起，不论他们是盈是亏，必须理出个子午卯酉，要说清楚，亏损的究竟亏在什么地方，盈利的所盈是否属实。既然是重点清查，就要到现场去，孙股长查延吉，小齐查德惠，所带人员你们自己选，明天就起程。其余各家的账，请文举协调稽核股和调查股，把所有报上来的账册进行全面梳理，有疑问的，发函让他们做重点解释回答，视情况确定下一步是否派人下去细查，还有什么意见吗？"

张文举犹豫了片刻，说："就这么办吧。"

王百川觉察到张文举的欲言又止，待孙股长等三人先行离开了，问道："文举，刚才你好像有话要说？"

"是的。我想您应当清楚延吉和德惠这两家分号的背景。"

"我听说过赵帮办原来在延吉分号任过职，现在的分号经理是他过去的手下。德惠分号具体有什么背景不清楚，据传说德惠分号的盖经理跟省府的某些人关系不错。"

"何止不错。"张文举把手中的公文包夹在腋下说,"盖经理是咱省前督军孟恩远的干孙子,不简单吧?"

"孟督军前年就被张大帅撵回天津,丢了职位。两年过去了,不要说是他的干孙子,就是干儿子又能如何?"

"不然。"张文举否定说,"孟督军在位的那些年,认下的干儿子干孙子不下几十个,遍布军政两界。他们互相利用,勾搭连环,苟且公行。虽然孟恩远与大帅反目,这些人没了靠山,但有些人至今仍然身居要职,能量不容小觑。清查德惠分号,没有大的问题最好,如果真查出有枉法贪赃蚕食鲸吞等劣行,处理起来很棘手。"

张文举讲到的这些情况,王百川也曾有耳闻,但是既然要查,就不能瞻前顾后畏缩不前,他对张文举说:"多谢文举提醒,我吩咐孙股长他们下去以后谨言细查便是。果真查出有违规犯法的事实,该如何处置,咱们也是定不了的,还要提交上层定夺。"

"依照老规矩,半年结账以后,有盈利的分号和附属业都要按比例分红,这回怎么办,等全面清查结束之后再说?"张文举问。

"那是自然。有问的就这么答复。"

张文举夹着公文包出去了,王百川陷入沉思。多年来,官场腐败,阿党相为,官员与钱号人员相互勾结弄权贪赃,早已经不是什么新鲜事。钱号查账,拔出萝卜带出泥,其结果往往是不了了之,其背后有多少交易与罪恶不得而知。但是账目终归是要查的,不能投鼠忌器。王百川相信,在两难之时,选择坚持就会有结果,如若放弃,将一事无成。他另外暗藏的私心是,作为新任总经理,首要之事必须搞清楚钱号的真实家底,不能为他人背黑锅。

永衡官银钱号着手对重点分号进行清查了,消息传出去,在钱号内外引起不小的波动。大部分人都认为这是王百川新官上任之后的三把火,怀疑的、观望的、试探的、惴惴不安的，林林总总，首先被查的两家尤其受到同行关注。当齐明科与稽核股的小陈在德惠火车站下车的时候，等候在站台上的德惠分号盖经理表情复杂地迎接了他们，与盖经理同来的还有分号营业大柜邱先生。

盖经理名叫盖茂权，年龄比齐明科大几岁，中等身材，白白净净的一张瘦脸，头发稀疏但梳理整齐，不大不小的一双笑眼，大嘴，薄嘴唇，见了谁都彬彬有礼，对人笑时，显露出整齐洁白的牙齿，让人很自然地对他产生亲近感。齐明科与盖经理不温不火地寒暄了几句，无非是车马辛苦天气不错等等。他们互相间早就认识，但是此时作为检查者和被查者，都不便表现得过于亲热。

走出火车站，盖经理和邱先生引齐明科和小陈坐上等待在站外的马车，盖经理微笑着说："德惠是个小地方，可住的旅馆不多，我冒昧预订了此地最好的福聚客栈，齐股长您有其他安排吗？"

"茂权兄客气了，我没有安排，住的地方不必太讲究，只要距离钱号近，便于开展公事即可。"

"咱德惠县城就这么一条主街，大部分买卖家都在这条街上，太远的没有。"

果真如盖经理所言，马车离开火车站不远就看见那条不足一里长的主街，街道两侧的店铺都是普通的青砖平房。县城较高的两栋建筑都没有建在主街上，一栋是建在火车站附近的东正教堂，当地人称作"喇嘛台"；另外一栋是紧靠铁路的二层白色楼房，为中东铁路员工公寓，被当地人称作"大白楼"。盖经理推荐的福聚客栈位于县城主街的中部，紧邻客栈左右，分别是聚福饭庄和聚芳苑。马车在客栈门前停下，齐明科下车以后左右观瞧，邱先生在身旁介绍说："这三处买卖都归属一个东家，客人在这儿落脚以后，吃住玩儿都方便。"齐明科问："这个聚芳苑是风流场所吧？"盖经理模糊地回答："风流不风流，还不是看个人喜好。有雅兴的尽可光顾，无癖好的自洁不染，开买卖的自然要处处为客人的方便着想。"齐明科有意提出另换一家旅馆，盖茂权的一番话让他不好开口了，人家讲得清楚，清浊自己选，与开店的无干，自然也与安排者无干。他转而改问："分号离这儿远吗？"盖经理用手一指说："你看，马路斜对过儿就是，不过百十步，溜达着就到了。"随同的小陈似乎揣摩到齐明科的心思，问道："后街还有旅馆和饭馆子吗？"邱先生答："后街有两家俄国人开的酒馆，天一黑，里头喝酒的都是老毛子，还有白俄娘们儿，三天两头酗酒打架，不消停。齐股长要是爱吃俄国餐，可以安排去大白楼，那儿是北满铁路俄国员工驻地，外人不能住宿，吃饭还行。"

走进福聚客栈，齐明科才发现，客栈的门脸虽然不大，里面的进深却很长，走廊的一侧，分布有大大小小十几间客房，从走廊尽头的木门出去，就是客栈与左右邻的聚福饭庄和聚芳苑共用的后院，互相来往出入便利。

盖茂权给齐明科和小陈安排了两个相邻的单间，房间里，迎门的一铺火炕占了半间屋子，炕上摆着两套折叠整齐的新被褥，一套的被面是大红底色配牡丹花，另一套的被面是翠绿底色配牡丹花。地上有一张八仙桌，两把椅子，一个脸盆架，脸盆架上搭着雪白的毛巾，显然这些都是特意新换的。当天的晚餐就安排在福聚饭庄，席间气氛平淡，齐明科谢绝饮酒，盖经理没有勉强。晚餐即将结束，邱先生把饭庄的胖掌柜喊来，交代清楚齐明科和小陈在客栈住宿期间，一日三餐皆由饭庄提供，胖掌柜慨然应允。晚饭以后，齐明科和小陈送走盖茂权和邱先生，各自回房休息。齐明科刚进入房间，房门敲响，一个店伙计打扮的中年男人推门进来，他右手提着一只大号的黑铁烧水壶，左手拎着一个尿盆。他先把尿盆放到墙角，然后拎起大铁壶往脸盆里倒热水，扭着头说："先生请洗脸洗脚，稍后给您安排一个姑娘来陪着？"齐明科连忙回答："谢谢，不需要。""那您就歇着啦。"中年男人走了，又去敲隔壁小陈房间的门。

坐了大半天的火车，齐明科感到疲乏了，洗脸洗脚后拉闭电灯钻进被窝准备入睡。闭上眼睛之后才发觉，这家客栈实在不安静，与客房一墙之隔的聚芳苑里，不时传来男女之间的淫声浪语，直到后半夜才得以停歇。早晨起来，齐明科见小陈满脸倦色，问道："怎么样，睡得好吗？"小陈无奈地摇头说："房间隔音效果太差，前半夜吵得人心神不宁，到了后半夜想睡又睡不着了，快要天亮才迷糊了一会儿。齐股长您呢？"

"我这个人就是睡觉好，闭眼就着，睡着了跟死狗一般。不行的话，吃完早饭，咱俩到街上转转，另外找一家旅馆。"

小陈犹豫一下说："这家客栈是盖经理他们上心安排的，刚住一个晚上就换，怕惹他们不高兴。既然你不怕吵，我就再坚持两天看看，分号那点儿账，说不定用不了两天咱就核查完了。"

小陈把事情想得过于简单了，从清查工作开始，盖茂权就不再露面，只有邱先生全程陪同。经过两天查账他们发现，德惠分号上半年的盈利，完全是故意高估存货价值所致，而上一年的巨额亏损也另有蹊跷。齐明科和小陈商定，先把上半年分号存货的真实性核算清楚，然后再细查上年亏损的问题。天要黑了，邱先生跟齐明科和小陈说，连着在聚福饭庄吃了两天饭，该换换口味，建议去大白楼吃俄国餐，齐明科同意了。

大白楼是专为中东铁路俄国员工服务的，一楼设有餐厅和小商店。席间，邱先生特别点了一瓶俄国伏特加酒，请齐明科和小陈品尝。齐明科说接受不了伏特加的浓烈，加之酒量有限，勉强喝了一小杯，小陈却喝得不少，很快便脸红目赤，话也多了起来。邱先生问："账已经查了两天，有啥不妥之处，能否透露一二？"小陈抢着回答："让您说着了，你们德惠分号的问题还真不少。既然邱先生问到，我就大概说说，反正咱们这是上头派下来的公事，没啥可藏着掖着的，因为有问题的账，还要你们自己确认，自行调整。问题主要有两条：第一条，你们今年上半年的盈利水分太大，虚估存货，具体数额有待最后你我双方确认；第二条，去年发生亏损的原因严重不实，真实情况您应当最清楚。齐股长，我讲的对不对？"齐明科说："还是听听邱先生的吧。"

邱先生的脸也被几杯伏特加酒催红了，踌躇了片刻说："我有个不情之请，冒昧地说出来，二位别在意。"齐明科和小陈都没有马上回话，等听他的下文。

"我的意思是，你们查账很认真很辛苦，既然已经发现了问题，能交差了，就把上半年的存货账目核算出一个大家都认可的数字，适可而止。去年的事情已经过去了，就让它过去，这样对大家都有好处。"

齐明科说："王百川总经理信任，派我们下来查账，就应当带着真实清楚的结果回去。查出来的问题是大是小，今后是否追究，都是需要上层定夺的事情。您让我们半途而废，有些勉为其难。"

"理解。"邱先生独自喝一口酒说，"按说咱们都是捧着永衡官银钱号这个饭碗的，应当共同维护钱号的利益。我是担心你们倘若把去年的账也翻个底朝天，怕是登台容易下场难，弄得上下难堪，里外不是人。如果只查今年上半年的账就好讲多了。王总经理搞清账整肃，主要目的是搞清楚上半年的账上盈亏。你们核查发现了我们德惠分号虚估存货虚假盈利，上头追究下来盖经理也好做解释，毕竟连年亏损，柜伙无红可分，人心浮动，把半年数字弄漂亮，大家或多或少有点儿进项，安稳人心，跟谁讲都能体谅。假如你们执意深翻去年的亏损账，结果就不同了。去年我们亏损太多，把其中的事情抖搂出来，上头必然处分盖经理。我邱某比你们二位虚长几岁，说句规劝的话，别给上头出难题。盖经理可不是一般人，他跟咱省原来的孟督军有干亲，背后的势力大得很。你们都是聪明人，多余的话我就不讲了。"

对邱先生的话，小陈很不以为然，把嘴一撇说："我以为有什么了不起，不就是跟过气的督军有牵扯吗？那都是旧黄历，孟督军早就不得势了。邱先生，你知道咱的总经理王百川为啥腰杆子硬吗？你知道他跟现任的王副省长是什么关系吗？"

"没听说过。"

"那就难怪喽。"

小陈不再往下说，邱先生也不便追问，脸上表情很复杂。两个人把酒瓶里余下的酒喝干，邱先生和齐明科搀扶着走路趔趄的小陈，返回福聚客栈。他们把已经昏昏欲睡的小陈弄到炕上，齐明科送邱先生到客栈外，邱先生对齐明科说："刚才我在酒桌上说的话，齐股长您再掂量掂量，我这也是为你们好，为王总经理好。"齐明科点头应允。黑夜中，他感觉到有雨滴打在脸上。下雨了，不大，雨滴稀疏，有风刮了起来，带着寒意。送走了邱先生，齐明科回客栈房间，简单洗漱后躺在炕上，回忆邱先生今晚说过的话。邱先生的规劝明白无误地告诉他，德惠分号去年的账目问题一定不小，继续深入追查下去的信心反而更足。他不担心问题查清楚以后如何对责任人进行处置，他更珍惜这次难得的自我表现机会。他预感到，自己出名的机会来了。

这一夜，齐明科睡得格外踏实，早晨起来，他去敲小陈的房门，小陈推说昨晚上酒喝多了，头疼，没起来开门，说要再睡一个上午，齐明科答应了。上午他到分号继续查账，邱先生的脸色很不好看，齐明科并不在意。如此又查了两天，情况基本搞清楚了，德惠分号上年度之所以发生巨亏，是源于经理盖茂权私自以分号资金做抵押，向交通银行贷款，做倒买倒卖粮食的生意，本意赌的是两头赚，没想到了年底，交洋大幅升值，又遇秋粮收购价意外下跌，结果弄成了两头亏。为了掩盖真实的亏损原因，盖茂权授意邱先生及下属编造了大量假账。在后两天的查账中，齐明科很兴奋，小陈反而经常不在状态。

在盖茂权的办公室里，邱先生和小陈把准备带走的问题账册进行逐一清点，誊写清单，交给齐明科和盖经理签字认可。盖茂权手持毛笔，抬眼问道："齐股长，真就不能变通一下？"

"兹事体大，爱莫能助。"

"好吧。"盖经理迟疑地在交接清单上签了名，然后把毛笔搭在砚台边上，淡淡地说，"我给你齐副股长一个面子，可以回去跟王百川邀功请赏了。说句玩笑话，如果我盖某不点头，别说这些烂账本子，就是你们两个人，今天也别想走出德惠这条街。"此时，盖茂权的瘦脸惨白，一双笑眼和露出的白牙闪着阴冷的光，让齐明科联想到在日本留学时见过的能乐面具。

盖茂权的这句所谓笑言，让齐明科的心里一惊，惊恐的表情在他的脸上转瞬即逝，他无论如何也想不到盖经理竟然毫无忌惮地向他和小陈表示威胁，一时无言以对。齐明科尽量让自己表现得镇静坦然一些，他浅浅一笑，端起茶杯喝茶。

"身为钱号同仁，我还要送你齐老弟几句忠告。记住，有些时候，过于执着和认真，并不能代表你的正直和纯洁。每个人的心里都藏着魔鬼，无人例外，除非他是神。这几天你们没抽空去喇嘛台转转？"

"没有，下次找机会吧。"

"何必等到下一次，一会儿你们上火车之前就该顺道儿去看看。当你站在耶稣的脚下审视灵魂，就会发现自己的内心深处是多么的黑暗肮脏，你所追求的高尚又是多么虚伪可笑。在神的面前，你我都是罪人，没有什么不同。"

齐明科微微扬一下眉梢说："我还不知道盖经理信奉西教。可惜，你我笃信的不是同一路神。"

"是吗？有机会咱俩好好探讨探讨。"盖经理的表情又恢复到平时笑眯眯的可人样子，又说："你齐大股长一折腾，够我忙活一阵子，就不送你们了，邱先生替我送你们去火车站。这些账册你们就这么抱着？"

"准备了一只牛皮箱，他们随身拎着方便。"邱先生说着，拎过来一只浅棕色的长方形牛皮手提箱，小陈和邱先生一起，把账册装在里面，扣好。小陈把皮箱提在手里说："这箱子真漂亮。"邱先生答："俄国货，不便宜，出门拎着它，气派得很。用完别忘了还给我。"

门外，邱先生叫的马车到了，齐明科说："你们忙，邱先生也别送了。"邱先生客气了两句没有坚持。齐明科和小陈出门，坐在马车上，相视无语。马车走过半条街，他们看见了远处黄墙黑瓦的东正教堂，钟楼高耸，自带庄严。小陈问车把式："喇嘛台今天开门吗？"车把式反问："先生您是西教徒吗？不是西教徒的中国人进不去。"

火车开动了，看着缓缓后退的站台，小陈长吁一口气，说："从开列账目清单那刻开始，我就担心盖经理不放咱们走，没想到有惊无险。八成我跟邱先生讲王百川跟王副省长有关系的话，邱先生传给他了。毕竟盖经理的老靠山已经过气，指望不上，外强中干了。"

"总经理跟王副省长有什么关系，我咋不知道？"

小陈坏笑："我胡编的，为的是镇唬住姓盖的，那家伙自恃有靠山，太过张狂。"

五

王百川今天一进办公室就听到一条坏消息，齐明科和小陈在长春火车站遭劫，劫匪竟然是俄国人，他们抢走了装有重要账册的皮箱。

齐明科和小陈面容沮丧地坐在王百川的办公室里，副总经理张文举也在，表情严肃。待王百川在办公桌后面坐定，张文举说："你们把情况跟总经理再详细报告一遍。"小陈怯生生地说："皮箱是从我手上被抢走的，我讲吧。昨天我和齐副股长从德惠回来，从德惠分号出发之前，我们把清查出来有问题的账册登记之后，装在邱先生提供的皮箱里，往回带。从德惠到长春一路都很顺利。到长春站倒车，齐股长去买票，我坐在候车室里等着，皮箱子就放在身子右边的椅子上。有一个俄国人从我前边经过，突然把皮箱拎起来就跑。等我醒过神来撵出去，结果那家伙个子高腿长跑得太快，没追上。我和齐股长找警察报警，警察说候车室里发生的案子归俄国铁路警察管，我们又回候车室找铁路警察，可是俄国警察假装听不懂中国话，交涉半天也没用，我们只好回来了。"

张文举问："你们在德惠分号查了几天，发现的问题是什么，盖经理认可吗？"齐明科回答："经过核查，德惠分号上半年的盈利有虚假，是通过高估存货做出来的。更严重的问题发生在去年，盖茂权经理私自动用分号资金，向交通银行做抵押贷款，投机粮食生意，结果大亏。为了掩盖发生亏损的实际原因，他们做了大量假账。这次被抢走的，就是违规贷款和做假账的相关证据。

我们昨天临走之前，盖经理在账册交接清单上签了字，交接清单也在那只皮箱里。"

"就是说，如果那只皮箱追不回来，你们查出来的问题，盖茂权均可以不承认？"王百川问道。齐明科答道："不完全是这样，今年上半年的总账他们已经报来总号，且结账时间不长，可以再去现场清查存货，补充证据，但是重新追查去年的问题就增加了难度，即便从交通银行能查到盖经理去年抵押贷款的凭证，他完全有机会有时间通过洗清抵押资金来源的办法，把投机粮食买卖变成个人行为，与钱号业务无关。"

王百川从座位上站起身，在地上来回走了几步，严肃地说："你们临行前我反复讲过，这次清账整肃的目的是把各家今年上半年的真实盈亏情况搞清楚，并没有要求你们涉及上一年的账目啊？"

王百川的发问让齐明科瞬间紧张起来，他不敢把赵帮办私下里跟自己有过特别交代的事情讲出来，但是不经请示，擅自扩大查账范围已成事实，对总经理的质问不能不回答。正在为难之际，小陈在一旁插话道："齐副股长讲，你们几位领导开会的时候，孙股长特别提到过，说德惠分号去年大亏，今年上半年转而盈利，均不符合常理，所以我们查清楚德惠分号上半年的账目之后，顺手把去年的账又翻了翻，没想到真就发现了大问题，没法子收手了。"

小陈在答话的时候，齐明科的眼睛一直盯着来回踱步的王百川，不敢插一句话，毕竟这次娄子捅得不小。他自认为揪出内鬼有功，消息一旦传开，他齐明科便可一鸣惊人，但是问题账册被人抢走了，等于交给总经理一摊稀屎，王百川怎能不追究他独断专行的责任？

齐明科正在绞尽脑汁琢磨如何把话题转移开，小陈咽了口唾沫又说："能不能跟长春分号讲一下，让他们派人留心，万一那个俄国人抢劫目标就是单纯想要那只气派的牛皮箱子，里头的账本说不定就被他胡乱丢到什么地方去了，若能找回来，咱的损失就不大。邱先生特别提到，那只皮箱子是俄国货，不便宜。"齐明科赶紧反驳："这种可能性不大，我怀疑这次抢劫极有可能就是盖茂权策划安排的。在德惠的几天里，他和邱先生都对我们有过语言恫吓，发生抢劫绝非偶然。我分析，那些账本现在早就被藏匿或者销毁了。"

齐明科的一席话，显然把众人的注意力又转移到盖经理的身上。王百川停住脚步问道："你们考虑过没有，劫匪为什么偏偏是俄国人？"张文举说："假设这次抢劫是盖茂权安排的，选用俄国人实施最好，避嫌。把抢劫地点选择在长春，把德惠分号的嫌疑也摘落干净了。还有重要的一点，咱中国警察从来对俄国人和日本人避而远之，就是勉强给你立案，真凶也可能永远抓不到。"王百川思索一下又问："皮箱被抢以后，你们通知德惠分号了吗？"

"还没有。"齐明科回答。

"既然如此，小齐负责抓紧起草一份详细报告，我要把情况上报总办和督办。在上头没有明确指示之前，对德惠分号的查账情况，仅限定于我们几个人之间，不得外传。"

"德惠分号账目造假的情况，我只能根据在核查过程中所做的笔记进行罗列，上头如果深究下来，拿不出真凭实据。"

"报告写出来再说。你们两个出去吧。"王百川毫不掩饰愠色。

待齐明科和小陈都离开了，王百川问张文举："你觉得盖茂权策划抢劫账本的可能性有多大？"

"依我的直觉，可能性在七八成。盖茂权入钱号多年，他应当清楚私自动用钱号资金抵押贷款搞投机倒把，不论结果盈亏都是违法行为，一经查实必受惩处。凭他跟上层某些人的关系和自身能量，找一个俄国人抢劫作案轻而易举。另外据小陈讲，那只装账册的手提皮箱是邱先生提前准备好的，更有事先预谋的嫌疑。"

王百川面色阴沉，忧郁地说："真是一个大难题呀。你给德惠分号发函，让他们把上半年总账更正调整之后重新上报。"

"去年亏损的账怎么办，也让德惠分号自行提出处理意见？"

"这次清账整肃的重点是今年上半年的真实经营情况，目的是争取到年底实现扭亏增盈，以往的盈亏与我无关。"

"不追究啦？"

张文举的追问，让王百川产生了警觉，不清楚其真实用意，便故意推脱道："都说新官不理旧账，上半年发生的亏损已经把我们压得够呛，以前年度的遗留问题，是上层应当操心的事，不然刘总办赵帮办他们不是太清闲了？"

"稽核股孙股长前天已经从延吉回来了，正在写报告，预计下午就能送过来。经核查，延吉分号上半年也存在成本不实的问题，虚增亏损，但是虚增数额不大。其他分号和附属业半年账的稽核情况已经放在你办公桌上的文件夹里。"

王百川点头，张文举出去了。王百川翻开桌面上的文件夹，却无心细看。德惠分号的事件依然占据着他的脑海。过去同为分号经理，他跟盖茂权多有接触。纵观盖某人一贯的处世之道，他毫不怀疑张文举副总经理的揣测。此刻所虑，是盖经理策划抢劫的目的，可能并不仅仅是为了销毁违法证据那么简单，明显含有威胁的意味。那么大笔资金占用，总号浑然不知还是刻意放纵？挪用巨额公款用于投机谋利，是盖茂权肆意妄为还是受某些人指使？巨额亏损在上年底已经发生，为什么至今无人追责？疑问太多，王百川隐约意识到危机近在咫尺，他今后的每一步都必须慎重再慎重。他后悔在选定重点清查对象的时候过于匆忙。思谋良久，王百川拨通了总办刘恒的电话。

齐明科从王百川的办公室里出来，并没有马上返回调查股起草报告，而是急匆匆来到隔壁院子，敲开了帮办赵乾宇办公室的门。

自从那天在财政厅长办公室里初识跟随王百川来吉林总号报到的齐明科，赵乾宇就认定这个满族青年是可以利用之人。从齐明科精明的眼神和周到细致的举止上，他判定此人心机缜密，外表忠厚，内隐不臣，不是甘居人下之辈，如果适当施以恩惠，必能为己所用。

　　当初对选聘谁来担任永衡官银钱号总经理，赵乾宇和总办刘恒的意见相左，赵乾宇极力推荐自己一手提拔起来的现任延吉分号经理，刘恒则力荐王百川，最后督办同意了刘恒的意见，赵乾宇只能服从。此外，赵乾宇觊觎钱号总办的位置多年而不得，他无时无刻不在找机会把刘恒拉下马取而代之。刘恒重用之人，自然成了赵乾宇的肉中刺，他巴不得王百川一上任就出纰漏跌跟头。当他得知王百川决定把延吉分号和德惠分号确定为清账整肃重点清查对象，不免心中暗喜。延吉分号的经营状况和分号经理的业务能力他心中有数，不必担心，而德惠分号的经营有问题众所周知。上年该分号亏损十余万元，始终没有个明白的说法，他笃信，只要下功夫查，德惠分号的问题小不了，但是过去长期囿于盖茂权与原吉林督军孟恩远的关系，没人敢提。还有，总办刘恒也曾经是孟督军在位时的重用之人，人们对刘恒与盖经理之间的关系不能不产生联想，如今王百川傻乎乎地拿德惠分号开刀，赵乾宇怎能不喜出望外，借刀杀人从来都是良策。在齐明科起程赴德惠之前，赵乾宇特别找他谈了话。

　　那天意外接到赵帮办电话的时候，齐明科正在办公室里为第二天的出差做准备，这是他被提任调查股副股长之后首度被委以重任，众目睽睽，自然不敢有丝毫马虎。电话里赵帮办让他过去谈事情，齐明科受宠若惊。一个副股长，越过钱号总经理和副总经理单独面见帮办，他既紧张又忐忑，不敢有片刻耽搁。在赵帮办的办公室里，赵乾宇板着面孔，再次强调清账整肃如何重要，特别吩咐到现场以后要秉公办事，不论遇到什么阻力都要凭据严查，不可敷衍苟且；不仅要查今年上半年的账，上一年的账目也要细细审核，若发现问题，一定要封存证据带回总号。齐明科慨然承诺，称绝不辜负上司期望。

　　简单的一次工作接见，赵乾宇并没有跟齐明科许诺什么，他清楚，做到这种程度就足够了，凭齐明科的聪明，他应当清楚自己进入钱号上层管理者的视线意味着什么。前程可期，自然倾情效力。姓齐的小子究竟是不是可造之才，德惠之行便见分晓。

接受总经理指派，又持有赵帮办所授尚方宝剑，齐明科到了德惠以后果然不惧盖茂权的任何恐吓，全程板着面孔公事公办。让齐明科遗憾的是，在德惠分号取得的问题账册竟然意外遭劫，回来时两手空空，到手的鸭子飞了，令他十分沮丧。这次突发变故，也让齐明科感觉到了后怕，看来盖经理的恐吓绝非虚张声势，说不定还有更厉害的手段在后头。刚才王百川命他起草报告，齐明科的心里开始打鼓。第一手证据没有了，起草报告的依据是他个人的工作笔记，所述问题的详略程度完全取决于他的笔下取舍，究竟应当如何拿捏尺度，找任何人帮忙参谋都不合适，他认定，只要摸准赵乾宇的态度就好办。在赵帮办的办公室里，齐明科虽然顾虑到王百川关于德惠查账消息不准扩散的要求，但还是详尽报告了德惠之行查到的问题以及在长春火车站的遭遇。他认定，这些情况赵帮办迟早会知道，如果自己此刻有所隐瞒，后果不堪设想。即便日后王百川追究起来，就推说是赵帮办执意要求他汇报的，又能怎样？毕竟赵帮办的级别比总经理还高半级。赵乾宇不动声色地听着，深色珐琅框眼镜的后面，他的眼皮频繁地用力眨动，让齐明科愈发不敢高声。

听完齐明科的报告，赵乾宇吩咐道："王总经理让你写报告，就按他说的办。鉴于实据缺乏，报告就更应当叙述得全面详尽。报告完成以后，另誊写一份给我，你和小陈都要在上面签字，以示负责。"

"我担心报告罗列的问题难以验证而引发非议。"

"非议又如何？谁有质疑，谁就拿出质疑的证据来嘛。清者自清，浊者自浊。盖茂权如果不服气，就让他想办法把自己洗白好了，我早就瞅着那个小子不地道。"

赵乾宇的最后一句话，似乎是不经意间顺口说出来的，齐明科清清楚楚地听在耳朵里。赵帮办的倾向显而易见，齐明科觉得心里托底了。他恭敬地告退，想着如何把所核查到的情况尽可能详尽地整理出来。他期待在永衡官银钱号引发一次大的震动。

整个下午，王百川都在看各分号和附属产业上半年财务稽核情况报告，越看越头疼。报告中虽然都是数字上的对比分析，但凭借多年担任分号经理的经验，他清楚那些数字异常的背后掩盖着什么。快到下班时间，调查股的董股长敲门进来，进门以后他并不坐下，压低声音说："总经理，我听说孙股长他们从延吉分号查账回来了，正在写报告。我提醒您，不管孙股长的报告怎么写，延吉分号上半年亏了多少钱，千万别往深里究。据我所知，上半年延吉分号借着周遭匪患猖獗的机会，浑水摸鱼，把赵帮办的老婆今年春天在蛟河买地的钱款也打进了成本。那天开会我发言替延吉分号的亏损找理由，本意是想挡住您派人去延吉核查，结果没拦住。我讲的都是事实，您要是不信，就当我放了一个没味儿的闷屁。"董股长说完，不等王百川回话，转身走了，急匆匆，如同刚刚做了贼一般。

董股长特别透露的消息，王百川将信将疑。听董股长的意思，延吉分号在成本账上做手脚替赵帮办谋私他早就知道，是道听途说还是造谣泄愤？首批核查的两家分号都出现了棘手的情况，令他左支右绌。卜午看稽核报告的时候，王百川的脑子里曾经产生过再选择两家分号或附属产业进行现场核查的念头，此刻他犹豫了，担心再选定的两家又触及其他更复杂的背景，更加不好收场。虽然总办刘恒曾经明确地表示对钱号清账整肃全力支持，但是到了关键时候，刘恒究竟能支持到什么程度难以预料，今天上午，他在电话中向刘恒报告德惠分号在核查中发现的问题以及相关账册在长春被劫的情况之后，没有得到任何明确的回应。

王百川心绪烦乱，他给表哥夏殿臣打电话，约他晚上到家里来下棋散心。下棋是他多年来解烦闷清思路的一剂良药。

晚上，夏殿臣拎着一包从南方新进的当年春茶和福源馆茶食店的两盒点心来了，他熟知，表弟对百年老字号福源馆的槽子糕情有独钟。

下过几盘棋，各有输赢，夏殿臣说："你的棋艺没什么长进，别下了，吃点心吧。"王百川丢下手中的棋子问："你说下棋最享受的是什么？""当然是赢棋，最后啪地一下把对手将死的那一刻最痛快。"王百川笑笑说："不然，我觉得下棋最享受的时候，是你眼看着对手面对必输残局而无计可施无招可破的那个痛苦状态。下棋的人都输过，或输得痛苦，或输得坦然；也都曾经赢过，或赢得潇洒，或赢得侥幸。人生如棋局，有输有赢是常态，既要赢得起，更要输得起。赢了不能得意忘形，把对手逼上绝路，输了不必怨天尤人，一蹶不振，否则永无翻盘的机会。"

"既然如此，咱就落子不悔，再杀最后一盘。"

王百川把棋盘推开说："不杀了，再杀必是和棋。"他打开点心盒子，从里面拿出两块槽子糕与夏殿臣分享，问道："咱家在德惠的买卖，你有多长时间没去关照了？"

"三四个月，打算最近去看看。"

"抓紧，明天就去，顺便帮我办件事。你上火车之前，去福源馆，买四盒点心带上，送给永衡官银钱号德惠分号的盖经理，就说是我送的。"

"你欠他人情？"

王百川摇头不语。

"光送点心，不捎两句话？"

"你亲手把点心送给他就行。如果他留你吃饭，不必推辞，酒桌上，多听少说。"

夏殿臣点头应允。王百川判断，如果抢劫案果真是盖茂权走的一步险棋，此刻他一定急切地等待着总号和自己的反应，而自己也需要时间静观其变。时间是个奇妙的东西，既能制造危机，又能缓解或消除危机，合理掌控和运用时间是高深的艺术。

两天以后的上午，王百川刚刚走进办公室，就接到总办刘恒亲自打来的电话，让他马上过去谈事情。

刘恒的办公室设在邻院，是一处独立的三间平房，平时刘恒来得不多，他在政府还有其他任职，两头忙。办公室的陈设，除了应有的办公家具之外，靠南窗还摆放着一张花梨木茶台。王百川进屋的时候，刘恒正端坐在茶台前品茶，有秘书在身旁服侍着。表情严肃的刘恒示意王百川落座，王百川问："赵帮办也来吗？"刘恒点头。果然，身后传来开门声，赵乾宇进来了。秘书为赵乾宇和王百川斟茶之后退了出去。王百川和赵乾宇交换了一下眼神，显然两个人都不清楚刘恒请他们来谈什么，不敢造次，便坐在那里静待刘恒开口。刘恒放下手中的盖碗，耷拉着眼皮问："德惠分号的事情，乾宇晓得了吗？"

"百川跟我讲过了。"

"你们打算怎么应对处理？"刘恒的目光落在王百川的脸上，王百川答道："已经安排齐明科撰写详细报告，同时指令德惠分号自行调整上半年账目，剔除虚假盈利以后重新上报。其他还应当采取哪些措施，还请总办和帮办二位大人明示。"

"乾宇可有其他考虑？"刘恒转而问道。赵乾宇皱了皱眉："棘手得很哪。据去现场调查的齐明科所报，德惠分号最要命的问题是去年私挪库银抵押贷款，投机谋利不成造成巨亏，罪不可赦。无奈罪证意外遭劫已不复存在，意欲处理而又无从下手，难。"

赵乾宇说的这几句话，不含任何措施谋略，几乎等于没说。室内又安静下来，刘恒呼呼的喘息声清晰可闻，让人联想到他胖大身躯的沉重负担。刘恒抬眼扫视一下赵乾宇和王百川，细目中闪出威严，愤愤地说："这些年，咱吉林永衡官银钱号的内部丑闻不断，虽多次惩治，劣行依旧不绝，如今德惠又发一案，着实可气可恨。对责任人，必须清查法办，严惩不贷。我等官居要职，肩担重责，不能懒政放纵，若遇难事便畏缩不前，无疑有容忍败类无忌胡为之嫌，还有何颜面安领官俸？"

刘恒的话语里，隐约流露出对帮办赵乾宇刚才表态的不满。刘恒停顿片刻接着说："前天，我已将此案通报长春警署，请他们协力侦捕劫匪，区区毛贼，我想不日即可缉拿归案。至于那个胆大妄为的盖某人，暂且先宣布停职，待清查报告出来之后再酌情定夺，该撤罚就撤罚，该起诉法办就起诉法办，要快查快处，杀一儆百。至于当下嘛，为了防止再起什么幺蛾子，还是先把他弄到总号的眼皮子底下监视起来，乾宇暂且在总务处给姓盖的安排个闲差，命他三天之内必须到位。"

刘恒的话前紧后松，不能不引起王百川的揣测思量。赵乾宇使劲眨了几下眼皮问道："把盖茂权调到总号来任职，派谁去德惠接任？"赵乾宇提出的问题看似适时合理，实则暗藏小算盘，他希望刘恒顺口提出让他推荐人选，他就可以借风使舵，把自己最信任的延吉分号经理推荐出来。德惠分号邻近北满铁路，交通便捷，其周边又是省内重要的粮食主产区，油水大，延吉分号则差之，在德惠安插个心腹，好处多多。不料，刘恒没有如其所愿，而是把目光投向了王百川，问道："百川有什么建议？选聘分号经理可是你总经理的职责。"王百川略微思考了一下说："分号经理独当一方，责任重大，甄选应当慎之又慎。我看还是等这次清账整肃全面结束，再从经营规范且业绩较好的分号当中择选，报二位大人定夺。"

王百川一句话把赵帮办的小心思堵死了，显然，延吉分号上半年亏损，不属于业绩较好分号之列，赵乾宇的心里很不爽。

"对其他分号和附属业的清账整肃进行得如何？"刘恒问。

"正在加紧进行之中。根据对各家账目的初查情况，我准备再派两个现场核查组，分别去永衡通和永衡成两家附属业，从这两家的账上也发现了一些可疑之处。另外，已经安排所有在稽核中发现问题的分号和附属买卖，自行对上半年账目进行改正调整。待上述两件事情办完，就可以向董事会全面报告本次清账整肃的最终结果。"

王百川讲这番话的时候，显得底气十足。刘恒伸手又端起茶台上的盖碗，皱着眉头说："抓紧，拖得时间长了有害无益。外面已经是谣言四起议论纷纷，对钱号的名声很不利。"

"是啊。好事不出门，坏事传千里，现如今，不分商场官场，锦上添花的凤毛麟角，落井下石者屡见不鲜，防不胜防啊。"

不爽的赵乾宇补上了一句含沙射影的话。

六

夏殿臣从德惠回来了，他在火车站就给王百川打了电话，王百川让他先别回家，直接到钱号来。

夏殿臣推开王百川办公室的门，不等表弟开口，便笑呵呵地说："点心替你送到了，还别说，你猜得够准，盖经理真请我吃饭了。酒桌上，他听说咱俩是表兄弟，嘿，跟我那个热乎劲儿，跟遇见多年没见面的老朋友似的。"

"他没问你点儿啥？"

"问了，问你最近忙不忙，说你当上总经理之后，还没跟你好好唠扯唠扯，想抽空儿来趟吉林城。"

"你咋说？"

"我说没看出你特别忙来，每天晚上下班回家，烧酒抿着，小曲儿听着，象棋下着，棋艺不精输多赢少还乐此不疲，说是最享受看我要被将死却无计可施抓耳挠腮的样了，可笑不可笑？"

"盖经理什么反应？"

"那小子始终笑脸相陪，深藏不露。"

"还问别的了吗？"

"没有，剩下就是天南海北扯闲篇儿。临走他特别交代，让我代他谢谢你送的点心。"

跟夏殿臣说了这许多话，王百川忽然意识到还没给表哥让个座，便赶紧起身相让，拎过摆放在窗台上的一个布兜子，递给夏殿臣说："这是朋友从山东捎来的烤烟，成色不错。你得意这一口，拿回去抽吧。"夏殿臣接过布兜子，伸手从里面撕出一小片烟叶来搓了搓又闻了闻，说："油足、味厚、地道，跟咱当地的蛟河烟掺和起来抽，上劲嘞。"王百川又问："咱家在德惠的粮栈和烧锅的生意怎么样？"

"粮栈经营得不错，烧锅一般，不温不火，我觉得该换个人当掌柜。"

"你认定该换就换，别犹豫。商场如战场，趁着现在是酿酒淡季，抓紧办。"

"还有一件事。我在德惠听说，最近西边冒出来一伙流窜砸窑的胡子，挺邪乎，当家的号称'三山好'，匪徒全都骑马，使快枪，来得急去得快，跨县作案，行踪不定，已经在通辽、乾安、长岭一带干了几票大的。德惠县府跟各家商铺和当地大户都打了招呼，让留神防范。我记得你多次念叨过，二十几年前，在辽西一带有一股闹得挺欢的胡子，名号也叫'三山好'，蹊跷不？"

"那股'三山好'已经消声多年，新拉起来的胡子帮借用曾经叫得响的名号给自己壮声威也是有的。这伙土匪当家的姓什么叫什么，多大年纪，知道吗？"

"还没听说。"

"你吩咐咱家在德惠、扶余各铺子的伙计留意打听着，有确实消息一定告诉我。"

夏殿臣答应了，见王百川再没有其他事情，走了。王百川站在窗前，透过窗户玻璃，目送表哥的背影远去，脑海中浮现的却是德惠分号经理盖茂权，他认定，一个人倘若心中有鬼，如何伪装也无济于事。从盖经理与夏殿臣看似平常的对话来分析，对方能够处乱不惊，不是心存侥幸就是另有所谋。平静的表象，或许掩盖着背地里正在进行的血腥博弈。王百川判断，对即将发出的调动令，盖茂权十有八九不执行。他瞬间产生了给帮办赵乾宇打个提醒电话的念头，犹豫片刻，还是放弃了。

果然，盖茂权声称身体不适，没有如期来吉林总号报到，让赵乾宇大为光火。区区分号经理，居然不听从总办和帮办调派，有伤威权。一怒之下，他没有跟总办刘恒打招呼，当面向总务处长和安防队长下达指令，立即派数名勇役，到德惠县再请盖茂权，有病不能行走，抬也要把他抬到吉林总号来。

吉林永衡官银钱号的安防队是政府特许设立的，共有勇役四百余人，配有少量武器，主要承担总号和各分号的站岗守柜、巡更值夜、看管金库、押运钱币等安保事务。指令下达了，赵乾宇心中的怒气依旧未消，他气哼哼地拨打电话到调查股，劈头就问德惠分号现场核查情况报告完成没有，得到的回答是暂无消息。

按照王百川的安排，由齐明科负责起草德惠分号现场核查情况报告，没想到接受任务的第二天，齐明科就病了，病得还不轻，高烧不退，一病就是四五天。其间，王百川派人去齐明科的住处看望了两次，还请医生上门诊治。如此一折腾，起草报告的进度就拖了下来。赵乾宇的心里真是起急，他一心指望通过捅开德惠分号这个口子，或许能漏出总办刘恒参与或纵容德惠分号违法谋私的蛛丝马迹来，他笃信二人之间一定有非常勾当。按照常理，既然齐明科和小陈已经在德惠分号的现场核查中，发现了盖茂权私挪公款投机谋利的违法事实，虽然突发变故，证据遗失，只要顺着这条线索派人再查，其违法行为定能查清砸实，但这些都需要时间，赵乾宇等不及了。

三天前，延吉分号经理悄悄来到赵乾宇家里，说稽核股的孙股长在延吉分号查账的时候，对上半年的成本账查得格外仔细，临走之前跟他交换意见，说话吞吞吐吐，欲言又止，怀疑那笔混入分号成本的买地款可能被孙股长发现了。赵乾宇赶紧打探孙股长从延吉回来以后的动向，当得知孙股长已经把延吉分号核查情况报告交给了王百川，他的心里就更没底，担心万一事情败露，王百川必然向刘恒报告，自己将彻底被动。他必须抢先攥住刘恒的小辫子，一旦延吉的问题东窗事发，刘恒为了自保，不至于抓住自己不放。至于刚刚提拔到总经理位置上的王百川，他相信在涉及总办和帮办两个顶头上司的大事上，不会犯糊涂。

听到盖茂权公然抗命的消息，王百川并不感到意外，只是不清楚盖某人的底气从何而来。他隐约感觉到，有一股势力在向钱号示威。世界上，无时无刻不在上演着大大小小的正义与邪恶之战，此消彼长，难以平衡。王百川全力主导的这次清账整肃，在吉林永衡官银钱号内部掀起了一股不大不小的矫枉之风，显然触及到了某些人的利益，激起反弹是迟早的事情。

钱号派出勇役去了德惠，王百川是第二天上午才从总务处长的口中得知的。总务处长姓关，四十几岁，本地人，深得赵乾宇的赏识，以往与王百川的关系很一般。王百川来吉林总号任总经理之后，他一直想找机会贴上去，如今机会来了。他以为，赵帮办虽然反复交代这次行动要悄悄进行，但是如果不主动跟总经理通个气，事后王百川知道了，肯定毫不犹豫地把他划归到赵乾宇这条线上，再想与其亲近就困难了。

听到关处长在电话中神神秘秘通报的消息，王百川很惊讶，又暗笑赵乾宇的愚笨。都说人急智生，德惠分号的事情还没有发展到不可控的地步，赵帮办一怒之下对盖经理采取非常措施，可谓不智。能把盖茂权强行弄过来尚可，万一弄不来又该怎么办？钱号内外人际关系错综复杂尽人皆知，派勇役去德惠的消息怎么能封锁得住？

事情的发展果真如王百川所料，当几名钱号勇役乘坐大半天的火车赶到德惠县城，盖茂权已然溜之乎也，不知去向。消息传过来，赵乾宇气急败坏，一个人在办公室里来来回回地走，情绪难平。关键人物溜了，德惠分号的问题追查不下去，痛失一次抹黑刘恒的好机会。他大口灌了几口凉茶，强压心头火，细细琢磨下一步该怎么办。裹藏在延吉分号成本账中的那笔买地款，犹如一颗定时炸弹，一旦被引爆，自己的帮办职位不保。

又隔了一天，一份由吉林永衡官银钱号德惠分号发来的紧急公文摆在了王百川的面前，公文标题是"德惠分号经理擅自离职情况的报告"。王百川简单浏览过公文，提起毛笔，在公文上方的空白处批示："急送帮办、总办阅知。"他没有提出任何处理建议。远离，观望，是避开矛盾集中点的最简单办法。公文被秘书拿走了，王百川用大号紫砂杯沏了一杯浓茶，热茶散发出的蒸汽在茶杯上方袅袅飘散，无声无息。

当紧急公文夹转送到赵乾宇办公室的时候，齐明科正垂手站在赵乾宇的办公桌前等待指示，他刚刚递上终于完成的德惠分号现场核查情况报告。大病几天，齐明科的眼窝深陷，面色灰白。赵乾宇接过他曾经急于想拿到的这几张纸，随手丢在一摞文件的上面。突发的变故，令这份没有证据支持的核查报告变得一文不值。赵帮办阴沉着脸，一言不发，齐明科知趣地退出去了。

经过清账整肃，吉林永衡官银钱号上半年的亏损额比最初结账时减少了六十多万元，这个结果，在董事会上得到充分肯定。王百川在给董事会的报告当中，只是提及向德惠分号等四家分号或附属业派出了现场核查组，并没有详细罗列核查中发现的具体问题，他报告的重点是对清账整肃中发现问题的原因分析，比如分号仍然存在超额雇用员工导致成本浪费、盲目私自扩大业务范围发生亏损、超限借贷或贷款逾期不还现象普遍、存货计价标准不一、多提或少提折旧、造假舞弊粉饰太平等。董事会最终决定，根据清账整肃中发现的问题，重新修订分号管理章程，用更严的规矩，约束各方经营行为。

董事会结束了，王百川和赵乾宇前后脚往外走，赵乾宇表情复杂，他一只手搭在王百川的肩头上说："都说头三脚难踢，百川你这头一脚踢得不错，听见响儿了，佩服。"王百川微笑作答："有您和刘总办帮衬，胆子大，无后顾之忧。"

"听说你把稽核股的小陈辞了？"

王百川停下脚步说："有人告发，小陈在德惠现场核查期间很不检点，有嫖娼行为。你知道，我在长春分号的那些年，就最反感手下人有嫖、赌、抽的劣行，那都是糟蹋钱的无底洞，一旦沾上，花钱如流水。钱不够花咋办？就可能利用职务之便伸黑手，或者被某些人捉住把柄，裹挟下水。对这类雇员，我从不客气，发现了一律开除。还有，从德惠分号带出来的那些账册是从小陈手上被俄国人劫走的，我怀疑有人事先买通了他，是内鬼。"

"既然怀疑小陈是内鬼，就应当深查其幕后主使，你把他开除了，追查的线索不就断了吗？"赵乾宇对德惠分号盖经理的事情依旧不死心。

"人急造反，狗急跳墙，盖茂权一事就是前车之鉴，我可不想重蹈覆辙，不如简单处置，开除了之，以绝后患。如果容忍这种败类继续留在咱们永衡官银钱号，下回再丢的恐怕就不是账本了。家贼难防啊！"王百川说完，大步离去。

赵乾宇站在原地，回想着刚才王百川说最后一句话时的眼神，那犀利的目光让他心头一悚，"家贼难防"，是在说小陈还是另有所指的双关语？他体会到了做贼心虚是什么感觉。

得到了董事会的认可，清账整肃基本结束，王百川并没有因此感到轻松，反而有些困惑和迷茫。他边走边想，董事会上，九位董事中为什么没有一个人提问德惠分号经理盖茂权的事？分号经理突然离职出走，他们全然不知还是装聋作哑？在对清账整肃一片赞许之声的背后又隐藏着什么？身后突然有人喊他，王百川回转身，看见是副总经理张文举追了过来，他刚才列席了董事会，看着赵帮办坐上马车走了，他才追上王百川，兴奋地说："总算告一段落，找个地方喝点，放松放松，我做东。"

王百川此时并没有心情喝酒，但是副手主动相邀，不答应不合适，况且他很想听听张文举此时的所思所想，便应道："好啊，去后鱼行胡同的酱肉火勺铺怎么样？他们家的酱肉卤得好，肥肉不腻，瘦肉不柴，夹着火勺吃，醇香得很。"

"好，那家铺子吃客少，清静。"张文举转身招手，叫过来一辆马车。

后鱼行胡同的这家酱肉火勺铺子由于价格高，一般人消费不起，客人很少。临窗的雅间里，空气中弥漫着酒香肉香混合的厚腻气味。王百川和张文举二人落座点菜之后，利用等待烫酒的间隙，每人先吃了一只夹肉火勺垫底。王百川大口吃，细细地嚼，脸上充溢着满足感。片刻，酒菜上齐，二人开始慢饮。张文举开口道："老话讲，'喝凉酒使赃钱早晚是病'，真是蛮有道理。盖茂权财迷心窍，胆大妄为，知法犯法，结果闹得人财两空。他也不想想，纸哪能包得住火，迟早燎了自己。可惜那么精明的人。"

"他那不叫精明，是利令智昏，鼠目寸光。"

"我没琢磨明白，在刚才的董事会上，丁督办怎么对这件事情连问都没问一句，他是根本不知道，还是另有他虑？"张文举用期待的眼神看着王百川。王百川把玩着手中的锡质小酒盅，慢悠悠地说："谁猜得透呢。不过我分析，十有八九是刘总办把这件事刻意隐瞒下了。你想，一名分号经理，把分号掏出个亏损大窟窿之后拍拍屁股不辞而别，怎么讲都是一件窝心的事情，深究起来麻烦多多。如果一味追查下去，拔出萝卜带出泥，就更难收场，谁也别想全身而退。"

"也是，谁都不愿意端起屎盆子往自己的脑袋上扣，保不齐刘总办压根儿就不想往深追。"

对张文举的这句话，王百川没有直接回应，他至今不清楚张文举究竟是谁的人，便故意做出懊悔的样子说："若早就知道查账能引出这么多的罗乱，当初我就不该跟总办帮办提清账整肃的建议。"

"差矣！咱吉林永衡官银钱号多年来累积问题太多，早就应当快刀斩乱麻，就是没有人肯下手，都是瞻前顾后缩手缩脚，才搞得积弊成堆。不管怎么样，你出手搞一回清账整肃，下头那些分号经理厂铺掌柜的手脚就能缩一缩，老实个一年半载，不然一个个都动起歪心眼子算计总号，你百川兄就是生了三头六臂也防不住。"

"别想得那么轻松。岁月轮替，人性难改，何况当今世事动荡，朝不知夕，难止贪夫徇财，万万松懈不得。"

窗外传来阵阵笑声，引得王百川和张文举不约而同往街对面望去，那里聚集了一圈人，观看圈子中间的两个艺人表演双簧，笑声就是从那里发出来的。两人看了一会儿，王百川说："你看那演双簧的，担前脸儿的耍笑卖相，完全听命于后身儿的语言支配，商场之上何尝不是如此。我们能看见的，往往是前脸儿的拼斗厮杀，很难搞清楚躲在后面策划指挥坐收渔利的是何方神圣，让人心生不安。"

"凭百川老兄慧眼，还能瞧不透幕后精灵？我看你是故意闭眼，装糊涂而已。"

"想糊涂不必装，多喝几杯就全有了。"

二人相视一笑，碰杯，一饮而尽。

七

一九二二年的春节是在一月下旬，相比往年早了一些。刚刚结完上一年的账，春节就到了，让人觉得忙忙碌碌的。

过去的一年，吉林永衡官银钱号累计亏损近二百七十万元，比前一年少亏三百多万，这一结果，与王百川自年中掌政钱号总经理之后，从严管理查补纰漏不无关系。钱号管理有改观，丁督办和刘总办在省府说话的底气也足了些，对那些向省长上书指责官银钱号的官员们算是有了交代。过年期间，王百川到上面走动拜年，听到的大多是真真假假的赞许或奉承，让他不知该喜还是该忧。

正月初六，吉林永衡官银钱号新年开张。钱号门前，八只大红灯笼在寒风中来回摇摆，大门上张贴着总办刘恒亲书的大红春联，格外醒目，雄浑的字体凸显其书法功力的深厚，不枉曾为清朝举人。刘总办、赵帮办、王百川以及各级雇员衣着光鲜，早早地齐聚钱号门前。刘总办红光满面，脸上堆着难得一见的微笑。他头戴海龙皮帽，身穿貂皮大衣，胖大的身躯更显臃肿。赵帮办似乎不那么怕冷，他身穿俄国毛呢大衣，配驼绒围脖，水貂皮帽子，黑色羊皮手套，频频与众人拱手作揖。王百川今天穿崭新的青缎子面的皮袍马褂，戴银灰色狐狸皮帽子，看上去如同街面上某些商铺掌柜的一般。众人寒暄过后，总务处关处长一声令下，几名手持燃香的勇役点燃爆竹。六十六挂千响鞭，八十八只二踢脚，依次炸响。顷刻间，鞭炮声震耳欲聋，吉林永衡官银钱号门前的街道完全被升腾的烟雾所笼罩，空气中弥漫着浓浓的火药味，附近围观的老百姓摩肩接踵，气氛热闹非常。

按照习俗，商铺正月初六开张只是一场象征性的仪式，鞭炮放过，人们相互拜礼，祝新的一年发财吉祥，之后就各自散去回家，商铺正式开张营业还要等到正月十六。

总号的开张鞭炮放过，刘总办、赵帮办、王百川、关处长等人按照惯例，分乘马车，匆匆赶往设在吉林城内的其他几家永衡旗下的附属业，逐户参加新年开张放炮仪式。大半个上午，他们先后去了设在吉林西大街的当铺永衡泰、桥头街的当铺永衡裕、西关的当铺永衡昌、翠花胡同的杂货铺永衡茂、北大街的估衣铺永衡长和东关的永衡电灯厂，最后落脚在粮米行街的永衡印书局。

永衡电灯厂和永衡印书局是吉林永衡官银钱号所属的两家重要工厂，尤其是永衡印书局，还承担着印制纸币的业务，可谓重中之重。今天虽然已进农历五九，但是四九严寒的威力尚存，加上刮西北风，几个人冒着寒风在吉林城里转了三个多钟头，几乎要被冻透了。永衡印书局门前的开张鞭炮放过，总务处关处长赶紧招呼印书局程经理安排大家进客厅喝茶，暖和休息，程经理已经在印书局客厅里置摆了干果糖块茶点。

永衡印书局的客厅只有两间房大小，青砖铺地，屋地中间有一个砖砌的煤炉子，炉火正旺，铸铁的炉盖炉圈都被烧红了。众人进屋，暖气扑面，快要冻僵的面额顿时感到热乎乎的。有雇员把几位上司摘下来的皮帽子和脱下来的大衣接走挂好，又沏上热茶，便退了出去，客厅里，只有刘总办、赵帮办、王百川、总务处关处长和印书局程经理等五个人。

两杯热茶下肚，驱散了身上的寒气，刘总办才慢吞吞地说："去年这一年总算是勉强过去了，诸位的付出都不少，丁督办特别让我向大家转达他的新春问候。在各分号和附属业当中，程经理最为辛苦。为了渡过财政难关，去年咱吉林永衡官银钱号共新发官帖五亿五千万吊，还有五十五万吉大洋和二百九十万吉小洋，为民国成立十年来增发量最高，印书局功不可没。"刘总办稍作停顿之后又说："当然，大量增发新币的弊端，诸位的心里一清二楚，这也是权宜之计，无奈之举，我等左右不了。可喜的是，这种状况今年有望改善，孙省长年前已经下令，即刻暂停印制和发行新币，你程经理今年可以轻松一些了。"

听到这条消息，王百川和程经理的脸上，都流露出赞许的表情，赵帮办表情生硬地插话道："省长的指令好下，时局变化难料，万一再打起仗来，军费就是一群狂奔野马，谁也拦不住哇。"

"赵帮办的提醒有道理，这也是我后面要强调的话。"刘总办瞟一眼赵乾宇，说："新币印制虽然暂停，必要的准备工作不能停止，比如印钞纸和油墨的采购、印刷设备的维修和更新等等，都要抓紧办。时局确实不稳，应当未雨绸缪，毋临渴掘井。据我所知，目前北京政府关于内阁组阁的问题，吴佩孚和咱张大帅的意见相左，且分歧越来越大，难以弥合，后势堪忧。日后如能谈拢尚好，最怕吴张反目，刀兵相见，结局就难料了。这些话我只跟你们几位讲，对外定要慎言。钱号高层的任何言行举动，都是金融投机者最关注的，谨防他们借机小题大做，兴风作浪。"

刘恒讲完这番话，端起茶杯喝茶，程经理见状插言问道："快晌午了，属下冒昧，在鸿运楼预订了席面，总办、帮办和总经理能否赏光，喝一杯属下的拜年酒？"刘恒说："承蒙好意，过年期间，大家都很忙，一会儿就各自打道回府吧。"话音刚落，刘恒的秘书急匆匆敲门进来，快步走到刘恒的身旁报告说："总办，接到电话，德惠的永衡兴刚刚被一伙流窜的胡子抢了！"秘书说话的声音不大，但屋子里的几个人都听得清清楚楚，众人为之一惊。

永衡兴是永衡官银钱号设在德惠县大青嘴镇的附属业，距离德惠县城有四五里路，主要经营项目是杂货和烧锅。赵帮办追问："是哪个山头的胡子，损失大吗？"

"报告说这伙胡子号称'三山好'，近几个月多次在咱省的西部地区流窜作案。今天早晨，永衡兴开门放鞭炮，土匪乘着伙计们不防备，且过年放假期间店内值班的伙计不多，突然冲进去实施砸抢。好在店铺还没正式营业，抢走的钱很少，损失了几千斤粮食，有三名伙计受伤。"

突发事件把大家过年的好心情冲击得荡然无存，刘恒红润的脸色变成了铁青，他把手中的茶杯重重地放下，怒声道："胡子竟敢白日抢劫，真是猖狂之极！匪患不除，永无宁日。没办法，只好辛苦乾宇一趟。你即刻带人去德惠，慰问受伤店伙，详查劫难实情，敦促警方剿匪，尤其要防止内部人乘乱浑水摸鱼。关处长马上返回总号，给所有分号和附属业发通告，让他们加强防范。"

大过年的，又逢数九严寒，赵帮办虽然很不愿意接受刘恒派遣的差事，却又无可奈何，摇晃着脑袋说："今年开门不吉，开门不吉呀。"说完，起身穿大衣戴帽子，先走了，其他人随后也都离开了永衡印书局。

天空铺满灰色的薄云，大街上覆盖着被人们踩实的积雪，上面散落着燃放鞭炮留下的红色纸屑。各家店铺的门前，彩灯高悬，对联鲜红，附近的街巷里，不时传来孩子们燃放小鞭的噼啪声和嬉闹声，节日的气息尚浓。王百川坐在马车上，脑海完全被土匪三山好占据了。自从前些日子听说土匪三山好重出江湖，他就派人四处打探与三山好有关的消息，所获甚微，只听传说匪帮三山好有两个当家人，皆不知姓名，大当家的人称"虎爷"，二当家的是虎爷的儿子。

天空飘起了清雪，细小的雪粒借助西北风抽打在脸上，冰冷刺痛。街巷里玩耍的孩子明显减少了，行人把御寒棉衣帽裹得更紧，步履匆匆。衣衫褴褛的乞丐躲进门洞或墙角，蜷缩着避风。清雪不紧不慢地下着，悄无声息，王百川远远地看见毓文中学门前有两个人在弯腰扫雪，其中一人很像是韩校长，他便让车夫把马车赶了过去。走到近处一看，其中一人果真是韩校长，另一个是学校的门卫兼杂工。韩校长身穿灰色棉长袍，脖子上围着藏蓝色的毛线长围脖，没戴帽子，几缕长发向侧方耷拉着，扫雪辛苦，他额头上渗出汗珠。听见有马车来，韩校长停下手中的扫帚，直起腰来观瞧，见车上下来的是王百川，便笑呵呵地迎过来说："想不到，我毓文中学开年迎接的第一位客人，竟然是咱吉林城的财神爷，好兆头。王总经理新年发财啊！"王百川拱手回话："百川给韩先生拜年。我可不是什么财神爷，往大了说，充其量是个门神，给永衡官银钱号看门的。"韩校长把手里的竹扫帚交给杂工，用毛围脖擦一下额头上的汗说："原打算等到正月十六你们钱号正式上班，我和副校长要登门拜访，一是拜年，二是向您表示感谢，停发了半年的补助费过年前一次性补齐了，教师们都挺高兴。没想到您今天捷足先登，失礼，失礼。"王百川摆手说："小事一桩，不值一提。今天才初六，校长这是寒假没回天津还是从天津回来了？"

"学校杂事太多，夫人又说没见过东北的大雪，干脆就让夫人带着孩子来吉林过年。这不，昨天吃完破五的饺子，今天早晨我刚把她们娘儿俩送上火车。"

"你看，这就是你韩先生的不是，夫人来了怎么不知会我一声，也好请你们一家子到我那陋室坐坐，以尽地主之谊。"

"百川兄所言谬矣，难道只有您是地主，韩某我来吉林办学已然五个年头，就不算是地主吗？"

王百川一拍脑门："嘻，真是的，先生的水平就是不一样，我该挨板子。走吧，既然无缘见到韩夫人，咱俩回家喝一杯，我还要跟先生再讨教。"

"大正月的，到你家里讨扰，不合适吧？你还有一大家子人呢。"

"既然不愿意到家，去你那儿怎么样？从同和居叫一个火锅来，咱两个人涮锅子，既热乎，又清静。"

"只要你总经理不嫌乎我住的地方窄巴，行啊。"韩校长欣然应允。

韩校长租住的房子距离毓文中学不远，是两间青砖房，没有院子，门前胡同狭窄，房屋老旧，房顶的瓦脊中，几簇枯黄的野草在寒风中摇曳。打开房门看到，外间屋被从中间分隔开，前半部分是灶间，后半部分是韩校长的书房，里间屋子里有一铺火炕和简单陈旧的家具。韩校长招呼王百川先坐下，他去捅开煤炉子，好让屋子里暖和起来。

工夫不大，店家把火锅送来了，韩校长说："咱俩在炕桌上吃吧，坐炕上热乎，就是不知道你盘腿的功夫怎么样。"王百川边摘帽子脱皮袍边说："保证不比你差。"

炭火旺盛，锅汤滚沸，火锅里满满地煮着羊肉片、猪肉片、酸菜丝、冻豆腐、粉条，混合的香味随着蒸汽升腾散开，屋子里很快就变得暖融融的。

王百川和韩校长相对而坐，两杯热酒下肚，韩校长问："都传您王百川上任就行霹雳之手，整顿内部，清账肃贪，业绩斐然，果真那么有效果？"

"多年积弊且世风日下，所谓霹雳之手，也不过如学堂里先生敲桌子打手板吓唬学生，雨过地皮湿，痼疾依旧，业绩斐然就更谈不上。按照上头的要求，正在修订相关管理章程，但是章程这东西如同扎篱笆，扎得再密再紧也挡不住鼠窃狗盗。"

韩校长微微一笑，说："区区鼠窃狗盗，与军阀相斗对国家的伤害相比，是小巫见大巫。他们伤的是国家的元气。中医认为，气为血帅，血为气母，气无血不存，血无气不行；元气充则体健，元气损则病生，元气尽则命终。现如今，国家动荡，内战不止，匪患横行，民不聊生，加之外国列强乘机疯狂侵入蚕食，可谓内忧外患。国家元气大伤，如不根治，迟早有亡国的那一天。"

"讲得有道理。来你这儿之前，总办帮办等我们几个人在预测今年钱号经营形势的时候，都认为最不可控的风险就是发生新的战事，一旦又打起仗来，军费就是无底洞，不发票子难以支撑，而滥发钞票，必然导致通货膨胀，对政府和老百姓都是灾难。"

"怕是灾难要临头喽。"韩校长夹起一片冻豆腐放进碗里，抬头问道，"最近一两个月的报纸你看了吗？"

"看了，太乱，弄不清楚，尤其是进入一月份，各种通电铺天盖地，有吴佩孚发的、梁士诒发的、张大帅发的、冯玉祥发的，还有国务院发的，互相打嘴仗，是是非非，好像谁说的都有理，难辨真假。先生认为，他们争斗的根本目的是什么呢？"

"当然是权力，是掌控北京政府的权力。自从张作霖极力推荐的梁士诒出任内阁总理以后，北京就不消停了。吴佩孚坚决反对以梁士诒为首的内阁，他连篇累牍地发通电，攻击梁内阁在胶济铁路问题上媚日卖国，还联络江苏、江西、湖北、山东、河南、陕西六省督军省长联名发电，逼梁士诒下台。你没见报纸上发表的那些电文，措辞一篇比一篇犀利，字里行间散发着呛人的火药味，大有不达目的不罢休之势。对吴佩孚发起的这轮电报战攻势，张大帅明显还击无力，始终处于下风。结果在腊月二十八那天，仅仅上任一个月的内阁总理梁士诒，终于托病请假离任。今年这个春节，张大帅过得堵心哪。你想，吴佩孚倒梁成功，张作霖岂能善罢甘休？所以直奉之间必有一战。说不定双方现在已经开始调兵遣将忙备战了。"

听了韩校长的这番话，王百川对面前的酒食全然没有了兴致，他索性放下筷子说："自古就有名言，'覆巢之下安有完卵'，这些年来感受得越来越深。军阀混战，百姓遭难。没有国泰，难保民安。北京那么远的不讲，就在今天早晨，钱号在德惠的买卖永衡兴，被一伙流窜的胡子抢了。大正月里胡子出来砸窑，而且敢在大白天下手，实属罕见。这世道，不要命的越来越多。"

韩校长听了不以为意，说："没什么奇怪的，正应了老子在《道德经》里的话，'民之饥，以其上食税之多，是以饥。民之难治，以其上之有为，是以难治'。"

"什么意思？"

"意思就是说，统治者为了奉养自己，把民脂民膏都搜刮干净了，人民没有了活路，自残其生也不足为奇。"

"都说乱世出英雄，真盼望咱大中国能出现一位挽狂澜平军阀扭乾坤的人物，还老百姓一个清明的世界。"

"会有的。"韩校长十分肯定地说，"比如目前在广州任非常大总统的孙中山先生就是一位。十年前，是他组织和发动了武昌起义，推翻帝制，建立共和，这就是国家的希望。"

"你认为今后这位孙先生能得势？"

"人心向背，皆决于是，咱们拭目以待吧。"

从韩校长家里出来，王百川的心里感觉踏实了一些，如眼下的五九时节，虽然依旧寒冷，但春天的气息已丝丝可闻了。

八

清明节过了，西南风多了起来，空气中有了春天的味道。松花江岸边的柳树，枝条婀娜，随风轻摆，不经意间，泛出淡淡的绿色。春天的勃勃生机，并没有给王百川带来温暖和希望，他的心情，随着不断从奉天和北京传来的坏消息，变得越来越糟。三月底，总办刘恒告诉帮办赵乾宇和王百川，张作霖已经将奉军改称为"镇威军"，自任"镇威军"总司令，调集十二万人马，即将对吴佩孚动武。王百川立即安排已经调到文书股任副股长的齐明科，专职关注直奉战事，负责把每天从各方面得到的战场消息与国内外的反应编成简报，送给督办、总办、帮办和总经理，因为仅仅从报纸和广播电台得到的消息远远不够。

齐明科上次从德惠分号查账回来之后，本想通过一份清账核查报告在钱号一鸣惊人，没想到横生意外，未达所愿，让他失落了好一阵子。现如今总经理再次把几位上司最关注的任务交予他，自然不敢有丝毫懈怠。今天早晨一上班，刚刚从报馆电讯科打探消息回来的齐明科，就敲开了王百川办公室的门，报告说："昨天晚上，由张作相率领的西路军，已经到达京汉铁路长辛店一线，与先期抵达静海德州一线的东路军，形成了对北京和河北的夹击之势。照这个样子看，如果没有外力介入说和调停，双方可能很快就要交火了。"

王百川从书柜里取出地图，齐明科在上面找到两路大军已经抵达的相应位置，王百川看了一会儿，问："吉大洋的汇率走势怎么样？"

"跌呀，昨天收盘又跌了三个点。"

"通知营口分号、天津分号和上海分号，密切关注资金流向，发现异动即刻报告。"

齐明科答应以后出去了，王百川久久凝视着地图，图上那些密布的不规则曲线、圈、点、细小的地名，在他的视线中逐渐模糊起来，仿佛被越来越浓的硝烟笼罩。他仿佛看见了无数的飞机、枪炮、铁甲车、兵士、飞溅的血肉、断壁残垣。直奉之战一旦打起来，不论谁胜谁负，对国家和民众，都将造成无法弥补的巨大创伤。

副总经理张文举推门的声音，打断了王百川的思绪。张文举进屋就看见王百川在对着办公桌上摊开的地图发呆，问道："怎么，打算替咱的张大帅排兵布阵哪？"王百川笑笑说："我若是有指挥千军万马打仗的本事，早就不在钱号当掌柜的了。"

张文举在王百川的对面坐下，说："真是怕什么来什么，年年人把大把的银子扔在战场上，今年钱号的日子又难过了。"

"如果打一仗能换来十年八年的太平，让政府和老百姓都能缓口气，休养生息，也值。"

"难，我估摸直奉这一仗，张大帅凶多吉少。"

"你这悲观的想法从何而来？"王百川此刻虽然也有同感，但是他很想听听张文举是如何分析的。张文举扭头看一下屋门，回过头来严肃地说："我的这些话，只敢跟你百川兄一个人讲，传出去惹麻烦。咱虽然没当过兵，没打过仗，但是《孙子兵法》读过几遍。孙子讲过，决定战争胜负的主要因素离不开道、天、地、将、法，用这五个字衡量，奉军先天不足。"

"详细说说。"王百川把地图转了一个方向，便于张文举正向观看。张文举把手按在地图上说："不用看图，先讲'道'，就是所谓的人心向背。这次张吴反目的导火索，是吴佩孚谴责张作霖扶持的内阁总理梁士诒擅自跟日本驻华公使答应，向日本银行借款，用于赎回胶济铁路，甘为外人作伥。虽然梁总理一再否认，说自己没答应过，但社会舆论已经认定他就是卖国贼，纷纷通电讨伐，民心已失。再讲'地'。《孙子兵法》有云：'凡先处战地而待敌者佚，后处战地而趋战者劳。'奉军从关外大举进兵关内，直军则是以逸待劳，奉军明显吃亏。最后谈'将'和'法'。两军将领的优劣咱不清楚，且不做比较，仅从双方兵力来比，我认为吴佩孚为了迎战张作霖，调集的军队不会比奉军少。奉军作为进攻一方，假如兵力数量不占绝对优势，胜算不大。几大因素无一占优，胜从何来？"

对张文举的这番分析预测，王百川从心底认同，但是不能明确地表示出来，反问道："连你这平头百姓都能把胜负因素分析得头头是道，难道张大帅就不清楚？"

"张大帅究竟打什么算盘不好讲，但是我听说奉军内部的意见也不一致，奉军元老张作相就带头反对与直系开战。"

"反对有什么用，大帅一声令下，他张作相还不是带着西路军开进关了？开弓没有回头箭，等着听消息吧，战场上从来都是千变万化，什么奇迹都有可能发生。"

张文举悲观地说："大炮一响，黄金万两，一场大仗，能把国家经济拉得倒退好几年。日本人、俄国人，又有机可乘了。"张文举站起身，刚要迈步离开，自己却先笑了，说："你看，进门说起打仗就忘了谈正事。我来是想问问，牛家又卖了一处'升'字号买卖您知道吗？"

"没听说。什么时候的事？"

"昨天，据说是北京的戏班子经营困难，快撑不下去了，牛子厚从北京捎信过来，让他大公子牛翰章寄钱过去。你知道，牛家这些年的生意每况愈下，凑不出现钱来，只好又卖了一处铺面。刚才牛家打来电话，说马上要派人过来开汇票，两万大洋，数字不小，开不开？"

"你请牛翰章亲自过来办吧，免得出岔子。我真佩服这位子厚大哥，为了北京的戏班子，家业都豁出去了。"

张文举出去了，王百川的思绪却还停留在即将爆发的直奉之战上。刚才张文举说，据传言，张作霖的心腹将领张作相明确反对直奉开战，引起王百川对张作相的好感，说明此人有远见、不苟同，心想日后如有机会，一定要结识这位张辅帅。

上午的这段时间里，与齐明科和张文举交谈的都是与战争有关的话题，搞得王百川的心情很郁闷，坐不住，他索性离开钱号，考虑或者到城里几家永衡官银钱号下属的买卖走走，或者到附近的天锡号、日升恒等民营钱庄看看，没有准确的目标，完全随心情。

王百川来到钱号门前的西大街，街上商铺云集，行人熙熙攘攘，他站在厚木板铺成的人行道边，打算叫一辆马车。吉林城依托长白山，木材资源丰富，用木板铺设人行道是此地的一大特色。他刚刚站定，就看见一辆马车急急奔来，车上坐的竟然是家里的门房老谭。马车在王百川的身边停下，老谭从车上跳下来，急促地说："东家，出大事了！夏三爷的儿子喜旺赶的马爬犁掉进松花江冰窟窿里了。"

"人呢？"

"人也掉进去了，我从家来的时候还没捞着呢，太太让我赶紧过来报信。"

"我三哥呢？"

"带着人在江面上呢。"

"快走，上江沿。"

王百川夫人梁氏的表哥夏殿臣育有二女一子，儿子的名字叫喜旺。夏殿臣家境殷实，供儿子上学不成问题，无奈喜旺从小厌学，小学毕业以后说什么也不愿意再念书。好在夏殿臣是王百川家的大掌柜，随便在哪个店铺里安排个梳着分头外穿马褂的体面事情都很方便，但是长得人高马大的喜旺偏偏愿意跟骡马打交道，乐于当老板子赶大车。几次争拗不过，夏殿臣只好顺了儿子的心，喜旺就成了王家烧锅的车把式。王百川和夫人梁氏也很喜欢憨厚能干的喜旺，现在听说喜旺出事了，王百川心急如焚，连连催促马车快跑。

滔滔松花江，从长白山天池发源，自东向西浩浩荡荡一路奔来。江水在吉林市优雅地转了一个倒"S"形弯，城市便沿江而生，沿江而舞。松花江水不仅滋润了两岸肥沃的黑土地，也兴旺了造船业和航运业，所以吉林在明朝年间，就有了"船厂"这个名称。吉林城虽然历史悠久，但是由于江面宽阔，水深流急，江上一直没有桥梁，人们来往于松花江两岸，流水季节依靠木船摆渡，入冬江面冰封以后，马爬犁就成了主要的越江运输工具。

眼下已近四月下旬，又连续刮了几天西南风，江面上有些地方已经开始融化，很快就要全面开江了，岸边的渔民也都开始为捕捞开江鱼做准备。松花江里的鱼儿经过冬季四五个月的低温与饥饿，体内脂肪几乎消耗殆尽，废物也排得干净，其肉质变得非常紧实，滋味异常鲜美，开江鱼便成了每年不可多得的美味。松花江春季开江，往往是一夜之间的事情，所以在这段时间里，人们不敢贸然从冰面上行走。但是有些胆子大的渔民，为了抢捞开江鱼，卖个好价钱，往往冒险在江中心寻找冰层较薄的地方凿窟窿下网，这些冰窟窿重新被冻结之后，其冰面很薄，走在上面更加危险。当王百川和老谭到达江边的时候，远远地看到仍然有几个渔民在冰面上劳作，他们的身影在一团团雾气当中若隐若现。

王百川下了马车快步走下江堤，看见夏殿臣在十几个人的簇拥下，正小心翼翼、步履蹒跚地从冰面上走回来，王百川和老谭互相搀扶着迎上前去。王百川的目光迅速扫过对面走过来的人群，没有发现喜旺。眼前的夏殿臣俨然换了一个人，他面色灰白，双目红肿，身上沾着泥土和冰碴，棉裤脚和棉鞋都被江水湿透了。王百川上前拉住他的双手问："没找着？"夏殿臣无言地摇头，泪水夺眶而出。王百川问搀扶着夏殿臣的烧锅掌柜老孟："你们不知道要开江了危险吗？怎么还派喜旺过江？"孟掌柜满脸歉疚地说："今天早晨，我看见喜旺套马爬犁要往江南送货，就跟他说，开化了，现在过江太悬乎，等十天半月以后江上能走船了再送货也不迟。喜旺说，早晨来烧锅的路上经过江沿，看见有爬犁在上头走，估计问题不大，说试着走走，不行就回来。哪承想出事啊！"

"喜旺是怎么掉进江里的？你们刚才找着什么没有？"王百川继续问。有人在旁边作答："两匹马掉进冰窟窿里一匹，爬犁卡住了，没掉下去，人没了。估计是喜旺去救牲口，滑进冰窟窿的。"

"捞不着了？"王百川又问。众人不语。

江上起风了，吹散了江面上的雾，王百川让众人照顾着夏殿臣先回去，自己则坐在江边的土坡上，面向冰封的松花江，努力平息着悲伤的情绪。这条可爱又可惧的松花江，千百年来吞噬了多少条鲜活的生命。他看见依然有人和马爬犁在冰面上往返行走，并没有被今晨发生的悲剧阻滞。或许他们还没有听说，或者听说了但觉得那种悲剧距离自身很遥远，他们不明白人生无常，风险相随。

王百川在江边坐了许久，一直站在他身后的老谭劝王百川说："江风太硬，回去吧。等开江了，打发人顺着江边往下游寻寻，说不定能找到尸首。往下走江岔子多，人漂不远。"他见王百川半天未动也没回话，又感伤地说："什么时候官家能在这松花江上架一座桥就好了。"老谭的这句话，正是王百川此时的所思所想，便回应道："如今为官的，所争所斗都是为了眼前的私利，像修桥修路这类造福后代的善事，又有哪个愿为呢？"

接下来的几天里，悲伤的气氛始终笼罩在王百川的家中。每天晚上王百川下班回家，都要陪着夏殿臣说话，以纾解他的丧子之悲。这一天晚上，王百川刚进家门，就看见夏殿臣神色紧张地坐在客厅八仙桌旁等着他，桌子上摆放着一封信。王百川问："又出什么事了？你的脸色这么难看。"

"胡子'三山好'给咱家在农安的当铺佰德昌下帖子了，还点名要面见我这个大掌柜。"

"哦？"王百川惊愕地坐下，把那封信展开来读。书信是用毛边黄表纸写的，上书："夏掌柜台鉴：久闻贵号佰德昌生意兴隆，东伙皆仗义疏财，乐善好施。值此苦春之季，特求助大洋三千元，五日内务必亲自送达青山口邢家店。若逾期不至或协警相抗，将奉上刀枪水火之礼。三山好。"

书信看罢，王百川问夏殿臣："三哥怎么打算？"

"破财免灾，被胡子盯上了，不去怕是不成。"

王百川思索一会儿，说："喜旺刚殁，你的心情和身体都没调理好，还是我亲自走一遭。"

"不成不成。"夏殿臣的脑袋摇得似拨浪鼓，说，"没到关键时候，主帅哪能轻易离位？三山好的名头再大也是个胡子，你去，高抬他了。"

"不然，我总觉得这件事情跟我有关。另外，咱家在吉林的名头大，买卖多，跟胡子结怨没有任何好处。俗话说，多个朋友多条路。你把大洋准备好，明天我跟刘总办请个假，后天就动身。"

"打算让谁跟着你去？"夏殿臣担心地问。王百川说："去的人不必多，我带门房老谭的儿子大成一个人就够，那孩子机灵，身上又有功夫。"

"我再跟佰德昌李掌柜打个电话，让他也跟着你去，负责带路。"

黄龙府是吉林省辽金时期的著名军事重镇，清光绪年间改称为农安县，自古便是交通要冲和兵家必争之地。黄龙府的东北方向百余里是松花江上游，三山好在书信中提到的青山口邢家店，就位于松花江边百余米的高崖之畔。

邢家店所处的山岭名为青山，沿着山崖有一条古老的山道，直通松花江渡口，方圆百十里的客商和百姓，均由此通道往来于松花江两岸。为了方便来往客人歇脚，有一邢姓人家依着山崖开了一处大车店。随着大车店的生意越来越红火，有更多的人来此落脚开店谋生，逐渐形成屯子，取名邢家店。当王百川、李掌柜、大成三人骑马来到青山口的时候，王百川在马上看着夹在两山之间的这条古道，心生感慨，暗赞土匪三山好的落脚点选择得好，可谓易生易守易逃。

约定与三山好见面的地点就在邢家老店，是此地规模最大的大车店，宽阔的院子里能容纳四五十辆大车。依山势建有前低后高两大排平房，前面一排房子是贯通的，屋子里有对面炕，能睡五六十个人。后面一排房子设有若干单间客房，院子的两侧是马棚和谷草垛。王百川来到邢家老店的时候已是下午，中午来此歇脚打尖的客人大部分已经走了，晚上在此过夜的客人还没来，院子里空荡荡的，马棚里拴着二十几匹马，与空旷的大院子形成鲜明对比，无疑，那些马匹应当是三山好及其喽啰的坐骑。有伙计小跑着迎过来问："三位老客打哪儿来？打尖还是住店？"

"打黄龙府来，会朋友。"李掌柜回答。

"敢问您会的朋友是哪一路财神？"

"我要会的财神可不简单，跨风子，使喷子，占高山，放响屁，你这店里有吗？"

"巧了，小店里真就供着这么一位。请随我来。"

王百川等三人下马，伙计把马缰绳接过去，牵着马，带领他们绕到后面一排房子，冲着东头的一扇门大声喊道："黄龙府的香客拜财神喽！"喊完，用手一指："就在那间屋，三位自便。"王百川与李掌柜和成子对视一眼，成子上前拉开房门，李掌柜在前，王百川在后，走了进去。

王百川跨进屋门一看，里面是打通的两间房，北面一半是火炕，南面一半的地上空无一物。火炕靠西墙的地下有灶台，镶着黑铁锅，铁锅里煮着肉，浓浓的香味随着锅盖周边冒出来的水蒸气扩散至空中。火炕上坐着两个人，一个三十多岁的女人盘腿坐着纳鞋底子，另外一个黑壮的男子坐在小炕桌后头抽旱烟袋，炕桌上，明晃晃地摆着一把二十响驳壳枪。王百川等人进来，那壮汉并未抬头。李掌柜拱手问道："请问上头可是三山好的堂主？"那人抬眼皮瞅一眼王百川等人，慢吞吞地问："黄龙府佰德昌的？""是。""既然来了，上炕，先抿一袋草山（抽旱烟）再说话。"

王百川来青山口之前就听说过，有客人来此住店，店家都要按照礼节，送上一把当地种植的烟草，供客人解乏。如果是常来常往的熟客，客人临走，店家还要给带上几把烟叶在路上抽，天长日久，青山烟在当地就有了名气。听见壮汉邀请，王百川和李掌柜并不客气，抬腿上炕，在小炕桌的两端对面盘腿坐了。李掌柜拉过炕桌上的烟笸箩，先给王百川卷了一根喇叭筒，划火柴点着，然后再卷一根自己抽。那汉子不动声色地看着李掌柜和王百川，问道："这草山咋样，够劲不？"

"还行，不过跟我们山东老家的烤烟比，差点儿。"王百川回答道。

"老家是山东的？口音不像。"壮汉转脸问王百川。两人四目相对，互相仔细打量。王百川看到，那男子浓眉毛，宽额头，皮肤黝黑，眼神中透出冷峻，并无一丝歹人的狡诈奸猾，和自己预想的不一样。王百川点头说："是。生在山东，长在东北，老家的口音早就没有了。听这位爷的口音，倒是既有奉天味儿，又带蒙古味儿。"

"是吗？"壮汉眉头一皱，说，"老客好耳音。敢问你就是夏掌柜？东西带来了吗？"

"这是我们夏掌柜的东家，王百川。"李掌柜毕恭毕敬地介绍说。

听李掌柜说来人是王百川，男子的脸上闪过一丝惊讶。他半信半疑地盯着王百川看了半晌，说："王百川的大名早有耳闻，在吉林地面儿上是卖糖的敲锣——当当响，我这二指宽的海叶子（信）还惊动了王老东家，看来俺们三山好的面子不小哇。可惜，我是婊子卖大炕——认杵（钱）不认人。"

王百川一笑，指着站在门边的大成说："你看，大洋就在他的包袱里。按规矩，敬佛先认庙，拿钱之前，你得报个万儿吧？"

"当然。"壮汉把腰板一挺，拍着胸脯说，"爷爷我行不更名坐不改姓，虎字万儿，三山好二当家的王半山就是我。"李掌柜说："想不到您跟我们东家还是本家呀！"

"不。"王半山不客气地回言，"我姓的是占山为王的王，你们老东家姓的是王公贵胄的王，高攀不起啊。"

显然，王半山的态度并不友好，王百川便问："你我今天屁股底下坐的都是邢家店的热炕，不是三山好的营盘大寨，请问二当家的如今占着哪座宝山哪？"

"我三山好骏马快枪走天下，哪处山高我就占哪处。"

王百川把剩下一半的喇叭筒卷烟在鞋底上拧熄了，随手丢在地上，说："二十几年前，我在奉天做买卖的时候，就听说过三山好的威名，没想到这么多年过去了，三山好还是一伙无山无寨无地盘的流寇，或许你跟奉天那边的三山好不是一路？"

王半山并没有被王百川轻蔑的话激怒，反而不屑地说："天高地大，遍地枭雄，你说的那个三山好是哪路好汉我不想知道，如今我王半山顶天立地，马踏东北三千里，哪路空子不服气，摘下他的脑壳子当夜壶。"

李掌柜说："三山好威名远扬，我们东家才高看宝寨。今天亲自登门，是有意跟你们大瓢把子交个朋友，不知道是否有缘得见？"

"他老人家太岁海（年纪大），在家坐镇掌盘子，外头的一切事由，全由我王半山说了算。"

"既然如此，怎么能相信你就是三山好二当家的呢？就凭你上下嘴唇这么一碰？我王百川的银子不是大风刮来的，虽说今天已经进了邢家店大院，可是不整明白了，带来的大洋你能不能留得下还得两说着。"王百川说话间，目光中透出冷冷的威严，大成在一边把身板一挺，露出了练家子的气势。

"好，不愧是老东家，办事有根底。"王半山扭头对女人说，"果实（媳妇），把镇山的宝贝请出来，给王老东家掌眼。"

女人往这边瞥了一眼，摸索着从棉裤腰里掏出钥匙，爬到炕梢，打开木箱子的锁头，从里面翻出一个长条的黑色绒布包，递给王半山。王半山把绒布包托在手上，小心地打开，里面露出一根精致的马鞭子。手把部分，是九寸长寸半粗的竹节状紫红色玛瑙石，前端铁环上系着亮棕色的牛皮条，在黑绒布的衬托下，显得尊贵而奢华，"三山好"三个字，醒目地刻在玛瑙石上。王半山指着马鞭子说："上眼吧，这就是我们的镇山之宝，见它如见俺们大瓢把子。"

王百川不动声色地把马鞭子接过来，细细观赏，称赞道："这么长这么纯的玛瑙石真是罕见，品相上佳，世间难得，开眼了。"说完，把马鞭子还给王半山，回身点头示意。大成来到火炕边上，把包袱放在炕桌上解开，露出包卷整齐的银洋。王百川说："这是三千现洋，请二当家的笑纳。"王半山盯着炕桌上的大洋看了一会儿，忽然朗声大笑，然后把大洋往王百川的面前一推，说道："王老东家仗义，攒儿亮（明事理），把大洋拿回去吧。"

"嫌少，不要啦？"李掌柜吃惊地问。

"哪里，我王半山明人不做暗事，跟你们挑明了吧。"王半山把炕桌上的驳壳枪绰起来，别在后腰上，大咧咧地说，"给佰德昌下帖子，是我的引兵之计，没想到，兵没引来，反倒把王老东家请来了。"

"怎么说？"李掌柜问。

王半山重新装了一锅旱烟，一边划火柴一边说："年前，我一个外出蹚道的兄弟触霉头，被官军抓住了，先在德惠城里游街，之后被公开枪毙。你们说，这个仇我能不报？大年初六，我带着弟兄们进德惠城干了一票，砸了永衡官银钱号名下永衡兴的窑，还打伤了驻军的两个坎子（门岗）。这一票动静不小，驻德惠的侯团长放出屁来，要找我三山好算账。好哇，我王半山要收拾的就是这个龟孙子。上个月，官军在德惠、农安、扶余，满大街张贴告示，说凡是向官军准确报告三山好行踪的，事后赏大洋十块。他姓侯的不是找我吗？我就下个帖子告诉他我在哪儿。选来选去，看中了你们家的佰德昌。为啥选你们家？就是听说你王老东家是永衡官银钱号的大掌柜，我在德惠干的那一票就是你永衡官银钱号名下的，你一定也巴不得想让官军抓住我。如今咱送货上门，多好的机会。我原来设想，你们一定仗着有官府撑腰眼子，把我的帖子送官，姓侯的得信，必然带队伍来青山口围剿，凭咱这里的地形地势，我设下埋伏，定让官军有来无回。你们刚才进门之前我就得到三十里线报，说来的只有你们三个人，后头没跟着官军。他奶奶的，我的埋伏白他妈设了。也好，让我认识了你王百川这个人，敞亮，有刚儿。老话说，有来无往非礼也，你王老东家仗义，我王半山也不能拉拉胯，让你的拉挂子（保镖）把大洋包起来，回去吧，恕不远送。"

听完王半山一番话，李掌柜长长地舒了口气，王百川则说："二当家的果然仗义，心胸坦荡。既然跟我们交了实底，我王百川也不能没有表示。这些大洋，你留下一千块，算是我今天的见面礼。俗话说：多个朋友多条路，多个冤家多堵墙。不知道二当家的乐不乐意交我这个朋友。"

王半山听后稍稍愣了一下，随即说："承蒙王老东家瞧得起，不过我是个与官军为敌刀尖舔血马背为家之人，与我结交，不怕受牵连？"

"牵连二字从何谈起。现如今，世道混乱，日后你我谁都保不齐遇上马高镫短，到时候互相有个照应，说不定就能逢凶化吉，大路朝天。"

王半山显然被王百川的诚意打动了，他对坐在灶台前烧火的老人说："老爷子，狗肉煮得了没？整两块给王老东家尝尝。昨天这条野狗竟敢挡我的马头，我一生气，杀了，吃肉！"老人答应一声，双手撑着锅台，艰难地站起来，掀开锅盖，锅里肉汤翻滚，香味扑鼻。透过升腾的蒸汽，王百川瞧那老人年纪约有六十开外，身材不高，皮肤粗糙，宽额浓眉，面无表情如雕塑。王百川问:"二当家的,这位老爷子是什么人哪?"

"给我做饭的,兼顾兽医。别看他腿脚不利索,我三山好的几十匹马还真离不开他。"

有惊无险地离开邢家店,李掌柜骑在马上,不住地扫视夹在土路两侧的山岭,仿佛山背后,依然埋伏着三山好手下的几十名炮手,自语道:"这回多亏没报官,否则,后果不堪设想。"王百川一笑,说:"王半山还是情报不准,他还不知道,德惠的驻军,半个月以前就被张大帅调到关里打仗去了。"成子在旁边插话道:"刚才二当家的跟你们谈大事,容那个跛脚老头子旁听,屋里又没有其他保镖护着二当家,我看那个老东西可能不简单,或许身怀武功绝技。"王百川说:"你看准了,但是说错了,不是那位老人保护二当家,而是二当家的保护着那位老爷子。假如我判断得不错,那个老头儿就是三山好的大瓢把子——虎爷,真正的当家人。"

"啊?"李掌柜惊讶得张着大嘴半天没合上。

九

　　张作霖和吴佩孚终于开打了。四月二十九日，张作霖在天津军粮城下达了对直系的总攻击令。直奉战争爆发的新闻，迅速占据了各大报刊的头条位置。王百川上班之后，接到的第一个电话就是丁督办亲自打过来的，要求吉林永衡官银钱号及各分号，立即全面停止汇兑业务，防范金融投机风险。消息传出去，当天黑市上，吉大洋大幅贬值，引起市场一片混乱。有的私人钱号因为实力不足，抵挡不住挤兑风潮，开门半天就宣布关门歇业。在接下来的一周时间里，齐明科给总办刘恒、帮办赵乾宇和总经理王百川的每日简报当中，几乎都是前方战场奉军失利的消息。吉林永衡官银钱号的门前，天天都聚集着一堆人，焦急地等待停止汇兑业务指令的解除。王百川每天早晨从他们的身旁经过，焦虑的情绪与日俱增，只盼着不论谁胜谁败，市场混乱的局面能够尽早结束。

　　五月八日，前方传来奉军全线退出山海关的消息，奉军惨败。两天之后，总统徐世昌下令，免除张作霖东三省巡阅使、奉天督军兼省长、蒙疆经略使等职务。张作霖随即宣布东北独立自治，与北京政府脱离关系，接着又宣布，自任东三省保安总司令兼奉天省省长。

　　这场直奉大战，奉军损失惨重，进关作战的十二万官兵当中，死亡两万余人，受伤和逃跑一万余人，还有四万余人被俘，耗费军费三千余万元，奉军元气大伤。不及十天的战事，让人们再次领略到战争的残酷与无情。

一切又回到原点，吉林永衡官银钱号的营业终于回归正常。五月底，被张作霖召到奉天开会的丁督办回来了，他马上把刘总办、赵帮办和王百川唤到他的办公室，通报大帅张作霖为雪战败之耻，要闭关自治、整军经武、整顿财政的决定。

这次战败，张作霖犹如重重地挨了迎头一闷棍，晕痛过后他才看明白，原来自己引以为傲的奉军竟然如此外强中干，一触即溃，可见麾下的这些绿林草莽之先天不足。为将者，个个桀骜不驯，互不服气，各自为政，形不成统一指挥，且不能身先士卒；当兵的，军纪涣散，素质不良，怕死乐降，甘做俘虏，吃老张家的饭，拿老张家的钱，却不愿意为老张家卖命，以致兵败如山倒。张作霖痛定思痛，决心全面整军，包括对军队进行精简整编、强化训练、整顿军纪、扩建兵工厂，加紧制造枪炮弹药，同时向国外大量采购军械，以备再战，其中，仅向日本采购的军械就耗费了三百六十余万元。全面整军所需要的庞大开支，自然由东三省各钱号筹措分摊。

钱号的日子不好过了，吉林永衡官银钱号所发行的吉大洋自战争开始迅速贬值之后，随着奉军战败，其币值愈发一蹶不振，钱号全年实现转亏为盈的目标十分渺茫，王百川每天愁眉不展。这一天，王百川带上齐明科，准备到城里的几家附属买卖转转，钱号今年能否盈利，全靠这些附属业了。

王百川和齐明科坐上马车，齐明科问："总经理，咱们先去哪一家？"

"西关，永衡昌。"

天色阴沉，街道两侧高矮不等的灰黑色砖房，各类店铺或旧或残的招牌，各式在风中飘摆的幌子，店家在门口支起的黑布棚子，坑洼不平的街道，在街边等活儿的人力车夫，整个街景犹如衣衫褴褛喘着粗气的老者，破败，疲惫，颓废，毫无生气，让王百川越瞅越郁闷，索性闭上眼睛不看。齐明科见总经理沉着脸闭目不语，问道："总经理，前天牛家大公子牛翰章来咱钱号找过赵帮办，您知道吗？"

"哦？"王百川睁开眼睛问，"他来找赵帮办，什么事？"

"求贷款。"齐明科故作神秘地说，"听说前一段直奉开战，牛翰章赌张大帅赢，乘着吉大洋贬值的机会，指使牛家钱号做多，吸揽了不少。结果奉军败了，牛家踏空，大亏。前天牛翰章来找赵帮办，想从咱永衡官银钱号争取一笔贷款，不知道又要投资什么。"

"牛家需要贷款，怎么不直接来找您呢？"齐明科问。王百川没有回答，他心里清楚，自家的几处买卖有的跟牛家是同业，是竞争对手，商场如战场，快一步吃肉，慢半步喝汤，牛翰章当然要保守自家的商业秘密。

永衡昌是吉林永衡官银钱号设在吉林城里的四家当铺之一，总办刘恒亲笔题写的"永衡昌当"四个饱满的楷体大字，镌刻于黑色匾额之上。匾额四周用汉白玉做框，整体镶嵌进青砖门脸的上方，隐喻永衡昌生意长久永固。当铺的十几间房子修建得很高大，比左邻右舍足足高出一个房顶，青砖黑瓦，气势威严。正门前有七级青石台阶，进门迎面是一人高的柜台，柜台上甶有抵到屋顶的铁栏杆，铁栏杆的下部，开有三个半圆形的窗口，中间的一个窗口大，两边的略小，中间大的窗口用于传递典当物品，两侧小的窗口用于传递当票。柜台内，站着七八个梳分头穿长衫的伙计。看见王百川来了，有伙计急忙往里面通报，永衡昌的冯掌柜赶紧出来迎接。

冯掌柜的年纪在五十岁开外，中等身材，精瘦，小眼睛，薄嘴唇，留山羊胡须。原来他是开油坊的，四年前，借着与赵帮办有亲戚关系，进了永衡昌。刚来的时候，因为业务不熟，日常经营完全依仗大柜把关，过了两年之后，冯掌柜逐渐跋扈起来，在当铺里说一不二。

王百川跟着冯掌柜先查看了库房，靠外面几间比较大的库房里，都是依墙而立的敞开式物品柜，按照典当物品质和抵押期限进行分区，每个区用一个汉字表示，所选汉字依据《千字文》的顺序进行排列，一个月相对应一个字，称为"望月牌"。物品柜由若干空格和大抽屉相间组成，空格里，分别塞着卷起来的被褥、皮袄、棉袄，还有鞋帽盒、座钟、收音机等，材质较好的旗袍、马褂、绸缎布匹以及其他杂物，则分别存放于大抽屉中。库房的窗户很小，灯光昏暗，空气中，散发着浓浓的卫生球的味道。王百川站在门口扫一眼就出来了，跟着冯掌柜又来到专为存放珠宝、首饰、手表、古董等贵重典当物品的小库房。小库房设有两道门，两把铜锁当家，冯掌柜和大柜各自掌管着一把钥匙。小库房门锁打开，冯掌柜在前，王百川和齐明科在后，大柜跟着，走进去查看。王百川示意冯掌柜随机打开了两个铁皮抽屉，一个抽屉里放着两副金手镯，另一个抽屉里放着一块金壳怀表。

"你这永衡昌里，最值钱的当品是什么呀？"王百川问。听见王百川发问，冯经理难掩喜色，卖弄地说："总经理问着了，咱的铺子里真有一件稀世珍宝。"

"是吗？什么宝物，在哪儿呢？"

"明宣德炉，专门存放在保险柜里。"

听说是宣德炉，王百川的眉头一皱，问："当主子是谁，收进来多长时间了？"

"北大街老傅家，在柜两年多。当初的抵押期是半年，当期满了，傅家没人来赎，现在是死当。"大柜代替回答。王百川的脸色沉了下来，吩咐道："取来看看。"冯掌柜答应着，打开小库房套间的小门，进去。不大一会儿，双手捧着一座铜炉出来。大柜打开房间里所有的电灯，让王百川细瞧。王百川把宣德炉里里外外看了一遍，又问："抵押了多少钱？"

"两千吉大洋。"

王百川的脸色更难看了，再问："现在你们是按多少价值入存货账的？"

"六千。"冯掌柜看出了王百川脸色的变化，胆怯地回答。王百川把宣德炉塞进冯掌柜怀里，转身背手出去了。冯掌柜和大柜赶紧收好东西，锁门，跟了出来。大柜说："总经理，到账房喝杯茶吧。"

账房设在永衡昌的东厢房，室内除去两套办公桌椅，还有几张待客用的官帽椅和茶几。王百川和齐明科坐下，有伙计送上红茶和点心。冯掌柜和大柜没敢坐，规规矩矩地站立在一旁，冯掌柜问："总经理，我们收的这件宝贝有什么不妥吗？"王百川没有理睬冯掌柜，看着大柜问："大柜，你是永衡昌的老人儿，你觉得这件宣德炉是真货吗？"

"玩意儿太稀罕，过去没见过，不敢贸然判定真假。不过送宣德炉来典当的是傅家大阿哥，他们富察家是皇亲，他说是宫里的物件，还说若不是大清朝亡了，他们这些皇亲国戚的日子实在过不下去，说什么也不能把这件传家宝拿出来典当。冯掌柜当时也说玩意儿品相好，难得一见，就收了。"冯掌柜接着说："是的嘞。刚才总经理您也掌眼了，您看那座炉子，的确是风磨铜的材料，颜色、光泽、声音都属上乘，炉外壁上雕的龙凤，相互对称，活灵活现，还有'大明宣德年制'的正楷铸款，看着就尊贵地道。"

"冯掌柜以前做过古董生意？"王百川问。

"没有。"冯掌柜尴尬地回答。

"既然没做过古董生意，你是怎么学会鉴定宣德炉真伪的？"

"跟您讲实话。傅阿哥第一回拿着宣德炉来求当的时候，我也没敢收。事后我专门请教钱丰当的侯掌柜，是他教给我的。结果傅阿哥第二趟再来，夸他家的宝贝跟侯掌柜说的一般样，我就信了。"

"咱永衡官银钱号在吉林城里还有三家当铺，其中不乏珠宝古董鉴赏方面的能人，你为什么不去请教他们，偏问侯掌柜？"

"俺们是同乡，他也识货。"

"既然侯掌柜识货，他的钱丰当为什么不收这座炉子？"

"侯掌柜说他巴不得把宣德炉收下来，那是无价之宝，机会实在难得，无奈财力不济，力不能及。"

"姓侯的既然认定那东西是无价之宝，他就应当砸锅卖铁卖房子卖地把宝贝收了，转手大赚一笔，怎么情愿轻松地把发财的机会拱手奉送？这哪是经商的逻辑，明明是侯掌柜和傅阿哥合谋做的圈套。真是坑同乡，没商量。我告诉你们，当年这种炉子，宣德皇帝只准许铸造三千座，自宣德之后的明清两朝四百余年间，民间仿制宣德炉从来没有停止过。目前在古董行中，还没有一个人敢说他见过真品宣德炉的尊容。在珠宝古董行里，大家见到宣德炉都是躲着走，几乎到了无人敢碰的地步。你们呢，不但敢收，还给傅阿哥抵了两千吉大洋，更有甚者，竟然按六千估价进存货账。如果剔除这六千块，你们去年底的账应当是亏的吧？"冯经理和大柜对视，没敢言语。沉默半晌，冯经理说："既然行内的人都不敢说见过宣德炉真品，保不齐咱手里这座就是那三千分之一呢？"

"正因为大家都这么想，才给仿制者造就了巨大的市场投机空间，懂吗？"

冯经理用袄袖子抹了一下额头上渗出的汗珠，把瘦腰一挺说："总经理放心，不管是真是假，我就是头拱地，也想辙把这个烫手的东西兑出去，不能让咱永衡官银钱号吃亏。"王百川站起身来说："你怎么再去坑旁人我不管，明天你去钱号找张副总经理，按照他的安排，先把你永衡昌的账调整过来再说。"

如此不称职的下属，因为与赵帮办有关系，自己奈何他不得，王百川憋了一肚子气。

离开永衡昌，齐明科问："总经理，下一站去哪儿？"

"江边轮渡码头。"

"到江边？其他几家买卖不去了？"

"不去了。"王百川回答。他已经没有心情继续巡查下去。

松花江边，杨柳树已经枝繁叶茂，江水静静流淌，波浪拍打岸脚，发出哗哗的响声。松花江上没有桥，人们来往于江南江北，全靠木船摆渡。为了保证摆渡船在汹涌的江流中保持直线航行，人们在空中架设了一条越江钢索，钢索上安装有滑轮，用缆绳将滑轮与船头相连，用以控制航向。摆渡船每次可以承载四五十个人，来往一趟大约需要一个小时，船票价格是每人十个铜板。

王百川和齐明科来到渡口码头的时候，看见有很多人在等船过江，人群中，以农民和小商贩居多，其中不乏挑担的、背筐的、挎包袱的、抱小猪崽的、拎着鸡鸭笼子的，大人孩子，老少男女，拥挤成一团。几个穿西装戴礼帽的男人和衣着光鲜的女人，无奈也挤在人群之中，显得格格不入。齐明科问王百川："总经理，咱们也过江吗？"王百川没有直接回答，而是问齐明科："发现商机了吗？"齐明科摇头。王百川说："你看，如今咱吉林城的老百姓来往于江南江北，只靠这一条摆渡木船，而且拥挤、肮脏、危险。"

"我明白了，您也想做摆渡生意？"机灵的齐明科抢着插话问。

"我今天给你的任务就是考察这个项目，深入调查一下市场需求、发展空间以及永衡官银钱号在解决老百姓过江这个问题上能做些什么，怎么做，起草一份报告。经商者要着眼于持久的盈利性，切忌一锤子买卖。"

"若是咱们永衡官银钱号出手经营，就不能用木船，要开机动船，开小火轮，不仅载人，还要载货。我来吉林城以后还没去过江南，明天我就坐这条摆渡船过去一趟，十天之内把报告写出来。"齐明科雄心勃勃地回答。

"给你二十天时间完成报告，现在你就可以坐船过江体验一回，我这里你就不用管了。"

齐明科答应了，转身向码头走去。

几天以后，齐明科的市场分析报告完成了，报告从购置火轮数量、开行及日常维护费用、人工成本、新码头建设、预测过江人流和货运量、每年从春天开江到冬天封江的实际运行天数、按照设定的分档次票价所测算出来的预估年收入等方面综合分析，得出的结论是：不可行。其主要原因是往江南去的客流和货物量不足，受气候影响，每年可实际运行时间短，船只闲置时间过长，不赚钱。

从江对岸过来的木船靠岸了，人们纷纷走下船来，在下船的人群之中，王百川意外发现表哥夏殿臣也在其中，他赶紧迎上去打招呼，问道："三哥，你去江南了？"

"看看喜旺的坟，今天是七七。"夏殿臣忧郁地回答。

夏殿臣的儿子喜旺坠江身亡之后，尸体始终没有找到，江南小山坡的坟墓里，只有儿子的衣帽。夏殿臣看王百川只身一人，便问："你是路过还是有别的事？"

"到渡口来看看。喜旺出事以后，这松花江就成了我的一块心病。听说前几天又翻了一条过江的货船。"

"鸿运货栈的，淹死了两个伙计。"

"江上应当建一座桥。假如有桥，这些人就不会死。"

"建大桥是政府应当做的事。可是眼下，咱的张大帅见天儿忙着打仗，有钱都买了机枪大炮炸弹，哪顾得上老百姓的死活。"

两个人在一棵大树下坐了，看着眼前宽阔的江面。江面上，有长长的木排顺流而下，那些木头是从长白山原始森林砍伐的，木排上，放排人衣衫褴褛。王百川问："最近各铺面生意怎么样？"

"不打仗了，市面上交易总体平稳，就是粮价看跌，主要是军队恶意压价，大量收粮，各粮栈虽然都缺粮，粮价却抬不起来。"

"军队低价收粮，拉到关里转手倒卖高价牟利，这是张大帅的一贯做法。一场败仗让他蚀了老本儿，如今又要全面整军，急需补充军费，更是变本加厉。咱们家粮栈的生意一定要谨慎再谨慎。"

"粮栈的钱难赚，下一步应当重点关注哪方面的机会呢？"夏殿臣问。王百川思索片刻说："棉花和棉布，抓紧多囤一些。张大帅宣布东北独立，关里的棉花很快就要过不来了，日本人很可能借机高价推销他们的货品，所以咱们下手要快，尽量走水路，从营口港走货，避开山海关。直奉两方面在那边都有重兵布防，危险。"

一个卖烤地瓜的老人从他们的身后走来，央求道："二位掌柜的买个地瓜吃吧，热乎的，便宜，五个子儿。打早晨到现在，俺还没开张呢，照顾照顾。"夏殿臣掏出二十元官帖说："买两个，不用找钱。"老人用苞米叶子包了两个烤地瓜递过来，嘴里反复说着感激的话。

王百川坐着马车从江边回来已是下午，远远地看见副总经理张文举站在永衡官银钱号门口，焦急地左顾右盼。看见王百川回来了，张文举赶紧迎上来说："你可回来了，丁督办来电话让你过去呢，说是商量启印新币的事。别下车，赶紧走吧。"

丁督办在政府的职务是财政厅长，兼任吉林永衡官银钱号督办。王百川来到位于江沿街的省公署，在大门口，遇见了刚下马车的总办刘恒。二人进了丁督办的办公室，秘书招待他们在外间待客室坐了。丁督办从里间走出来，互相打过招呼。丁督办坐下，开门见山地说："按照年前孙省长令，咱吉林永衡官银钱号暂停了印制和发行新币，现在已经过去了半年多。前些日子百川给我打电话，建议开印新币。这件大事不是我能决定的，需要报请省长批准。孙省长身体欠佳，刚刚结束的直奉大战和后续的谈判当中他又异常辛苦，张大帅正准备继续委他以重任，所以孙省长暂时住在奉天离不开。今天请你们二位来，就是商议一下是否应当启印新币，如确有必要，起草一份详细报告，然后我去奉天，面呈省长。怎么样，百川把你的想法详细说一说？"

王百川瞄了一眼刘恒，启印新币的建议他事先跟刘恒谈过，不知什么原因，刘恒让他直接请示丁督办，今天王百川见刘恒面无表情，便清了清嗓子说："本来此等大策，自有省府高参商提，轮不到区区钱号总经理多嘴。"丁督办一摆手，打断王百川的话："不，省府财经官员与钱号那些董事、会办，他们虽然也是业内之人，但是大家职位各异，站位不同，责任有别，对同一问题必然各有见地。今天我就是想听听你们的想法和建议，不必顾虑，尽管讲来。"

"好，我就从近两年咱吉林永衡官帖发行量和流通量谈起。缘于大家都知道的原因，永衡官帖自清朝末年入市以来，新币发行量每年都以较大幅度增长，以近两年为例，前年发行官帖五亿二千八百万吊，去年发行官帖五亿五千五百万吊，而去年和前年，官帖回笼量都还不到四千万吊，市场官帖流通量越积越多，到去年年底，已经有十九亿二千八百万吊之多。其结果是，官帖不停贬值，物价跟着上涨。年前，省长下令停印官帖，这本来是力图稳定市场之举，无奈四月直奉开战，美好的愿望成了泡影，吉大洋对官帖的比价从去年的一元兑六十二吊一百七十八文，到了目前的一元兑八十七吊七百七十五文，市场对官帖的需求量陡然增大，这种情况是年初没有预料到的。"

"官帖的设计之初就规定其为不可兑换之货币，不能用于政府开支和税收，只限于民间流通，而能够以新易旧，是维持官帖信誉的重要手段之一。在需求量大增的情况下，我们钱号必须保证随时有足够的新币用于新旧币交换之用，如果印刷厂继续停印新币，待到秋天粮食交易旺季之时，人们纷纷以大易小，以新换旧，钱号将无新币可投。如果发生这种情况，必然引起市场恐慌，极易再度促发官帖贬值。为此我建议，马上启印新币，防患于未然。以上考虑如有不妥，请督办和总办大人指正。"

听王百川说完，丁督办问："刘总办意下如何？"刘恒微微点头说："百川之虑有理。前几日百川跟我提及此事，我也认真思考过。我认为，启印新币是必要的，但是拿不准新币印制的数量，如果投放太多，有违省长年前下达停印令的初衷。"

"百川认为印制多少新币比较合适？"丁督办问。王百川回答："这需要详细测算，如果预估的话，有去年新增投币量的两成就差不多。"丁督办略加思索说："好，事不宜迟，你们回去抓紧起草报告吧。还有，赵乾宇最近在忙什么？我的秘书打了三回电话都没有人接。"

"听说去奉天了。"

"是不是又去跑官了？"

"可能是听说孙省长身体欠佳，去打探下一任省长人选。他对眼下的职务很不安心。"

"回来让他立马来见我！"

丁督办的脸色很不好看。

十

一九二四，中国农历甲子年，又一轮新的纪元开始了。四月，吉林督军兼省长孙烈臣因胃病复发而病逝，张作霖随即委任其绿林老伙伴张作相继任吉林督军兼省长。九月，第二次直奉战争爆发。张作相作为奉军第四军军长，率领着由六个团两万余人组成的预备队，在关键时刻果断出击，一举攻占秦皇岛，切断了直军退路。直军统帅吴佩孚见大势已去，急匆匆乘军舰从秦皇岛逃往天津，之后又继续乘船南逃。直军大败，张作霖一雪前耻，第一次直奉大战惨败之后憋在心头的恶气，终于得以释放。战争结束以后，张作霖与冯玉祥共同推举段祺瑞为中华民国临时执政。

刚刚获得两年喘息之后又逢大战，虽然奉军打胜了，王百川依旧心灰意冷，觉得自己两年多来每天处心积虑地想办法为钱号多赚钱，最终还是免不了为军阀恶战作嫁衣裳。尤其是省财政厅长易人，改由荣厚担任，让他更加感到事事不顺。

这位新任厅长荣厚的资历不凡，曾经在清朝末期担任过广东琼州知府，民国初年担任过吉长道尹和辽沈道尹，身上那种清朝官员的酸腐之气以及毫不掩饰的自负与傲慢，让下属很难与之相处。王百川曾起草了两份关于控制货币方面的报告送上去，荣厚均不予理睬。皆言士为知己者死，荣厚的冷漠，让王百川心生退意。稍得宽慰的是，这年春天，吉林中西部地区发生春旱，进入夏季，东部地区松花江支流辉发河又泛滥成灾，殃及桦甸等县，副省长王树翰先后两次亲自向吉林永衡官银钱号下达拨款救灾令，并在救灾令中明示，这两笔预算外支出所产生的资金缺口，由永衡官银钱号从当年实现的利润中弥补。虽然只有区区几万大洋，但终归是为民生出力，王百川感到他和同事们的努力没有白费，心理上稍有平衡。

快要立冬了，阴沉的天空飘下了清雪，寒气入骨，穷人迎来了最难熬的漫长季节。这一天是星期日，临近中午，王百川端坐家中书房，桌子上摆着一本《资治通鉴》却无心阅读，依然在为自己的去留而苦恼，他设想，等到年底交出一本明白账，自己就提出辞职，踏踏实实地回家，经营自家产业。三哥夏殿臣自从儿子意外溺亡之后，精力大不如前。

王百川正值苦想中，忽然听见门房老谭与人大声说话，他透过窗户玻璃往外看，见走进院子的是两个身穿灰布棉袍、头戴礼帽的男人，衣着普通，但气度不凡，王百川赶紧迎出门去。在书房门口，走在前面的一位首先抱拳问道："您可是永衡官银钱号的百川先生？"

"正是。您二位是？"王百川还礼后问道。

"我是张作相，张辅忱。"来人微笑着回答。

听对方自我介绍是省长张作相，王百川惊讶得不知如何是好，忙说："不知省长大人光临，没能远迎，百川失礼了。"

"我是不请自来，你有什么失礼的？麻溜儿让我们爷儿俩进屋暖和暖和，妈了巴子这天儿忒冷。"王百川赶紧回身掀开棉门帘，张作相刚要抬脚进屋又停下，说："忘了介绍，这是我外甥，冯占海，在我的卫队团当营长。"王百川和冯占海互相点头。

三个人进屋落座，王百川喊夫人梁氏过来见过张作相和冯占海，梁氏给大家沏好茶之后退出去了。王百川会客的时候，梁氏从来不旁听。

张作相环顾王百川的书房，说："我老张有个习惯，每到一个新地方，一定抽时间拜访结识当地的名人贤达，对执管地方事务非常有益。我到吉林市以后，听大伙儿念叨最多的有两个人，一个是牛子厚，再一个就是你王百川，耳朵都他妈听出茧子了，我就说一定得认识认识你。可是没办法，前几个月战事繁忙，顾不上，如今得闲，赶紧过来看看，终于得见尊容。"

"省长大人抬爱，草民百川，何德何能令省长挂念，惭愧。"

张作相摆摆手，说："跟我这大老粗说话可别整那些文词，听着累得慌。今天进了你家门，我就不是省长，咱俩最好按兄弟论。咱俩谁大？我是光绪七年二月生人，属蛇的。"

"我是光绪二年生人，属耗子，比您虚长几岁。"

"那我就称你为百川兄，你也别叫我省长，直称辅忱，我最爱听。"

"也好，不过出了这扇门，不算数。"

张作相哈哈大笑。张作相率真的性格，让王百川瞬间产生了亲近感，说："咱俩既然成了兄弟，快晌午了，在家吃饭吧，我让他们上馆子叫几个菜，咱仨喝两口。"

"求之不得。但是别上馆子叫菜，就在家里吃，家里做什么咱就吃什么，图的就是家里的味儿。"

听张作相如此说，王百川让梁氏把家里的厨子老郑喊来，问道："厨房里有什么好东西，都拿出来，抓紧整几个菜，我要请这两位贵客喝酒。"老郑听了有些为难，说："不知道您要请客，没准备。厨房有早晨买的两条鱼，原来打算中午熬鱼；猪肉只剩下一小疙瘩，不够炒一盘；其他的就是蘑菇、白菜、萝卜、土豆粉条子，还有刚送来的豆腐。"

"那就熬鱼，吃锅塌豆腐，围着火炉子吃，热乎，再弄几个凉菜。辅忱老弟，我家老郑做的锅塌豆腐可是一绝，饭馆子里绝对吃不着。"

"好，就尝尝你们家郑厨子的手艺。"张作相答应了。

屋子里的气氛愈发亲热起来，张作相指着书桌上的《资治通鉴》说："百川兄闲来看这种书，学问不浅，真让辅忱羡慕。这本书别说看，闻见味儿我都脑瓜仁子疼。"

"您穿上军装能统领千军万马驰骋疆场，脱下军装能治理一个省的军政大事，那是多大的气魄和能力，我呢，充其量是个钱号的账房先生。"

"带兵打仗和搞经济完全是两码子事，不可比，但是有文化是必须的。两年前直奉那一战，咱奉军失败的重要原因之一，就是大帅手底下的军官和士兵受过正规训练的太少，跟直军那些军校出来的军官和老兵油子动手，吃亏大了。这不是，回来就把我这外甥送东北陆军讲武堂步兵科念书去，念出来就大不一样，如今少校肩章都扛上了。"

"大外甥今年二十几？"王百川问。冯占海回答："二十五。"

"二十五岁就当上少校营长，人又长得帅气，前程无量。"王百川夸赞道。

说话间，夫人梁氏从厨房端来四盘凉菜，有凉拌白菜丝、糖拌萝卜丝、炝拌土豆丝、干炸蘑菇丝。厨师老郑跟在梁氏的身后，双手端着一口黑铁平底锅。他把铁锅坐在书房屋地中央的砖砌煤炉子上，掀开锅盖，只见平底锅里，铺满煎成两面金黄的一指厚三厘米见方的豆腐，这些豆腐半浸在用肉末和海米调成的汤里，上面均匀地撒着细碎的胡萝卜粒和葱末，红绿相间，煞是好看。过了一会儿，锅开了，一片片豆腐的周边咕嘟咕嘟冒着气泡，热气升腾，香味扑鼻。张作相和冯占海看了都赞不绝口，脱下棉袍，围着煤炉子坐了。王百川烫了三壶酒，介绍说："这是咱家烧锅用今年新高粱酿制的第一锅原浆酒，尝尝怎么样。若喝着顺口，待会儿你们回去的时候拎两坛子。"

张作相端起酒盅，抿一口，细细品味，夸赞道："好，这酒柔、纯、香，不赖，干一个！"三人碰杯，喝干了。张作相夹起一片豆腐品尝，又称赞道："一盅热酒，再加上吃了烫心的热豆腐，胃里一下子热乎透了，舒坦。"冯占海也夸赞道："这豆腐烧得真好，猪肉和海米的滋味都煮进去了，鲜香得很。"王百川说:"愿意吃,日后得空常到家里来。山珍海味咱不敢说,不值钱的豆腐保证天天有,西边胡同口就是一家豆腐坊。"

酒过三巡,张作相放下筷子问道:"百川兄在钱号多年,熟知全省经济状况,你觉得咱吉林省这些年在经济方面最要紧的问题是什么?"王百川听到张作相发问,意识到这才是省长今天登门的主要目的,便认真答道:"当然是票子发得太多,尤其是最近这四五年,永衡官帖每年都比上年多发十亿吊以上。如今官帖兑吉大洋的比价已经达到一百四十二吊比一元,是五年前的两倍多,照此下去如何了得。不仅是吉林永衡官帖,我听说这些年奉票发行量更甚。"

张作相面色阴沉,又问:"怎么才能控制住,少发新票呢?"

"自然是增收少支,开源节流。全省一年的财政收入仅有一千五百余万元,年年入不敷出,而且旧账叠新账,越积越多。在增收能力有限的情况下,能够立竿见影的办法就是减少开支,首要一条就是别再打仗。枪炮一响,黄金万两,所言不虚。您想想,一年税收的七八成都被军费吃掉了,剩下的还要支撑政府部门的各项支出,根本不够开销。政府年年亏空,所发生费用只能由钱号垫支,寅吃卯粮,不发新币难以为继。若是能把军费砍去一半,日子就好过多了。"

张作相的脸上显出无奈,说:"打不打仗,我老张说了不算。讲心里话,没人他妈愿意打仗,枪炮一响,损失的不光是真金白银,那可是一条一条人命啊。但是自古马上夺天下,你不打别人,别人就算计你。特别是关里那些南蛮子,一个个比猴子还精,咱这些吃高粱米长大的东北人算计不过他们。"

"打仗也不是全无好处。"冯占海说,"推翻清政府,建立共和,还不是靠枪炮?最近冯玉祥又把逊帝溥仪撵出紫禁城,宣布永远废除帝号,连孙中山先生都称赞这是铲除复辟祸根的大快人心之举。"张作相指点着冯占海对王百川说:"占海自打从讲武堂学习回来,孙中山就成了他最崇拜的大神。我就不信,孙中山如果真有能耐,为啥还没把南方各省归拢到一堆儿呀?没有咱张大帅鼎力相助，又是送钱又是送枪炮，他姓孙的早就撑不住了。"

"人家孙先生是文人，靠推行三民主义统一中国的信念征服人心，目标远大，跟大帅不一样。"冯占海显然不赞同他姨父的观点。

"我不止一次跟大帅念叨过，不是一家人，不进一家门。孙中山想把桂皖直奉几股力量都捏聚到一个门下，那是做白日梦，根本不可能，谁乐意把经营多年的地盘让出来给旁人？表面嬉皮笑脸，背地攒劲磨刀。统一中国，还得靠实力说话。"

"凭武力各霸一方，终归不是治理国家的好办法。"王百川说，"俗话讲，苍蝇不叮无缝的蛋，我们国家内部四分五裂，自然给外国人创造了机会，咱东北就是最好的例子，俄国人、日本人、美国人、英国人、朝鲜人，都挤进来插一脚，捞一把。"

张作相喝了一口酒，说："这话说得在理。这些年咱东北人受了日本人俄国人多少气呀，往根儿上将就是国家不强大。如今吉林省的军政大权掌在我张辅忱的手里，我就要踏踏实实地干几件增强实力的事，比如多开工厂、多垦耕地，多办学校，多练精兵，我还打算修一条咱中国人自己的铁路，从吉林修到奉天海龙，跟奉海线连起来，这样从吉林城可以直达奉天，免得被日本人的南满铁路卡脖子，好钱都让日本人赚走了。"

"太好了！"王百川击掌称赞，转而又担忧地说："如果真要干，资金是最大的问题。从吉林到海龙，小二百公里，按照每公里五万元计算，也要一千多万工程款，相当于全省一年财政收入的七成，弄不好还更多。如果不跟外国银行借款，省内很难筹集。"张作相淡然一笑："车到山前必有路，活人还能让尿憋死？只要想干，总能想出筹钱的办法。真要动工修建吉海铁路，除了需要筹集资金，其他要解决的问题海了去了，比如日本人让不让你干？线路怎么走？车站设几个？筑路工程队打哪儿雇？建成以后谁来管？前期谋划起码需要一两年的工夫。我今天跟你念叨这件事，是想让你这位钱号总经理先有个思想准备，记着我老张有一件大事情要干，想办法增收、攒钱、鼓腰包，别让我的想法落不到实地。"

厨子老郑端着一盘红烧鱼进来，炉台上摆不下，张作相说："这一大锅豆腐和凉菜足够咱仨吃的，把鱼端走吧，给孩子们吃。"老郑说："无鱼不成席，我给你们每个人的碟子里分一块，余下的拿走。"张作相点头应允。冯占海起身给张作相和王百川的杯子里倒酒，对王百川说："您不知道，我姨父来吉林上任虽然没有几个月，脑子里想干的事可多了，他老拿吉林城跟天津、大连、青岛、奉天这些城市比，说是看哪儿哪儿不行，处处不如人。我跟他说，长城不是一天垒起来的，凡事得一步一步来。把经济的事情搁一边，先把周边的匪患清除干净，别三天两头出来捣乱，让老百姓过上消停日子，就是一大功德。"张作相说："这些年大帅忙着跟关里那几股势力斗，主要军事力量都投往南边，让土匪得了空儿，民间拉起来的绺子越来越多，闹得鸡犬不宁。省内有几股就折腾得挺凶，比如我耳朵里听说的'闹五省''九江红''三山好''人字君''傻黑虎''野狼''天地宽'，小股的就更多，而且越往北闹腾得越邪乎。话又说回来，剿匪可不容易，自古以来哪朝哪代把土匪消灭干净过？而且剿匪不是哪一个省能够独立完成的，必须联合起来才成。尤其是吉林和黑龙江这两个省，山水相连，山高林深，地广人稀，出兵多了浪费，出兵少了吃亏，必须从长计议，不围剿则已，出兵就要打到七寸上，起码先下手把几股大的绺子收拾掉，小股的自然就散伙了。"

听见张作相提到的几股有名的绺子帮当中有三山好，王百川的心里咯噔一下，他不知为什么，竟然为三山好担心起来。他端起酒杯向张作相和冯占海敬酒，说："来，预祝辅帅剿匪成功！"张作相制止了，说："这杯酒还是等到剿匪真成功了再喝不迟。今天已经喝得不少，就此打住吧。"王百川说："酒不喝了，一人来碗热汤面？""中啊。"张作相答应了。

热酒热菜热面条，又是围着火炉子吃喝，从里热到外，三个人的脸上都红扑扑的。王百川看着冯占海问张作相："辅忱老弟，看你外甥这英俊的大红脸，像不像戏台上的关公？"张作相说："别讲他像不像关公，我一直听说咱吉林北山的关帝庙很有名，还没机会去。"

"当然有名。"王百川回答道，"北山关帝庙是康熙年间建造的，香火旺盛了二百多年。北山不仅有关帝庙，山上的药王庙和玉皇阁也都有一二百年的历史。每年四月十八和二十八赶庙会是吉林城最热闹的日子，民间赞称'千山寺庙甲东北，吉林庙会胜千山'，等到明年开春赶庙会的时候，您去逛逛就体会到了。"

张作相说："别等明年，今天我得闲，咱们现在就上北山，拜关老爷去。"

天气寒冷，又值下午，北山脚下游人稀少，商贩也仅有两个卖糖葫芦和烤地瓜的，在街边的寒风中不停地跺着脚，企盼的目光盯着每一个从面前经过的游人。临近山脚的水泡子被垃圾包围着，水面上结了冰，成了冰泡子，很多垃圾冻结在冰里，使冰面变得凸凹不平。空地上的浮土不时被西北风吹起，打着旋，从冰泡子的这一边刮到冰泡子的另一边。一条可供两三个人并行的便道，蜿蜒通往山顶。山上，林木繁密，其中以松树居多，墨绿的松针展示着顽强的生机。张作相走在前，王百川和冯占海跟在后，三人向山顶攀登。上山的台阶有的铺着石条或石块，有的垫着木头，很不规整，个别地段陡滑难行。王百川的体力不及多年征战的张作相和冯占海，刚登了一半就气喘吁吁，他擦着汗对张作相和冯占海说："你们爷儿俩体力好，头里先走吧。我得歇一会儿喘喘气，咱山上见。"

当王百川爬上山顶，跨入关帝庙正殿的时候，张作相和冯占海已经为殿中供奉的关老爷敬过香，正在专心欣赏乾隆皇帝东巡吉林时御笔亲题的"灵著幽岐"匾额。匾额下方，关老爷的塑像端庄威严，两侧则是关平和周仓的立像。三尊塑像上落满灰尘，彩漆斑驳。正殿门靠右侧，摆放着一张破旧的小桌子，上面有一只功德箱和用半块砖头压着的翻开的功德簿。小桌子的后面，坐着一位身着破旧僧袍的老人，他双手插在袖筒里，微闭双目，似睡非睡，有香客进殿也毫无反应。

王百川在关公像前燃香拜过，跟着张作相和冯占海走出正殿。看着殿前失修的戏楼和钟鼓楼，张作相凝神不语。

关帝庙的西墙外是药王庙，正殿供奉着天皇伏羲氏、地皇神农氏、人皇轩辕氏，还供有药王孙思邈、华佗等古代名医。在药王庙里敬香叩拜的人稍多一些，张作相等三人没有停留，移步到了北山庙宇建筑群中规模最大的玉皇阁。王百川给张作相介绍说："这座玉皇阁始建于乾隆四十年，虽然比前头的关帝庙晚建了八十多年，但它是道、释、儒三教合一，很有特色。"

"是吗？进去看看。"

玉皇阁为二进式院落，山门两侧有四大天王塑像，进得山门，抬眼就看到嵌有"天下第一江山"匾额的牌楼，牌楼前的头道院子东侧是祖师殿，供有道、释、儒三教始祖：老子、释迦牟尼佛、孔子。西侧是老郎殿，主位供奉的是梨园祖师唐明皇李隆基。张作相没有走进东西两殿，他被牌楼上的"天下第一江山"几个大字吸引住了，仰头细细观赏。王百川介绍说："这块匾是清朝道光年间的吉林将军松筠大学士题写的。据说当年他登上北山以后，被这里的景致所震撼，他认为北山周边山水地貌奇特，颇具王都之势，旷世少有，便挥毫题下'天下第一江山'这几个字。"冯占海问张作相："姨父，我的印象里，咱们在别的什么地方也见过号称'天下第一江山'的，那几个字是刻在哪座庙的一堵墙上。"

"忘了？年纪轻轻，记性还不如我。那处'天下第一江山'是在镇江的北固山。北固山北临长江，山势险峻，是战略要地。那块匾比这块的历史久远得多，只是北固山没有咱们脚下的吉林北山海拔高。"

"想起来了，是当年刘备招亲的地方，咱爷儿俩在长江边上喝过当年的春茶。"

说话间，从牌楼后面的二道院子里急匆匆走出一位僧人，年龄在五十岁开外，中等身材，体格清瘦，双眸有神，手持念珠，身着陈旧的土黄色僧袍。他来到张作相面前双手合十，微微施礼，口中说道："南无阿弥陀佛，贫僧不知张省长驾临，未能远迎，失礼了。"张作相双手合十还礼，问道："师父怎么知道我的身份？"

"是我的小徒刚才看见你们三位施主进寺，且看您的长相跟报纸上登的张作相省长极为相似，另两位施主也是气度不凡，便跑到后面报与我知。贫僧出来一看，果然不假。"

"师父的法号怎么称呼？"

"法号觉先，是本寺的第八任住持。"

"既然你我已经相识，我就把这两位给觉先法师介绍一下。"张作相侧身说，"这一位姓冯，是我的警卫。那一位是吉林永衡官银钱号总经理王百川，不知道你们是否相识。"王百川说："百川来过宝刹几次，均没敢打扰觉先住持，今天也是第一次见面。"觉先口念佛号后说："我与王施主虽然不曾谋面，但是每年您的家里人给寺里的供养和慷慨布施，贫僧都记得，在此一并谢过。"一个小沙弥来到觉先住持的身后，轻声说："师父，茶备好了。"觉先伸手示意道："请张省长和诸位到禅房小坐。""好。"张作相答应了，跟随着觉先法师，穿过牌楼，走进玉皇阁的二道院子。

二道院子里，正面是一座飞檐斗拱的二层建筑朵云殿，觉先法师介绍说："这座殿的楼上，主奉玉皇大帝。楼下一层供奉的是琼霄、碧霄、云霄三位娘娘。"他又指向左首说："这边是大雄阁，供奉的是我佛释迦牟尼和十八罗汉。贫僧的禅房在后面。"

几个人绕过朵云殿旁一棵苍枝遒劲的古松，走进狭小的后院。院子里有两间青砖房，其中一间的门开着，小沙弥已经站在门边等候。王百川跟着张作相和觉先法师进屋，看到室内陈设极其简陋，地上仅有一桌一椅，炕上摆着两套灰布被褥和打坐的蒲团，桌子上，摆着几本佛经和笔墨纸砚。觉先法师请张作相坐在椅子上，张作相不肯，坚持和王百川、冯占海坐在炕沿上。小沙弥给大家奉上茶水，便退了出去。张作相环顾四周，问道："这间屋子就是您的方丈室？"觉先法师答："是。"

"过于狭小简陋了，应当建一处宽敞一些的，便于自修、待客、讲经说法。"

"香火不旺，加之钱币年年贬值，寺院长期处于入不敷出的状态，只能勉强维持。省长您已经看见了，不仅是我住持的玉皇阁如此，前头的关帝庙、药王庙、坎离宫，也是日渐破败，维系困难，修缮不足，扩建就更无从谈起。"

"这些年，政府有拨款吗？"张作相问。王百川说："战事不断，政府财政负债累累，自顾不暇，无力周济其他。"

"不行啊。"张作相惋惜地说，"北山上这几处寺庙道观可是咱吉林城的宝贝，经管好了就是摇钱树、聚宝盆。老话说得好：人聚财聚。北山的百年庙宇和山水景致，就是聚人聚财的好地方，不能端着金碗要饭吃，其他地方紧巴点儿，也要挤出钱来，下决心把北山修好建好，不能再破败下去。"

"阿弥陀佛，张省长果真如此作为，是造千古功德，福报无量。"

王百川说："政府如果牵头整修北山庙宇，就不能仅限于山顶上的这些寺庙建筑，应当把山前山后一并规划设计，包括道路、桥梁、湖水、树木，景观统一管理，防止有人修，无人管，过几年又是老样子，白花钱。"觉先法师点头，附和说："王施主所虑极是。省长方便的话，出寺院后门，看看后山的情况便知。多年的偷砍乱伐、挖土凿石、放羊牧牛，把好端端的两座山糟蹋得满目疮痍，再不好好管管，用不了几年，北山就成秃山了。"

"有这么邪乎？带俺们出去瞅瞅。"张作相起身就往外走。

走出玉皇阁后门，抬眼便看见一小块平地上立着的一高一矮两座五级青砖宝塔，觉先法师介绍说："这两座宝塔是专为开山祖师宽真和尚所筑，下面珍埋着他的灵骨。"

"宽真法师是个了不起的人哪！"张作相感叹地说。

众人走到平地的边上，往周围和山下望去，果真看见有好几处山体和原始植被已经被采石人挖得不成样子，岩石和泥土大面积裸露，周边树木东倒西歪，有风刮过，黄土飞扬。张作相眉头紧锁，冯占海在他的身旁说："应当在北山周边划出一个范围来，用铁丝网圈起来，里面严禁伐树挖土采石，违者重罚。"几只喜鹊从林间飞过，落在雪地上，喳喳叫个不停。王百川打趣地说："瞧瞧，得知您省长大人要整治北山，喜鹊都来捧场叫好。"张作相笑了笑问道："您预估一下，干成北山整治这桩事情得花多少钱？"

"那要看您打算弄到什么程度，往少了说，也得三万大洋起。"

"不多。大帅打一仗，给弟兄们的赏钱也不止三万。"张作相回转身又说，"回头我找几个人好好合计合计，来年开春就动手，争取后年庙会的时候能有个新模样。走，回禅房喝茶去。"

看着张作相与觉先法师并肩前行的背影，王百川油然想起《论语》中的一句话："三人行，必有我师焉；择其善者而从之，其不善者而改之。"以前，他对张大帅手下这些胡子出身的军阀颇为鄙视和不满，今天与张作相结识，时间虽然不长，他的看法却有了转变。眼前的这位张将军，并不似自己臆想中的专横跋扈，胸无点墨，目中无人，而是一位胸怀大志、体恤民生、不耻下问、平易好学之人。千百年来，老百姓最大的期盼就是能遇上一位好官，不欺民，不贪腐，不懒政，看来吉林省的老百姓有希望了，自己原本打算年底辞职的念头也可以暂时搁置起来。

北山一游，张作相与觉先法师成了好朋友，此后得空便去玉皇阁与觉先法师谈经说法，讲古论今，同时顺便督查北山整治和北山公园建设情况，有几次还把王百川约上一同去。每当跨入玉皇阁，王百川就思忆起幼年间在奉天千山入寺为僧的日子，不禁感慨万千，感叹人生难测，世事维艰。

十一

毓文中学的韩校长要走了，省教育厅派来了新校长。临走之前，韩校长来到吉林永衡官银钱号，与王百川和副总经理张文举话别。

张文举陪同韩校长走进王百川办公室的时候，王百川正在为一桩事情发愁。他刚刚接到帮办赵乾宇打来的电话，说王副省长已下指令，要求永衡官银钱号为延吉四县放贷赈灾。今年夏秋两季，延吉四县大旱，秋粮严重歉收，市场粮价飞涨，受灾百姓难以过冬。赵帮办让王百川先行提出拟放贷款额度及具体操作办法，下午到总办刘恒的办公室一同商议。

省里下达指令采用发放贷款的方式赈灾，其出发点，是助力当地政府借贷买粮，投放市场，平抑粮价，缓解民困，此种赈灾方式与往常直接向灾区发放救济金全然不同。赈灾贷款的利率十分优惠，比一般商业贷款利率低了将近五成，无疑是一块大大的肥肉，极易引发贪腐，遇到机会，从官员到粮商，一个个眼珠子瞪得比牛眼还大。老话说"肥水不流外人田"，延古是赵帮办的老家，他与地方官员和商户的关系盘根错节，由此一来，原本简单的放贷就变得不那么简单。赵乾宇让王百川先行提出贷款方案的用心，显然是既想当婊子，又要立牌坊，王百川何尝猜不透，如何保证贷款效率和安全，王百川犯难了。

一只越冬的苍蝇在王百川的眼前飞来绕去，嗡嗡叫着，让他更加心烦。

韩校长的到来打断了王百川的愁思，他起身离座相迎，张副总经理抢先说："韩校长卸职要回天津，专门来道别。"

"干得好好的，怎么说走就走了？"王百川问。

"我也舍不得走，新来的教育厅长看不上咱，另聘能人，我只好让贤喽。不过虽然校长不当了，董事一职没免，今后还要经常回来看看。"

"新校长姓什么，能力和人品咋样？"

"姓张，外来的，不曾与之共事，不好妄做评价。我最关心的是毓文中学的精神能否保持和延续，希望他张某人不要偏离了我们几个南开同仁当初建校的初衷。"

张文举给韩校长端来茶水，说："在你韩校长的手里，毓文中学已经办成了全省新学的楷模。'敦品修学，达材成德'的校训谁人不知。新校长不会轻易丢掉这块金字招牌吧？"王百川惋惜地说："新校长如何那是后话，最不舍的是你韩校长这位朋友。你走了，我在吉林城里就少了一位可以推心置腹无隐直言点拨我的良师。"

"言重了，良师不敢当，茶友酒友而已。酒酣吐真言，难得你王总经理爱听，还听得进去。"

"每次跟您见面叙谈，都有意犹未尽的感觉，尤其是您对国家大事的看法和那些官场、金钱、世俗之外的东西，让人耳目一新，茅塞顿开。你走了，今后我上哪儿听去？"

"可以给你们引荐一位新朋友，他也是我的南开校友。"

"是毓文的教师吗？"张文举问。韩校长答道："是的，姓马，主教英文，下半年来的。马老师的经历十分丰富，思想前卫，目光敏锐，对很多问题见解独到。在学校里，他举办的讲座最受师生欢迎。"

"听说过此人。"张文举打断了韩校长的话说，"都传这位马老师在学生当中传播异教邪说，在关内，还当过罢课示威游行的头头儿，是个不安分的主儿，在警察局挂了号的，怀疑他是共产党。这类惹事的秧子，还是不认识为好，免沾是非。"

张文举的直言拒绝，把韩校长呛了个噎脖儿，一时无语。张文举意识到自己的话语有失分寸，忙跟韩校长道歉。王百川打圆场说："毓文中学崇尚新学，韩校长认可的教师必然思想活跃，甚至反叛，警察局自然不欢迎，他们恨不得老百姓都像羊羔子那么软弱驯服，任人驱赶才好。我认为不安分没有什么不好，不安分才是人的天性，否则就没有竞争，市面上凡是挣了大钱的商人，都是骨子里不安分的。咱吉林城里名人不多，今天来不及认识马老师，日后说不定哪天就认识了，还是顺其自然吧。"

韩校长见王百川没有急于结识马老师的意思，便说："你们对共产党根本不了解，不要把共产党看成洪水猛兽。共产党人推崇的主义，孙中山先生都明确表示认可，所以我允许有人在师生当中传播共产主义学说。你们两位作为掌管全省钱匣子的要员，对这些关系到国家政局的大事，也应当多多知晓才好，有益无害。"

"您讲的有道理，咱国家北边的邻居苏俄，如今就是共产党当政，近在咫尺。等下回见面，您给我们好好上一课，讲讲共产党，讲讲苏俄。"张文举真假参半地说。韩校长一笑："我可讲不了，你们要是真想听，还是请马老师来。"

韩校长推说临走事多时间紧，起身要走，王百川和张文举把韩校长送到钱号大门外。西北风迎面刮来，凛冽刺骨，韩校长竖起皮大衣的毛领子，坐上等候着的洋车。他向王百川和张文举摆了摆手，然后赶紧把双手揣进皮大衣袖筒里，走了。王百川和张文举都没穿大衣出来，低温严寒迫使他们不能在室外久留，王百川依依不舍，看着在冷风中远去的韩校长，一丝伤感掠过心头。

下午，王百川带着齐明科来到总办刘恒的办公室，此时的齐明科，已经被提拔为文书股长，这次升职，是帮办赵乾宇建议的，王百川没有反对。过了一会儿，赵乾宇也到了。刘恒表情严肃，咳嗽一声，开口问道："百川，王省长下令贷款赈灾的事情，乾宇跟你通报了吧？怎么没把借贷股长带来？"

"赵帮办一早就打电话转告我了，还让我拿一个方案。时间紧，我粗略思考了一下，有个想法，没来得及形成文字。借贷股长出差去榆树县了，审核一笔贷款的抵押物，后天才能回来。"

"嗯。经营贷款本是钱号的正常业务，总号加上各分号，每年放出去的贷款总计有三四百万之多，具体事务让下头照规矩办理就行了，用不着我们三个人亲自插手。但是这次的贷款非同一般，是王副省长专下的指令，又是张作相省长来吉林主政以后的第一笔赈灾贷款，展示了省署对延吉四县灾民的体恤盛意，不可怠忽。另外，你们都清楚，以往在赈灾贷款上出问题不少，拖延懒政，影响资金运作效率者有之，借机索贿受贿者有之，暗抬利率私吞利差者有之，违法挪用牟利者有之，携款出逃者有之，可谓无孔不入，内外勾结，挖空心思，不择手段，中饱私囊。前车之鉴不能忘。因此，本次赈灾放贷，一定要有个万全之策，确保不发生违法和贪墨，出了任何差池，我们都脱不了干系。乾宇你说呢？"

"总办所言极是。万一出事，那就是黄泥抹到裤裆里，不是屎也是屎。哪怕是地方官吏不轨，或是钱号末等雇员违法，外界舆论都会指责我们钱号上层经管不力，倘若省府再追究下来，就更不好说。如今瞅着咱永衡官银钱号不顺眼，鸡蛋里挑骨头的王八蛋忒多。"

"百川是怎么想的，把你的方案讲来听听。"

总办刘恒刚才的一番话，让王百川感觉到他对此次赈灾贷款的担心程度与自己相比，有过之而无不及，心里有底了，便说："本次赈灾贷款从省署的角度来讲，是一件有利灾区民众的好事，而对咱们钱号而言，就不那么乐观。首先是此类贷款无须抵押，一旦有不可预见原因而发生逾期不还，即成坏账，造成钱号新的亏空。其次，即便不发生死贷坏账，也因为利率低，直接影响钱号当期利润。王副省长要求放贷三万，我建议利率还是定为六厘，时间限定为半年，以便相关各县有充裕的时间，多运作几轮粮食的买进卖出，保持对市场粮价的控制力度。放贷的具体业务，还是由延吉分号负责操办为好，有利于就近经管。至于如何防范违法贪墨，鉴于此次赈灾贷款涉及四县，延吉分号级别低，规模小，监管必然力不从心，难当重任。刘总办能否恳请省财政厅派出督办专员，专司此事。我想，如果有人打这笔贷款的主意，想伸黑手，得知有省厅大员亲自关注，自然晓得厉害，手就缩回去了。"

听了王百川的话，刘总办沉吟半晌，说："贷款利率和期限尚可，只是请省厅派员督管的想法有些不妥。区区三万赈灾贷款，金额不及钱号全年放贷量的百分之一，还要惊动省厅，岂不显得我等无能，招人耻笑。但是下派督办专员的办法是可取的，应当由总号直接下派，乾宇以为如何？"

赵乾宇嘬了半天牙花子，说："这个督办专员要协调巡管四县，级别低了不成。钱号董事当中有好几位都挂着会办的名头，他们不能光拿钱不出力，从他们当中选一个吧，万一有什么纰漏，也好在董事会上堵住其他人的嘴。"

"不妥。"刘恒摇摇头，"几位会办都是上了年纪之人，且还兼有他责。不如由你赵帮办亲自掌印，大家放心。"

闻听刘恒此言，赵乾宇的脸色瞬时变得很难看，反问道："总办所言何意？什么叫由我掌印大家才放心？"

"切莫多想。我的意思是你在钱号任职多年，有资历，有威望，上下信服，堪当此任。"

"百川在钱号上下的威望也不低，且近来外界盛传百川跟张省长的私交甚好，有省长大人撑腰，担任督办专员协调各县，说话办事比我更有分量。"

赵帮办猛然间提到与省长张作相之间的私人关系，毫无思想准备的王百川心头一震，他不清楚赵乾宇搬出所谓传言是出于什么目的，有意还是无意。他无暇多想，静待刘恒的反应。刘恒的专注力似乎并未转移，继续解释道："二位有所不知，我刚刚得到一则坏消息，大赛方面出事了。那边的永衡信跟日本商人做生意受骗，本利皆失，涉案金额很大，需要百川即刻前往处置。详情待咱们把贷款的事情商议妥当之后，我再跟百川细谈。督办专员一职，还是非赵帮办莫属。"

赵乾宇满脸的不高兴，硬生生地说："既然在这间屋子里没有商量的余地，就上请荣厚厅长定夺吧。"说完，赵乾宇起身出去了。刘恒顿时气得面色发青，胡须颤抖，半天一言不发，坐在椅子上呼呼地喘粗气。王百川见状，便对齐明科说："你先回去，把刚才商议的方案写成正式报告，明天上班时交给我。"齐明科答应了，向刘恒躬身示意，走了。

屋子里只剩下刘恒和王百川两个人，刘恒长出了一口气，愤愤地说："这个赵乾宇，自从靠上了荣厚，越发专横，掂不清自己有几斤几两。"

"他跟荣厅长的关系，表面上看着很一般嘛。"

"据传，他一次就奉送几十垧地，大手笔呀！二人关系如何，可想而知。"

"您要不要赶紧给荣厅长打个电话，把刚才咱们商议的事情呈报一下，否则赵帮办抢先跟厅长讲了什么，事情就不好办了。我估摸十有八九，他此刻正在前往荣厅长办公室的路上。"

"不急，我倒要看看他究竟能蹦跶多高。眼下最要紧的还是关于大赉分号的情况，你抓紧动身赶过去，此案涉及日本商社，处理不好遗患无穷。日本商社在东北各地的势力越来越大，危险哪。另外，当初在大赉县开办永衡信，董事会里就有不同声音，认为该选址有悖咱永衡官银钱号的附属业主要在铁路沿线布局的老规矩。如今看来，那边虽有旱路和嫩江码头，但是不通铁路，来往不便，导致长期管理不善，经营不佳，当初某些董事的疑虑是有道理的。长痛不如短痛，你过去以后，假如看情况不好且改善无望，可以现场决定关掉永衡信。"

"不必回来请示荣厅长吗？他兼着咱钱号的督办。"

"我先跟他打个招呼，假如他有不同意见，我再给你发电报。"

十二

　　大赉县城位于嫩江南岸，归黑龙江省管辖，是陆路和水路交通要冲。虽然建城仅二十余载，但是凭借着有六条大路在此交会以及距离县城八里地的嫩江老坎子码头，深受来往客商的青睐。如果走旱路，出县城往西，可通镇赉、白城；往西北方向可达黑龙江省的泰来、齐齐哈尔；往东及东南方向，经过前郭尔罗斯可至扶余、长春。如果走水路，从老坎子码头上船，上达黑龙江，下通松花江，老坎子码头的对岸就是黑龙江省的肇源县。五年前，吉林永衡官银钱号在大赉县开设了附属产业永衡信，主要从事杂货和粮食的经营。永衡信开业之后发现，当地虽然陆路交通便利，但周遭环境并不利于经商，其北面有嫩江这道天然屏障，西面和西南方向几百里人烟稀少，且匪患不绝，开业以来，永衡信经营状况始终惨淡，如同鸡肋。

　　因为有关闭永衡信的可能性，王百川的大赉之行特别带上了调查股的董股长，还有文书股长齐明科。

　　王百川就任吉林永衡官银钱号总经理之初，曾一度想换掉年近五旬的董股长，不满其工作上谨慎有余而魄力不足，但是时间久了发现，董股长尚有其难得的一面，此人不贪不腐，看问题不偏不倚，人际关系上不拉不靠，这些优点正是行使调查股职责所必须具备的。

王百川等三人先乘火车到了长春，第二天，由永衡官银钱号长春分号租了一辆福特牌小汽车，把他们送往大赉县。冬季昼短夜长，当他们一路颠簸即将进入大赉县城大东门的时候，天色已经完全黑下来了，驾驶员问王百川进城以后怎么走。三个人中间，只有董股长来过大赉县，董股长建议说："天黑了，咱们直接住店吧。进城以后往右拐的第一条横街是东西二道街，街上有一家大赉旅社。这家旅社离县厅不远，房间多，院子大，能停汽车，外来的官员和客商在大赉县城落脚，一般都住那旮旯。"王百川同意了。

　　大赉县城很小，南北长东西宽均在三里左右，东西二道街在县城的中部。汽车很快就开到了大赉旅社的大院门前，汽车刚要进门，被守大门的一高一矮两个站岗军人拦住了，齐明科纳闷地问："老董，这小县城的旅馆怎么还有当兵的把大门？"董股长回答："我也不知道。我上回来的时候没有哇。"齐明科开门下车，快步走到那名高个子兵面前，那当兵的大声喝道："站住，干什么的？"齐明科止步笑着回答："我们是吉林永衡官银钱号的，来此公干，想进去住店。"

　　"不行！上旁的地方吧，这个院子我们包了。"

　　站在旁边的矮个子兵用枪托捅了一下高个子兵，悄声说："你看那辆汽车，多高级，万一车里头坐的那位爷比咱团长的官还大，你我不是自找倒霉？先问问车里头坐的是谁。"

　　"车里是谁？"高个子兵问道。

　　"是我们永衡官银钱号王总经理。"

　　"什么号？"矮个子兵没听清楚。

　　"吉林永衡官银钱号。"

　　高个子兵听清楚了，小声说："我的妈呀，咱花的吉大洋票子上，印的不就是永衡官银钱号的名头吗？里头坐的是管发票子的财神爷呀！"高个子兵即刻满脸堆笑，对齐明科说："您稍候，待我进去跟团长禀报。"

高个子兵跑进去时间不长，有三四个随从簇拥着一位军官从院子里快步走出来。车灯映照下，王百川看那军官的身形很眼熟，定睛细瞧，辨认出那军官竟然是冯占海。王百川赶紧下车迎上前去，冯占海笑着大声问："真是王总经理？他们跟我报告我还不相信，您怎么也来这种小地方？"

"我在这儿有分号。自从你被提拔当上卫队团长，咱爷儿俩还是第一回碰面。你在这儿是什么公干？"

"剿匪，大前天在农安北咬住了土匪帮三山好，我带着队伍从前郭、长山屯一路追过来，也是刚住下。还没吃饭吧？快把车开进去，我们马上要开饭了，咱一块儿吃。"

大赉旅社的院子里有东西向五排平顶房，每一排设有十几个房间，冯占海住的房间位于中间一排，有两间屋子，外间屋里摆着长条桌和十来把木椅，里间屋里有一铺火炕。王百川跟着冯占海进屋，齐明科和董股长去安排住宿。王百川边脱皮大衣边问："出来剿匪多长时间了？"

"快一个月了。我姨父说，趁着天冷，大地上没庄稼，土匪不好藏身的机会，抓紧突击一下，让老百姓过个消停年。"

"是啊，眼下正是民间储粮最多的时候，商家粮多钱厚，土匪砸窑案件高发期。怎么样，战果如何？"

"灭了几股接火就散的小绺子帮。现在叼着的三山好是股硬茬儿，人多马快火力硬，那也不是我警卫团的对手，前天第一次正面交锋，几炮就被我轰散花了。我们咬住他们当中最大的一股，边追边打，这不是，追到大赉县城。"

"三山好进县城了？"王百川惊讶地问。冯占海不屑地摇头："大赉县城有土城墙，城墙外有壕沟，出入县城的八个城门都有警察守着，三山好进城不是找死吗？他们绕城往西边去了。"

"这回有把握彻底灭了三山好吗？"

冯占海的脸色沉下来说："你不是外人，我讲实话，要剿灭三山好，难。

这些家伙都是惯匪，枪法准，马上功夫好，不然能在东北地面儿上打杀这么多年？能打散他们已经不容易。我计划明天带着队伍往西再追个百十里。越往西走村屯越少，土匪藏不住。能逮住就狠狠地再敲他一家伙，万一逮不着也只能到此为止。大赉、前郭、乾安、农安这一带还有其他土匪帮，不能只顾着这一头儿不是？"

说话间，士兵用木质方盘端来了晚饭，有小米饭、白菜炖土豆、两盒牛肉罐头。冯占海说："饭菜简单，没有酒，王总经理担待吧。"王百川说："冯团长客气。虽然现在外头没响枪响炮，可也是剿匪前线哪，非常好了。我这回到大赉办事，估摸需要两三天的时间。你返回来的时候假如我还没走，我一定在县城里最好的馆子摆一桌，为你庆功解乏。"

第二天早晨，天刚蒙蒙亮，冯占海就带领部队出发了。王百川躺在炕上，耳听着屋外队伍集结发出的纷杂脚步声、口令声和汽车发动机声，脑海中却浮现出三山好二当家王半山的身影。从昨天晚上意外遇见冯占海，听说他追击的土匪是三山好，王百川的心头就是一震。与冯占海的对话之间他虽然未露声色，但不知源自何处的担忧悄然而生。他对匪首王半山的印象不坏。自那次在青山口邢家店结识王半山以后，匪帮三山好再没有骚扰过王家在省内的任何一处商铺。不仅三山好的手下没来，其他大小土匪从此也都不扰王家买卖。曾有同行私下问过王百川，为啥土匪偏偏不砸王家的窑，他只能一笑置之，因为连他自己都说不清楚为什么。冥冥之中，他预感到此次大赉之行，很可能再次遇见王半山，他相信缘分这个奇妙的东西。

早饭之后，王百川和齐明科、董股长没有急于去永衡信，王百川让董股长当向导，在大赉城内转了一圈。

严冬中的大赉城，一片黑黄之色，寒冷而压抑。街道被反复碾轧过的积雪覆盖着，又脏又滑。城里没有楼房，最高的建筑物是大西门——一座残破的青砖城楼。用黄土夯起来的城墙残缺不全，城墙外的护城壕沟被风吹雪填平，城壕边上长满荒草。城内老百姓的住房绝大多数是用土坯砌起来的，平顶，外面抹泥，青砖房很少，主要是县厅以及街边的店铺。城里的主要街道有四条，分别是南北向的大什字街、小什字街和东西向的东西大街和东西二道街，其余几条小街也都选择正东正西走向或正南正北走向，数条街道把县城切割得方方正正，如同棋盘。商铺大多分布在东西大街和大什字街上，吉林永衡官银钱号的永衡信，坐落在大什字街和东西大街交会处的西北角。

天空灰蒙蒙的，初升的太阳被薄云遮挡，洒下没有温度的光。街上，装载着粮食或柴草的马车或牛车、待贩卖的牛羊、堆在街边雪地上出售的冻鱼、身穿黑色棉袄棉裤头戴狗皮帽子的男人和身穿蒙古袍骑在马背上的蒙古族汉子、被西北风吹得呼啦啦响的商铺店招，组成了西部县城的独特风景。空气中，柴草味、马粪味、羊膻味、旱烟味、鱼腥味，混杂飘过，反复锻炼着人的嗅觉功能。

转完了城里，董股长问王百川是否到老坎子码头看一看，王百川说："江面封冻，想过江，从冰面上就走过去了，冬天看码头没有意义。抓紧时间去永衡信。"

永衡信的两扇木门紧闭，门上挂着"停业盘点"的木牌子。齐明科上前敲门，片刻，木门打开了半扇，一个中年伙计懒洋洋地探出头来。不等他开口，齐明科就问："殷掌柜在吗？总号王总经理来了。"中年伙计往齐明科身后瞧了一眼，立马精神起来，把两扇门大开，双手托扶着棉门帘，恭敬地说："快请进，外头冷，我上后头喊殷掌柜。"

王百川走进永衡信，环视这五间门面房。脚下，用洋灰抹平的地面很干净。靠墙立着的木头货架子上，依次摆着马具、渔具、农具、碱坨子、旱烟、酱菜坛子、羊皮、牛皮、狗皮、兔皮、狐狸皮、黄鼠狼皮、狍子皮、黑蓝白红四色棉布、棉花、毡子、煤油、乌拉草等日用杂品。室内空气混浊，光线昏暗。八尺长的柜台上，摆放着煤油灯、算盘、笔砚。黑瘦的殷掌柜满脸惶恐，急匆匆地从后门进来，拱手说道："真不承想惊动了王总经理亲临，有罪，有罪。快到后边账房喝茶暖和暖和，前店这边关门了，一直没生火，忒冷。"

众人随殷掌柜出后门来到后院，院子里东面一排是平房，西面一排是马棚和仓库，账房、伙计宿舍和厨房设在东面的平房中，院子当中，摆着卸了牲口的三挂大车。账房里，炉火正旺。殷掌柜说："王总经理不嫌弃的话，还是上炕坐吧，炕头上热乎。"王百川上炕盘腿坐了，董股长和齐明科搭坐在炕沿上。殷掌柜搬过一把木椅子，半个屁股坐了。中年伙计给几个人倒了茶水，站立在门口。

面对总经理王百川和两位股长，殷掌柜紧张得不知如何开口，他试探着说："眼瞅到晌午了，总经理一路劳顿，先喝口热茶压压凉气，随后咱们到对面的羊肉馆子去，我摆酒，为总经理和二位股长洗尘。"王百川说："都是自家人，不必麻烦。你这号里不是有厨房吗？每人下一碗面，足矣。"殷掌柜不过意地说："咱们这儿有间厨房不假，但是没有厨子，平常都是哪个伙计得空哪个下厨做饭，手艺不行。总经理愿意吃面，对过儿馆子的羊肉面片汤挺好，让伙计叫几碗来？"见王百川没反对，站在门口的中年伙计转身出去了。殷掌柜紧张的心情似乎缓解了一些，又问："总经理，您是先看账本还是？"

"查账不急，我现在最想知道你们上当受骗是怎么回事，详细说说。"

殷掌柜一脸苦相，沉吟片刻，开口讲述事件的来龙去脉。

永衡信自开办以来，生意始终不尽如人意，五年里先后换了三任掌柜，经营状况也没有改观，号里上下十分焦急。今年入秋，进入粮食收购的黄金季节，又遇上市场行情好，殷掌柜连着做了几笔黄豆和高粱生意，收入颇丰。账上有钱，心中欢喜。这一日，他过嫩江到对岸的肇源县收黄豆，在回来的渡船上，偶遇三年前从吉林永衡官银钱号德惠分号出走的盖茂权。殷掌柜是去年春天来的，不认识盖茂权，更不清楚他在德惠分号曾经违法的事情。闲说话间，盖茂权意外得知殷掌柜是永衡官银钱号永衡信的掌柜，立即出奇地热情，自我介绍说自己也曾经是吉林永衡官银钱号的雇员，几年前辞职出来，如今替日本东亚劝业株式会社做事，当土地经纪人。

偶遇曾经的自家人，且见盖茂权文质彬彬、见多识广、谈吐不俗，殷掌柜顿生好感，有一种与之相见恨晚的感觉。下了渡船，他主动邀请盖茂权到羊肉馆子喝酒。酒桌上，盖茂权介绍说，目前，东亚劝业正在东北各处出高价购买易耕种土地，希望殷掌柜能帮忙寻找意向卖主，如果买卖谈成，既帮了他盖茂权的忙，还可以按照最终交易金额的百分之五抽取佣金。殷掌柜听说有这等轻松赚钱的好机会，喜出望外。他是本地人，大赉县周边有钱的人认识大半，当即应承下来。过了不久，殷掌柜果然在大赉县城东边四十里，寻到了一个愿意卖地的大户，姓曹，能一次出卖二百坰地，报价九十块钱一坰。殷掌柜带着盖茂权去现场看，盖茂权说该地块开垦不久，土质一般，不适合种水稻，一坰地最高只能出七十块大洋。殷掌柜极力在中间撮合，最后曹大户愿意把地价降到八十块，条件是必须先付两成定金，三千二百块，剩余部分一个月内付清。盖茂权说先付两成定金不合规矩，而且自己一时也拿不出三千多块钱来。殷掌柜见状主动说："咱们互相间都是熟人，你们双方先把买卖合同签了，定金由永衡信先垫上，反正土地在那儿躺着，谁也搬不走。"盖茂权说："殷掌柜肯借款最好，一个月内，我带着奉天东亚劝业的日方代表来现场丈量确认土地面积，结付尾款。"

殷掌柜喜滋滋瞧着曹大户与盖茂权在合同上签字画押。当日回到分号以后，殷掌柜交给盖茂权一张三千块大洋的银票，盖茂权留下了一纸欠条，急匆匆走了，说是要抓紧回奉天办理余下的事宜。过了三天，曹大户进县城来找殷掌柜，问那块地还买不买了，怎么没见有人送定洋来。殷掌柜一听，惊出一头冷汗，忙安慰曹大户再等等。又过了几天，还是没见盖茂权的人影。殷掌柜急了，他揣上曹大户卖地的合同，坐火车赶到奉天，找到东亚劝业株式会社询问，对方说，东亚劝业根本没雇用过什么土地经纪人，也不认识姓盖的中国人，那份合同上盖的章子是伪造的。

殷掌柜讲完了，屋子里很长时间没有人说话。齐明科看王百川面无表情，开口问殷掌柜：“你刚才讲的都是真话吗？我怀疑你跟盖茂权合谋坑害钱号。”

“天地良心，我冲天发誓，以前真不认识姓盖的。都怪我一时赚钱心切，迷糊眼瞎。我刚才说的如有半句假话，立马喝凉水呛死，全家出门让马车轧死！”

“那份买卖合同还在吗？”

“在，在。”

“拿出来给总经理看看。”

殷掌柜起身，双手哆嗦着打开靠墙的木柜子，把合同取出来递给齐明科。齐明科仔细看过，交给王百川说：“这上头的签字，确是盖茂权的亲笔，我认识的。”王百川没看，转手递给董股长，语调平和地问殷掌柜：“给钱号造成这么大的损失，你打算怎么办？”

“应当赔，可是我倾家荡产也赔不起呀。”

“那就只好把你送法院。”

“总经理千万法外开恩，我要是蹲了大牢，一家老小就没活路了。”殷掌柜一脸哭相，只差给王百川下跪。王百川思索一会儿说：“事情的真假，董股长他们还要进一步调查。但是不管最后是什么结果，分号掌柜你都不能再当。既然赔不起损失，又惧怕蹲大牢，我给你指条路吧。”

“只要不送法院，让我当牛做马，干什么都中。”

“限你半年之内找到盖茂权。这半年期间，你的家人由钱号出钱养着，保证饿不着。半年之后如果还找不着姓盖的，别怪我王百川无情无义。”

当天夜里下了一场大雪，天将亮时雪停了，地上的积雪有半尺厚。雪后气温骤降，强劲的西北风吹到脸上，如刀割般痛。简单吃过早饭，王百川乘坐租来的那辆汽车先行返回吉林市，董股长和齐明科则继续留在大赉，清理永衡信的资产账目以及处理商铺关闭的相关事项。

王百川乘坐的汽车出了大赉县城的大东门，顺着大路向东行驶。沙土路笔直地伸向远方，路两旁光秃秃的杨树在冰雪的世界里如僵尸般挺立。路面坑洼不平还有积雪，汽车开不快，车外单调苍凉的景色以及不停的颠簸，令王百川昏昏欲睡。忽然，司机转头说道："王总经理，前头有人拦车。"王百川睁开微合的双目，向前方看去，果然看见迎风站着一个牵马的汉子，向驶来的汽车招手。西北风吹得他面色通红，眉毛上、胡茬上、狗皮帽子上，都结满白霜。王百川一眼就认出了那熟悉的身形，拦车人正是土匪王半山。显然，他躲开了冯占海所辖队伍的追剿。王百川让司机把车停下，从汽车上下来，迎着王半山走过去，抱拳问道："二当家的别来无恙？"王半山抽一下鼻子，用手背抹去挂在鼻子尖上的清鼻涕，咧嘴一笑说："王老东家招路（眼睛）亮堂，多日不见还认得我王半山，尿性！你这四轮子（汽车）我拦对了。"

"看你单枪匹马，不像要绑我肉票。"王百川半开玩笑地回话说。

"老东家言重了。事态紧急，长话短说，半山有一事相求。"

"有话请直说，只要我帮得上忙。"

王半山脸上没有了笑容，他瞄一眼坐在汽车里的司机，确认车内没有其他人，便压低嗓音说："半山我这几天走背字，被出来清剿的海冷子（当兵的）黏上了。这帮穿灰皮的，人多火力猛，接手就来狠的，我们人少，弟兄们只好避其锋芒，分散扯呼（撤退）。无奈老天爷跟着裹乱，风硬雪大，绺子里有腿脚不利索的，跟着跑挺麻烦。可巧听说你王老东家到了大赉县，今天要坐车回去，就特别在这儿等着你，帮我捎带走两个人。"

"你的耳目真灵通，捎带谁呀？"王百川问。

"你见过的。"王半山说完，向身后招手。王百川这才注意到，路旁树林子里还停着一辆带席棚子的马车，从车上下来一男一女两个人。那男人年纪很大，跛脚，拄着拐杖，年轻女子挎着个大包袱，搀扶着老人，艰难地踩着脚腕深的积雪走了过来。王百川认出来了，二人正是那次在邢家店初会三山好时，见到的王半山的媳妇和那位坐在灶坑前默默煮肉的老人。王百川问道："把二位送到什么地方？"

"上车以后听老爷子的。"

王百川示意二人上车，女子坐在了司机的旁边，王百川与那老人坐在了后排。上车的时候，王百川与老人四目相对，老人面无表情，他看到的是平淡的目光和浓浓的寿眉。当初在邢家店的时候，王百川没有机会仔细观察那老者的长相，曾经判断，老者极有可能就是三山好的大瓢把子——虎爷。今天再次相遇，王百川不仅肯定了自己当初的判断，还从相貌上认定，老人就是王半山的亲爹，两人的眉眼长得太像了。想到此处，王百川的心头不禁一惊，王半山把两个至亲的人交到自己的手上，无疑是一个大赌注，他认定王百川不会把他们送往官府，能够确保其安全。但是在张作相省长大力度剿匪的当口，竟然帮着土匪头子逃命，倘若被外界得知，他不清楚该怎样向张省长和冯占海解释。

汽车再次开动，王半山目送着汽车远去，他飞身上马，战马嘶鸣，向大赉县城的南边疾速奔去。马蹄刨起积雪，阵阵雪花在风中飘散开来，成雾。王百川的心头也被一团寒雾笼罩了。

汽车开了近五个钟头，一直闭目不语的老人把眼睛睁开，对王百川说："前面到了哈拉海，就把我们爷儿俩放下吧。"

"已经过午了，咱们到哈拉海镇子里先找个馆子，一起吃完晌午饭你们再走。"

"人多眼杂，不讨扰王东家了。"老人说完，转头仔细端详王百川，问道，"你不是吉林人吧？"

"不是，祖籍山东。两岁的时候，爹娘一根扁担挑着我和姐姐闯关东，最初落脚的地方是奉天。"

"你是不是在奉天的天福珠宝行当过伙计？"

"是啊，你怎么知道？"王百川惊讶地问。

"有一年的腊月二十八，你救过一个人。"

老人的这句话，瞬间勾起王百川苦痛的回忆。

晚清末期，国内战乱四起，加上山东连年遭灾，民不聊生，灾民纷纷踏上北闯关东的道路。王百川的父亲是个穷教书匠，他携妻带子好不容易走到奉天，用所剩盘缠买下半间破屋以后，身上再无分文，只能靠打零工和沿街乞讨为生。不到一年，王百川的父亲因染疾不治，撒手人寰，丢下了体弱多病的妻子和两个孩子。八年以后，姐姐和母亲也相继离世，年仅十一岁的王百川卖掉破屋安葬母亲之后，便成了流落街头的孤儿。沿街乞讨毕竟不是长久之计，他走投无路，忍痛离开埋葬着亲人尸骨的奉天城，到辽南千山龙泉寺出家为僧。王百川天资聪慧且勤快，得到了寺庙住持的赏识。四年多的僧侣生活很快过去，这期间，一对年过五旬的老夫妇，每年都坐轿上山礼佛，供养，出手大方，十分虔诚。有一天，老夫妇又上山来了，住持特别安排王百川专门接待。老夫妇看百川聪明清俊，举止有礼，颇为喜爱。礼佛完毕后闲谈得知，原来老人也姓王，且是山东老乡，膝下无子，现在奉天城开珠宝行。老人了解百川的身世之后，决意要认其为义子并带他下山。征得住持同意，十五岁的王百川告别千山佛门，还了俗。

走在久违的奉天街头，呼吸着城市浑浊的空气，回想起以往沿街乞讨时遇到的白眼，露宿街头时忍受的凄风冷雨，饥肠辘辘时的煎熬与绝望，王百川心绪难平。往事不堪回首，他暗下决心，既然天赐我机会重归俗世，一切便要重新开始，不争到出人头地、万人敬仰，决不罢休。

老人在奉天城里开的买卖叫天福珠宝行，自从收王百川为义子，便有意把家业传承与他。老人毫无保留地教义子打算盘、记账簿、制作金银饰品、铸造钱币。聪明勤奋的王百川用时不到一年，不仅学会了打造钱币和金银饰品的技术，也掌握了如何辨识珠宝玉器成色与真假的本领。两年之后，就能独撑门面。

最底层的人生经历和四年习佛，促成王百川把"择善而行"立作自己的处世信条，花子上门他必有接济，邻里有难他必出手相助。一来二去，街坊们都说老王掌柜公母俩多年虔诚礼佛终有好报，得了一个有菩萨心肠的好儿子，老两口的晚年有靠了。

这一年，临近腊月底，王百川每天忙着清账盘库打扫卫生置办年货，老王掌柜看着店铺内外被义子打理得井井有条，心中愉悦。晚饭时分，老掌柜跟王百川说："明天就是腊月二十八，城北有过年前的最后一场大集，咱爷儿俩去逛逛，看有什么稀罕的年货，再买些。"

第二天，爷儿俩起了个大早，他们打算早去早回，尽量少耽误自家珠宝行的生意。没想到推开房门一看，夜里静悄悄下了一场大雪，地面的积雪足有一尺厚，爷儿俩赶紧各自绰起扫帚木锨，清扫积雪。王百川先把从房门到院门的甬路清扫出来，然后打开院门。

在北方，每当下雪之后，谁家大门前的积雪清扫得最早最干净，表明谁家的人最勤快，过日子心盛。院门拉开，王百川一愣神，他看见有一个汉子，半倚着自家门框躺在那里，全身被积雪覆盖。他赶紧伏下身子，划拉掉那人脸上的雪，连叫了两声"爷们儿醒醒"，并无回应。老王掌柜看见了大门口发生的情况，也赶了过来，他把手放在那人鼻孔下试了试，对王百川说："还有气，麻溜儿抬屋去。"

冬季在奉天城里，大街上几乎天天可见冻毙的倒卧，尤其是遇到极寒冷天气，大风大雪，熬不过去冻饿而死的流民乞丐则更多，今天被王家父子遇上，不能不管。他们合力把人抬进屋，放到王百川睡的炕上，脱掉那汉子身上破烂的衣裤，盖上被子。脱鞋的时候，看到他的脚有严重冻伤，特别是右脚，五个脚趾已经全部烂掉了，脚掌至小腿肿成黑紫色。老王掌柜端来一碗热米汤，给他灌了下去。过了大约一刻钟，汉子苏醒了，王百川又喂了他一大碗小米粥,那人并不睁眼,喝完粥,又昏睡过去。王百川摸了摸汉子的额头,烫得很,对义父说:"他发高烧,您先看着,我去请个先生来瞧瞧。"

大夫请来了,把脉,仔细看了右脚的伤处,说:"他这是冻、饿,加上烂脚化脓严重感染,邪毒攻心,你们要是不救他,活不过今天。"王百川端来热水,大夫把汉子的脚伤仔细清洗,剔除烂肉,取药膏敷上,包扎起来,交代每天换药,然后开了一个口服汤药的方子,吩咐要赶紧抓药煎了,给他喝下去。

天擦黑的时候,那汉子完全清醒了,王百川把他扶起来,服侍他吃饭、喝药,那汉子倒头又睡。到了转天中午,汉子能坐起来了,老王掌柜与他搭话,才得知他与自己同姓,也姓王,是打辽北采金场子逃出来的。

这汉子是去年春天被一个同乡骗进金场子的,没想到采金场完全被金把头控制,进去了再想出来,难上加难。他每天跟着其他淘金工一起挖沙洗沙,天不亮起来,一直干到天黑。眼看着身边的工友一个个累死、病死,或者逃出去又被抓回来活活打死。苦累、恐惧和仇恨,时刻盘踞着他的身心,他下决心无论如何也要逃出去,金场子不能成为他的丧命之地。半个月前的一天夜里,他趁着辽北地区突降暴风雪、守卫松懈之机逃跑了。漫天风雪,方向难辨,他凭感觉,深一脚浅一脚瞎跑了大半宿。天明时分风雪停了,他仔细观察,发现竟然又绕回了金场子方向,而且远远地瞧见了从金场子追赶出来的打手。他在暴风雪中跑了大半宿,疲劳至极,实在跑不动了,终于被几名打手抓住。雪深难走,打手不愿意再费力气把他拖回金场子,干脆剁了他右脚的五个脚趾,疼得他当场昏死过去。打手把他抬起来,扔进了旁边的山沟里。

听完汉子的讲述,老王掌柜不住地点头,敬佩地说:"了不起啊,这冰天雪地,又有重伤,难得你能咬牙走进奉天城里来,换了旁人,早就喂野狗了。"王百川说:"你既然到了咱家就是有缘,先住下,养好伤再说别的。"汉子问:"今天初几?""腊月二十九。"汉子说:"明天就是年三十,我留在这儿不吉利,明天我就走。"老王掌柜和王百川都出言相劝阻止,但拗不过汉子的执着,他说："你们爷儿俩救了我的命，已经是大恩大德，日后有机会，必当厚报。"

第二天早上，老王掌柜特别吩咐煮了送行的饺子，拿一些银两给那汉子做盘缠。王百川请人打了一副拐杖，又买了新的棉衣棉鞋棉帽子，备了一些药品。爷儿俩把行走艰难的汉子送出大门口。街上，已然一派节日景象，鲜红的春联和灯笼把沿街的商家装点得红红火火，零星的鞭炮声此起彼伏，孩子们欢快地追逐奔跑，空气中不时飘来节日美食的香味。王百川看着汉子一瘸一拐孤独离去的背影，心里说不上是个什么滋味，过年的好心情瞬间释去七八分。这个场景深深印在王百川的脑海中，久久无法散去。在以后的两三年里，每到年三十这天，爷儿俩都会想起那汉子，但是随着时光流逝，这件事被他逐渐淡忘了。

二十几年过去，今天坐在身边的老人重提此事，当年的场景再次清晰地浮现在王百川的脑海里，他努力从老人的相貌中找寻当年那汉子的模样，依稀有些相似。王百川感慨地说："岁月如刀，您的相貌与当年已判若两人，难得你还能认出我来。"

"凡是对我有恩的人，我都会牢牢记住，当然，有仇的也一样。"

"冒昧地问一句，您就是虎爷吧？"

老人微微一笑，不再说话。

十三

　　坐在长春火车站软席候车室的牛皮沙发上，王百川品尝着俄国服务生送过来的咖啡。室内地面中央的煤炉子里，炉火正旺，为软席候车室传送着徐徐暖意，而外面普通旅客候车室就没有这种待遇，那边没有取暖的炉火，候车的人们冻得不停地跺脚。两名俄国铁路巡警走进软席候车室，站在煤炉子旁边烤火，互相叽里咕噜地说着王百川听不懂的俄国话。偌大的东北，上千公里铁路皆属日俄，竟然没有中国人的一尺一寸，王百川感叹省长张作相执意修筑吉海铁路的气魄和雄心。外面候车室里传来激烈的叫骂声与哭喊声，两名俄国铁路巡警侧耳听了听，未予理会，继续着他们之间的说笑。当年，齐明科和小陈随身携带的皮箱，就是在这个候车室被一个俄国人抢走的，案子至今未破。

　　火车开动，王百川望着车窗外白雪覆盖的大地。一望无际的农田，连绵起伏的山丘，光秃秃的树木，破败的村落农舍，不急不缓地从车窗外默默向后退去。天地肃杀，严寒欺凌万物，令人心生凄凉。

　　回到吉林永衡官银钱号，王百川没有耽搁，立即打电话约见总办刘恒，报告大赉一行的情况。在刘恒办公室里，王百川得知赵帮办已经去延吉督办赈灾贷款事宜。他没能躲掉督办专员的差事，财政厅长荣厚对此事没有干预，赵乾宇很失落。

听完王百川对大赉永衡信情况的报告，刘恒面色阴沉，愤愤地说："盖茂权这个王八蛋，这是对钱号的蓄意报复，有朝一日逮着他，一定绳之以法，决不轻饶。好在这件事情跟日本商社无关，否则咱们钱号的麻烦大了。"王百川说："盖某人跟咱杠上了，我判断，他只要一天没有伏法，就还会找上门来，现在就看永衡信的殷掌柜能不能尽快找到他。"

"不必担心，恶人自有恶人磨，像盖茂权这种人，早晚遭报应。一旦寻到他的行踪，即刻告知于我。"

回到家里，王百川打发门房老谭，把负责照料家里买卖的表哥夏殿臣请来说话。经过一段时间的调整，夏殿臣已经从丧子的阴影中摆脱出来，每天在各处店铺里忙得脚打后脑勺。

王百川在书房里泡了一壶好茶，翻看最近几天的报纸，等着夏三哥。夫人梁氏坐在一旁织毛衣，陪着丈夫。梁氏说："前天张省长的秘书来电话找过你，说大帅请省长回奉天开会，问你奉天那边有什么事情要办没有。我说你去大赉了，不清楚什么时候回来。他说你如果回来了，抓紧到省署去一趟，张省长有信留给你。"

"是吗？今天时间晚了，明天一早我就过去。还有，老大老二的学习你盯紧一点，我太忙，顾不上。"

"放心吧。"

又过了一顿饭的工夫，夏殿臣来了，他在门口使劲跺了跺脚，蹭去鞋底上的泥雪，撩开棉门帘进屋，在王百川的对面坐了，伸手接过王百川递过来的热茶，问："这趟官差出得如何？真把你们官银号在大赉的买卖关啦？"

"亏个大窟窿，补亏无望，不关咋办？关了铺子大家省心。"

"又出内鬼了？"

"掌柜的没选对。做买卖不能买铁思金，见利迷心，如此简单的道理，就是有人不懂，死心塌地往别人设计好的陷坑里跳。"

"道理论将起来谁都懂，但是经不住利益诱惑的人比比皆是，哪个不想榜地的时候一锄头刨出一块狗头金？"

"牛家的生意最近怎么样？"王百川问道。

"老东家牛子厚常住北京，心思都扑在戏班子上，大半年没回来。家里主事的大公子牛翰章又做败了两单，听说损失不小。还有传言，说他最近正跟一家日本商社接洽黄豆生意。"

"这正是我急着找您来要特别交代的大事情。"王百川表情严肃地说，"近几年，日本几个有名的商社在咱东北的经营范围越来越大，不光做买卖，还成规模地圈地买地，看这势头，来者不善。别瞧那些日本人西服穿着，礼帽戴着，文明棍儿拄着，皮鞋锃亮，未曾说话先鞠躬，骨子里打的是什么鬼算盘，咱中国人哪个能揣摩得清？老话说一山不容二虎，生意场上更是如此。所以，帮日本人的忙，无疑养虎为患，这种蠢事，咱老王家坚决不能干。你去跟各店铺的掌柜说，谁也不准沾日本人的边儿，不论生意大小，一单都不准跟日本商号做，谁敢隐瞒擅为，立即卷铺盖回家。"

"真这么干？"夏殿臣疑惑地注视着王百川的眼睛。

"当然，我在生意上啥时候开过玩笑？"

夏殿臣担心地说："咱家的买卖多，在吉林地面儿上影响大，这话若是传出去，你不怕跟日本商社结仇，日后给咱下绊子？"王百川坦然一笑："你忘了'无奸不商'这句话？日本人如果想算计咱，跟有没有生意往来无关。大路朝天，各走半边，咱躲着他们远点儿，不是更保险吗？再说，咱家与牛家不同，我身上担着永衡官银钱号总经理的差事，跟日本人的关系撇得越清楚越好。"

夏殿臣表示赞同："你决断得在理。未雨绸缪胜过贼去关门，我明天就跟各家掌柜的打招呼。"

夏殿臣走了，王百川为牛子厚家的生意担心起来。牛大哥置自家生意于不顾，一门心思扑在京剧事业上，业绩斐然，京城无人不知"喜连成""富连成"科班，其培养的弟子，连、富、盛、世、元各科学生，名角辈出，享誉大江南北，但为此，牛子厚也付出了大量的财力，一旦需要，不惜变卖自家"升"字号的买卖也要支持，此等魄力，王百川自叹不如。他清楚地记得几年前初回吉林任职，应牛子厚之约到德胜门外新庆戏院看京剧《双龙会》，从扮演杨家将的几名演员登台的那一刻起，牛子厚就进入了忘我的状态，双目闪出异样光彩，身体随着鼓乐唱腔晃动，口中跟着演员轻声吟唱，台上角色的喜怒哀乐惊恐悲也同时表现在他的脸上，身心完全浸于戏中，不能自已，忘却了身旁还有他专门请来听戏的王百川。

散戏了，作为回报，王百川请牛子厚和戏班子全体人马到聚福楼吃夜宵。王百川和牛子厚坐在雅间对酌。王百川问："牛大哥，小弟历来对您非凡的经商能力和慈善宽厚的为人处世，佩服得五体投地，是我心中的楷模，但是我还要冒昧地问一句，您为了京剧，撇家舍业，全情投入，多年坚持，乐此不疲，值得吗？"

牛子厚微微一笑，说："问我此话者，你不是第一个，也不会是最后一个。人们迷恋财物，爱惜珍宝，达官显贵为了得到一块上等美玉，不惜一掷千金，而在我的心里，中国的京剧艺术就是无价美玉，世间难得。我们从商者，钱没了可以再赚，生意做亏了可以从头再来，但是京剧艺术如果没有人去挖掘、发展，一代又一代的保护、传承，一旦失去，很难再找回来，所以，必须有人坚持再坚持，保证其生生不息，世代流传。"

"您的眼光长远，百川不及。不怕您挑理，刚才我观察你赏戏时的神态，用痴迷二字来形容绝不为过。"王百川打趣地说。

"百川老弟，你如果也真正深入到京剧艺术里头去，痴迷的程度不一定亚于我。"

"真的吗？"

"当然。"牛子厚的眼中，再次闪出特有的光彩，说，"京剧艺术深深植根于深厚的中华文化，博大精深，优美的唱念做打不说，其独特的虚拟表演举世无双，可谓三五步走遍天下，七八人千军万马，无形中有山高水阔，动静中展叱咤风云，大千世界，万事万物，各色人等，千姿百态，都可以在小小的舞台上淋漓尽致地展现出来，这种无中生有、以简胜繁、化腐朽为神奇的功夫，没有深厚的艺术积淀和演员十年八年的功夫，是表现不出来的。如果把京剧中的这些学问用于经商，是否更加游刃有余？"

王百川似懂非懂地点头。

大赉永衡信的殷掌柜极不情愿地踏上了找寻盖茂权之路，其懊悔、沮丧、焦急的心情难于言表。因为着急上火，嘴角上鼓起一串大燎泡，黄亮亮的。

殷掌柜并不清楚行骗得手的盖茂权离开大赉之后去了哪里，只能凭感觉寻找。他从王百川的口中得知，盖茂权是三年前从吉林永衡官银钱号德惠分号经理的位置上弃职出走的，身上背有案底，其行踪一定会绕开德惠周边，避免被熟人发现。另外，盖茂权在生活上比较讲究，偏远的穷乡僻壤容不下他。自古道："小隐于野，大隐于市。"殷掌柜判断盖茂权很可能选择某个城市藏身。殷掌柜先去了齐齐哈尔和哈尔滨，找寻无果，便顺着铁路南下，一路上吃不好睡不好，十分辛苦。原本黑瘦的他，更黑更瘦了，一身棉袍搞得脏兮兮的，脸上胡子拉碴，从外表上看，连走街串巷的小商贩都不如，往日名店掌柜的风度荡然无存。

功夫不负有心人，两个多月之后，殷掌柜终于在四平街发现了目标。

四平街隶属奉天省奉化县，是南满铁路上的重要枢纽站，旱路交通十分便捷，可谓四通八达。四平街城里，街道齐整，商贾云集，人们熙来攘往，街市繁忙热闹。殷掌柜在小东关找了一家小旅馆住下，在街上转悠了几天，一无所获。旅店伙计瞧他每日愁眉不展，问其缘由，殷掌柜诉说了他正在苦苦寻人的事。店伙计出主意说，白天在大街上寻不见，不妨晚上到茶馆、酒楼、戏园子等人多热闹的场所转转。殷掌柜也曾有过这个想法，但往往是白天穿街过巷走一天，吃过晚饭就很累了，只想上炕躺下来歇着，晚上不再出门。另外他以为，盖茂权有案在身，自当主动避开人多眼杂的场所才是。今天店伙计鼓动他去茶馆戏园子找人，殷掌柜想了想，觉得有些道理，说不定姓盖的昼伏夜出呢？

四平街最热闹的地方是火车站前的辘轳把街，沿街分布着许多家饭馆、酒馆、茶馆、旅店、小商铺，有名气的几家饭馆都开在这条街上。晚饭之后，掌灯了，殷掌柜来到辘轳把街。街上路灯稀少，昏暗，几家酒馆门前高挂的红灯笼在夜色中格外醒目，酒香肉香随着棉门帘的开合飘散出来，衣衫褴褛的乞丐守候在门前，向出入饭馆的客人伸手乞讨，不时引来谩骂声或呵斥声。殷掌柜逐家酒馆看过，结果令他再次失望。沮丧的殷掌柜正打算返回小旅馆，一阵蹦蹦戏开场的鼓乐之声从后面一条街传来。殷掌柜此生酷爱蹦蹦戏，且唱得也有模有样，尤其擅长模仿旦角，猛然间听到这熟悉的鼓乐，不免鼻子发酸。回想过去的几十天里，自己晓行夜宿，栉风沐雨，搞得身心疲惫，事情的终结还是遥遥无期，何时才能释放身心，坦然听一回地蹦子戏呢？他忍住泪水，顺着声音寻去。

表演蹦蹦戏的是一家小戏园子，门前立着两块水牌，上面分别写着"锦西名旦小白梨　奉天最丑老面瓜""六月红杨小翠　冲天炮刘大祥"。殷掌柜撩开棉门帘进去，浑浊的空气裹挟着苦辣的旱烟味扑面而来，令人一时呼吸困难。戏园子里的观众席面积不大，前半部分摆着十几对配有茶几的木质靠背椅，后半部分摆着二三十条陈旧的长条木凳子，室内已有的几十名观众中，坐条凳的人居多，坐靠背椅的人少，显然，坐在椅子上看戏是要另付茶钱的。灯光照亮的小舞台上，两个十二三岁年龄的小演员，正在唱正戏前的小帽儿，唱腔稚嫩生涩，舞蹈动作僵硬。殷掌柜选了一条靠边的条凳坐下，睁大眼睛，在观众席中找寻目标。最先引起他关注的是坐在台下正中央位置的一位老者。从背影看，那老人体格消瘦，头戴黑色貉皮帽子，身穿棕色紫貂皮大衣，几个黑壮的中年汉子恭敬地陪在他的左右，这些人头戴水獭皮帽子，内穿对襟小棉袄，外罩棉袍，棉袍的一角掖在腰带上，脚蹬皮靴，看得出都是骑马来的。老人座位前的茶几上，满满地摆着点心、瓜子、花生、冻秋子梨和茶壶茶碗。殷掌柜正琢磨那衣着气派的老者是个什么来头，台上的蹦蹦戏小帽儿已经唱完了，两名小演员下去，一个矮墩墩的光头男子撇着八字步笑嘻嘻走上台来，动作夸张地向台下观众拱手作揖，扯开大嗓门儿说道："天南地北三老四少老爷太太爷爷奶奶叔叔婶子大爷大娘，班主秃子老六这厢给您请安行大礼了！"

"有爷问我，你秃老六咋长成这损犊子样儿？比粪球子白点儿、比武大郎高点儿、腿短脖子长，像个老王八头似的。我说爷您讲错了，我秃老六不是像个老王八头，我就是个老王八头，我家老娘们儿早和拉弦子的好了，我就是假装不知道。……话又说回来，别瞅我长得跟遭雷劈半截似的，班子里的角儿可不一般，小白梨和杨小翠那模样贼稀罕人儿，旁的戏班子旦角都是大老爷们儿假装的，咱这俩旦角可是有假包换的黄花大闺女，嗓子赛青萝卜，嘎巴溜丢脆。她们备下几出好戏，保您各位今儿晚上不白来。"

秃子老六咽了口唾沫接着说："这天也不早，狗也不咬，客也不少，再不开锣挣钱，喇叭匠子的媳妇就要跟人跑了。请各位爷点戏喽！"说完，他手捧戏单下台，台下的观众中有人嚷道："来段粉的，老和尚跳墙！"

"十八浪！"

"王二姐思夫！"

秃子老六没理会那些大声嚷嚷的人，径直来到台下观众席中央那位老者面前，双手将戏单捧上。再眼拙的人，也能瞧得出今晚这个场子里，这位老人是最有钱有身份的。秃子老六长年带班子走江湖卖艺，自然瞧得出眉眼高低。老人没接戏单，低声说了几句什么，坐在老人左侧的男子往秃子老六的手里放了一些银元，秃老六满脸堆笑，捣蒜般给老者行礼，然后回身冲台上大声喊道："老爷瞧下来了，点小白梨唱《浔阳楼》，杨小翠唱《董家庙》。赏开嗓大洋十块！"

殷掌柜熟悉这两出戏，均出自小说《水浒传》，唱的是梁山好汉的故事。蹦蹦戏的流行曲目中，有很多是含有淫秽内容的，唱词粗俗赤裸。"蹦子戏不骚浪，不如回家睡凉炕"，老百姓看戏，很多人就是奔着演员在台上的淫声浪语来的。可刚才点戏的老人不听粉戏，独爱侠义好汉，让殷掌柜对老人格外关注起来，他不知这位老者，正是土匪三山好的大瓢把子虎爷。坐在他左手边的，就是二当家王半山，另外几个黑壮汉子，则是三山好的四梁八柱。今天是虎爷的生日，为了给他过寿，他们刚刚在四平街有名的吴家菜馆吃过酒席，酒后，众人陪着老爷子来看蹦蹦戏。来之前，有人提议把戏班子请到老营盘子演出，让手下的崽子们都跟着乐和乐和，老爷子不同意，他不愿意让外人知道三山好老营盘的位置，那是他苦心经营多年的秘密。

正戏开场了，鼓乐声响起，名旦小白梨和搭档老面瓜上场。可能在他们上台之前班主秃子老六有过交代，二人上场之后并未像以往那样先说些插科打诨的闲话暖场，而是直接进正戏，开口唱道：

"宝雕弯弓上满弦，英雄豪杰有家园；家住山东郓城县，离城十里宋家湾。姓宋名江人称及时雨，兄弟排行他是老三；庄稼买卖他不做，衙门口里当房先。因舍棺收下阎婆惜，这女人水性杨花行不端；花重金为她置下乌龙院，绫罗绸缎任她穿。阎婆暗中私交张文远，日久天长把宋江嫌。"

小白梨号称锦西名旦，其唱功果然不凡，丑角老面瓜也配合得恰到好处，没唱几段，台下老者就赏了下来，秃老六利用曲段间隙，拉长声音喊道："老爷再赏，大洋五块！"

观众出手阔绰，演员更卖力气，又唱了一段，殷掌柜听见秃老六又喊道："这边有蓝老爷赏下了，大洋十块！"又有人大方出手，且赏银压过老者，观众席中发出一阵惊叹。

殷掌柜顺着秃子老六指示的方位看去，号称蓝老爷的是一位头戴俄式棉帽子，身穿粗呢子大衣的中年男人。他坐在前排靠左侧的椅子上，身旁的茶几上，放着一瓶俄国伏特加酒和一只玻璃酒杯，一个人自斟自饮。他坐的那个位置比较偏，有限的舞台灯光照不到他，周边昏暗，所以没能引起殷掌柜的注意。现在定睛细瞧，他一下子惊呆了，这位蓝老爷，不正是自己苦苦寻找两个多月的盖茂权吗？突然的发现，让殷掌柜竟然浑身颤抖起来，不知如何是好。

台上的演员又唱道："宋三爷，用目溜，路北闪出个大戏楼。鼓板打得多齐整，五音六律把人勾；两个唱戏的年纪不大，十二三岁长得风流。头出戏唱的是双打店，二出戏唱的是过灞州，三出戏唱的是三娘教子，四出压轴是黄鹤楼。宋三爷看罢四出戏，移足迈步往前游；直往那旁送二目，路南闪出个小酒楼。有个堂倌门前站，窜窜跳跳像马猴；招呼一声打尖的客，我们有熏鸡烤鸭烧羊头。"

《浔阳楼》的唱词有十几段数百句，每一段唱罢，坐在观众席中间位置的虎爷都会打赏，坐在侧旁的蓝老爷则随之跟赏，有一种不甘示弱的感觉。他的每一次跟赏，都引来场内观众的惊呼，人们的注意力已经从台上的小白梨和老面瓜，转移到两位竞相打赏的人身上。演蹦蹦戏的场子不卖票，戏班子的收入全凭看客打赏钱，今天班主秃老六遇到了两位竞相大方出手的金主，喜出望外，报赏的嗓门儿愈发喜庆响亮。

头出戏唱完，另一对演员六月红杨小翠和冲天炮刘大祥出场，开唱《董家庙》。头两句唱词一出口："宋王天子坐汴梁，天下累累动刀枪；高俅童贯专朝政，蔡京杨戬乱朝纲。"殷掌柜就听出来杨小翠的唱功明显不如小白梨，她的搭档刘大祥的表演，也不能跟滑稽诙谐收放自如的老面瓜相比。他看见坐在中央位置的老者起身，丢下二十元赏钱，瞥了一眼盖茂权，在几个汉子的簇拥下退场了。盖茂权没动窝，依旧坐在那里悠然地喝酒听戏。

这场戏唱到半夜才结束，喝了半瓶伏特加酒的盖茂权摇摇晃晃地离开小戏园子，殷掌柜在他身后不远处悄悄地跟着，他要把盖茂权的落脚地摸清楚，抓紧向永衡官银钱号报告。

夜已经很深了，路灯关闭，店铺打烊，天上没有月亮，街上黑漆漆一片，盖茂权趔趄的脚步声在夜色里十分清晰。殷掌柜悄声蹑脚尾随着他走过了三条街，突然，身后传来一阵疾奔的马蹄声，殷掌柜赶紧把身体贴紧街边的墙壁，防止被奔马撞着。有三个人骑着马飞快地从他身旁跑过，追过盖茂权，戛然止住，其中两个人从马上跳下来，一个人展开手中的麻袋，一下子套在盖茂权的头上，另一个人则狠狠地扭住他的双臂。殷掌柜听见盖茂权在麻袋里闷声闷气地大声惊问："哎！谁呀？干啥？"其中一人答道："三山好请你抿山子！"说完，掏出麻绳，把盖茂权的双腿捆了，两个人像抬死猪一般，各拎一头，使劲一甩，把盖茂权扔给那个没下马的人。然后两人飞身上马，三匹马在夜色中疾驰而去。

殷掌柜背靠墙壁看傻了眼，他头一回目睹胡子绑票，吓得差点儿尿了裤子。当他努力镇定下来，新的沮丧涌上心头，千辛万苦寻找到了盖茂权，竟然在眼皮子底下被土匪三山好的人给劫走了，土匪要把姓盖的带往何处，再想查清楚比登天还难，别说胡子窝难找，即便找到了胡子窝，谁有胆子进去呀？听见三山好的大名，殷掌柜的腿肚子都打哆嗦。无助的他真想大哭一场。

殷掌柜回到小东关旅馆，躺在土炕上毫无睡意，睁着双眼熬到天明。他起身下地，用冷水胡乱抹一把脸，收拾好随身携带之物，结账以后出门，直奔火车站。他想好了，眼下唯一出路是回吉林永衡官银钱号，跟总经理王百川如实禀告，自己确实无能为力，认怂了，最终落个什么结果，听天由命吧。

殷掌柜无论如何也预料不到，他是被人抬进吉林永衡官银钱号的。在开往吉林市的火车上，急火未消的殷掌柜血压升高，触发了脑血栓，半边身子突然不会动了，嘴眼歪斜，口齿不清，哈喇子横流。坐在殷掌柜旁边的旅客在和他的闲谈中，得知他是吉林永衡官银钱号的，出手相助把他送了回来，否则，殷掌柜很可能被乘警拖下火车，丢在沿途哪个小车站的站台上。闻讯从办公室跑出来的董股长和齐明科看着殷掌柜可怜的样子，问王百川："总经理，我们还等着让他在永衡信资产清查账上签字确认呢，这可咋整？"

"赶紧送医院治病，保命要紧。"

殷掌柜被抬走了，王百川合目沉思。古人云："天有不测风云，人有旦夕祸福。"人生无常。当灾难降临的时候，脆弱的生命往往不堪一击，且猝不及防。每个人距离生命的终点或近或远，谁也不能保证明天还能在阳光下行走，拥有金钱再多，又有什么意义呢？不如在有生之年，为民众为社会留下点什么。

殷掌柜住进了医院，大家从他含糊的话语中，勉强分辨出盖茂权在四平街被土匪三山好劫走的消息，王百川当即安排长春分号派人继续跟进追查，回到家里，他把门房老谭和他的儿子大成喊到书房，问大成："上次你跟我去邢家老店见过的三山好二掌柜王半山和他爹虎爷的模样，你还记得吗？"

"记得。咋？有事？"

"对。有人发现三山好的营盘可能就在四平街周边。你带上这个信封，里面是警方悬赏缉拿钱号出逃职员盖茂权的通缉令，你找到三山好之后，一定要把这个信封亲手交到王半山或者虎爷的手里，千万不能让旁人瞧见。假如他们问起，你就说是我让你送交的。胡子窝，敢去吗？"

"不就是送一封信嘛，敢去。"

"敢去就抓紧动身，目前这个盖茂权就在三山好的手里，去晚了，情况可能发生变化。"

老谭问："你想让土匪捆了姓盖的去找警方领赏？那不是自投罗网吗？"

"不必担心，虎爷他们看了通缉令，自知如何处理。"

大成不负所望，第二天就赶到了四平街，又用了两天时间，终于找到了三山好的老营盘。

　　吃了十几服草药，又配合针灸，殷掌柜终于能够拖着一条腿勉强走路，说话还是含含糊糊。征得总办刘恒的同意，王百川给了殷掌柜一笔钱，派人把他送回了大赍县城。

十四

　　盖茂权骗走大赉县永衡信殷掌柜三千大洋，得到一笔意外之财，兴奋之余难免又增添几分惊恐，毕竟三千元不是个小数目，能买几十垧地，很多商铺辛辛苦苦折腾几年都挣不来。

　　从德惠分号经理职位上出走之后，盖茂权从朋友处探听到吉林永衡官银钱号已经向警方报案，警方亦立案下令缉拿他，说不害怕那是假话，想办法隐迹藏身才是正理。他之所以至今还逍遥法外，全凭有过去吉林督军孟恩远编织的关系网护着。当年孟督军在军政两界认下几十个干儿子干孙子，盖茂权就是其中之一。孟督军在位的时候，他们互相利用，沆瀣一气，利益均沾；孟督军被张大帅贬了之后，这些人树倒猢狲散，官场上不再得势，但私下里仍有联系。盖茂权落难，唯有找旧时的狐朋狗党帮忙。利用这些关系，他先跑到齐齐哈尔，在一家俄国人开的商号里谋了个职位，躲避风头。在俄国人手下当差的日子不好过，但对于盖茂权来说，安全是第一位的，他看重的是警察不敢到俄国人开的店里查人。寄人篱下，盖茂权度日如年。几个月熬过去，他听得风声不紧了，便离开齐齐哈尔，到哈尔滨的一家私人钱号做账房先生。前次他乘船过江到大赉，是到一家货栈收账，在渡船上巧遇殷掌柜。当他听说对方是吉林永衡官银钱号的人，心中旧恨瞬间泛起，报仇之心油然而生，他决不能放过报复永衡官银钱号和王百川的天赐良机。得手之后，盖茂权索性一不做二不休，来个卷包会，不仅卷走永衡信的三千元大洋，还把替私人钱号从大赉货栈收得的账款也一并拐带走了。这一票涉案金额太大，盖茂权不敢再回哈尔滨，辗转溜回他的老家四平街。

盖茂权的家在四平街城南，一处独门独院，再往南走半里地就出城了，位置僻静。当他跨进三年多没敢回来的家门，百般滋味涌上心头，尤其当媳妇哭诉老父亲前年冬天已经病逝，盖茂权如五雷轰顶，一下子感到头晕目眩，站立不稳。在外面躲藏的这几年，他虽然没断了给家里捎钱，但他的行踪和落脚处家里人并不知道，老父亲病重直至过世，家里人没有办法给他传递消息。为人子却未能给老人送终，实为大不孝，盖茂权悔恨不已。他花重金为老父亲重修了坟墓，之后，白天闭门不出，晚上出来买酒寻欢解愁。那一天，盖茂权在四平街有名的熏肉馆喝了不少酒，去小戏园子听蹦蹦戏的时候已有几分醉意，微醺之中，为图一时痛快，跟台下一个老头子比着给戏子打赏钱，不料惹祸上身。

入冬以后，土匪三山好就把老营选在距离四平街十余里的孟家窝棚，这是三山好在东北的几处秘密营地之一。孟家窝棚只有十几户人家，地处吉奉省界，归奉天省管辖，距省会奉天有四百里，吉林省长张作相派出的剿匪部队追不到这儿，奉天张大帅的势力对此地不屑一顾，是个两边都不管的好地方，正好用来猫冬。

盖茂权被人捆绑着搭在马背上劫至孟家窝棚，十几里地的颠簸，把他吃进肚子里的酒肉全都颠了出来。他的脑袋被一条麻袋牢牢地套着，满头满脸都沾着呕吐物，险些被憋死。

三山好二当家王半山，把盖茂权从马背上拽下来，跟着他的两个喽啰跳下马来问："二当家的，咋拾掇这个空子？""大半夜的，老爷子歇了，先把他弄碾坊去，绑到碾杠上，明天再收拾他。"两个喽啰答应了，像拖死狗一般，把盖茂权拖走了。

天大亮，王半山叫人把冻得半死的盖茂权押来审问。屋子里的火炕上，三山好大瓢把子虎爷盘腿坐在炕桌后面，嘴里叼着一拃长的旱烟袋，面色阴沉，苍老的脸上，条条皱纹深如刀刻，透出丝丝杀气。炕桌上，放着从盖茂权身上搜出来的二十几块现大洋。昨天是自己的寿诞日，难得的好兴致被空子搅了，心里着实不痛快。刚才儿子跟他建议，看那个不知天高地厚的空子昨天晚上在戏园子里出手的阔绰劲儿，身上肯定油水厚，先榨干，再插了，扔到野地里喂狼，否则不解气，他听后没言语。

在碾坊里被冻了大半夜的盖茂权，双腿已经僵硬得不会走路，他被两个人硬生生拖拽过来，扔到屋地中央。盖茂权趴在地上，缓了有半袋烟的工夫，才动了动脑袋，刚想抬头张望，站在他身旁的王半山一马鞭抽在他的脖子上，疼得盖茂权嗷的一声惨叫。王半山并未住手，左一鞭右一鞭，疼得盖茂权满地翻滚，不停尖叫。听着盖茂权的叫声弱了，虎爷咳嗽一声，王半山才停下鞭子。虎爷慢吞吞地问："小崽子，浑身舒坦暖和了吗？"

"暖、暖和了。"盖茂权嘴唇颤抖着回答。刚才这一阵翻滚，真的把几近冻僵的身子活动开了。

"想死想活？"虎爷从牙缝里挤出了冷森森的四个字。

"好汉爷爷，我没得罪您哪，咋想要我的命？"

盖茂权的话音未落，又挨了王半山一鞭子，厉声喝道："少废话！问你想死想活？"

"哎呀想活想活！"

"想活容易，让你家里人送一千块大洋来，买你这条烂命。"

"好汉爷，俺这烂命不值一千块呀。"

"不值一千？那就一千二，再涨两成。"

"咋还往上涨呢？俺这命贱得白给都没人要哇。"

"那就是烂得还不透，老子再给你加把火！"说罢，王半山抡起鞭子，又是狠狠几下，疼得盖茂权连声求饶。虎爷不耐烦，在炕沿上磕了两下旱烟袋，说："舍命不舍财，那就别麻烦，随他去吧。"

老爹发了话，王半山命令手下："拖出去，吊房后榆树杈子上，让他喝三天西北风。"两个喽啰上前，分别拽着盖茂权的一只胳膊拖起来就要往外走。盖茂权意识到，不想破财，这一关无论如何也挺不过去，数九寒天，别说在树上吊三天，吊上半天就冻死了。他连忙大声嚷道："慢！好汉爷容我站直了说两句话。"虎爷一摆手，喽啰把盖茂权松开了。盖茂权艰难地活动几下脖子和肩膀，咧着嘴从地上爬起来，双手揉着后腰，瞥一眼拎着马鞭子的王半山，转过头，与坐在炕上的老人四目相对。老人阴冷如刀的眼神令他打了一个寒战。昨天晚上盖茂权被人蒙头劫持，对方号称是土匪三山好的人，他并不相信，怀疑歹徒假冒三山好的名号。此刻一看盘腿稳坐的老者，正是昨天晚上坐在小戏园子中央穿戴不俗的老人，不是三山好，什么人有那威武气派？

心里认定了对方就是土匪三山好的首领，盖茂权的心里反而踏实了，他忽然有了一个大胆的想法而且坚定无比。他一改刚才懦弱怕死的模样，挺直腰杆抱拳施礼，大声说："谢好汉爷给在下说话的机会。"

"说，不准超过三句，说多了听着烦。"虎爷轻蔑地回答。

盖茂权犹豫片刻，试探着问："敢问此处头顶上可是三山好的天？"

"是！"二当家王半山代替他爹回应。

"尊爷可是擎天柱？"

"我们三山好的大瓢把子，虎爷！"

盖茂权咕咚跪下，抱拳过头，提高嗓门说："虎爷，我要入伙！"

对盖茂权突然提出的要求，王半山吃了一惊，虎爷却声色未动，冷森森地答道："我三山好的崽子里没有你这样的孬种，滚蛋！"

听到老爹发话，王半山下令："拉出去！"

"等等！虎爷容我说完。我叫盖茂权，当过钱号掌柜，我不是草包孬种，我有钱，我出大洋给您老买枪买炮，助您老人家兵强马壮扩盘子，所向披靡。"

"屁话！花大洋买枪炮，还是绺子吗？我三山好从来不缺枪炮弹药，用不着你这个小兔崽子献殷勤。你小子既然腰里钱厚吃穿不愁，好模样儿地想落草，是想给官军当细作领赏钱吧？好大胆！"虎爷把炕桌一拍，震得房顶簌簌掉土。

"不是，不是啊，虎爷冤枉了，我也是官府悬赏要抓的人哪。如今有幸踏入宝寨，实在是有心借屋躲雨，求个平安。"

"你这酸头酸脑的，也背着案子？犯的啥事，讲来听听。"

盖茂权没敢讲真话，谎称因长期离家在外，被媳妇戴了绿帽子，一怒之下，杀了奸夫，身背命案。虎爷听完盖茂权的讲述，盯着他端详半天，不相信这个面皮白净的家伙能干出杀人的事情来。

"你杀的是人还是小鸡子？我怎么没见过官府悬赏拿你的告示？编瞎话的能耐不小哇！"王半山嘲笑地问，显然，他不相信盖茂权的谎话。

"不是今年，是前年的事，那时候你们八成还没过来呢。"盖茂权辩解道。虎爷又装了一锅旱烟，对着火盆点着了，慢悠悠地抽了两口，问："让我护着你，价码高哇，能出多少杵子？"

"一千现大洋。"盖茂权报了价，见虎爷耷拉着眼皮，脸上毫无表情，连忙又说，"一千二也行。"虎爷的嘴角一撇，闪出一丝冷笑，王半山见状喝道："那是换你烂命的价，想入绺子躲官司，差远了！快说你家住什么地方，别耽误我送海叶子（书信）。"

"这位爷别急，容我再想想，再想想。"

"想你奶奶个粪！我数三个数，数完了还不说，脑袋搬家！"

"说！"两个喽啰把刀搭在了盖茂权的肩膀上，盖茂权瞬间吓得脸色惨白，嘴唇哆嗦，连声喊："虎爷饶命，虎爷饶命。"虎爷见状，说道："他既然有心落草，再想想也中。押出去，让他再想一天。"

重新关押盖茂权的地方，是马棚旁边供马夫休息用的小屋子，有完整的窗户和门，还有一铺小火炕，条件比缺窗少门四面透风的碾坊强多了，不至于被冻死。有人把一碗苞米面糊糊摞在锅台上，盖茂权的双手和胳膊被紧紧地捆绑着，不能端碗，只能像狗一样伸舌头舔着喝了面糊，然后躺在炕上，忍着周身疼痛，琢磨自己应当怎么办。他想出很多说辞给自己打气：大丈夫能屈能伸，舍不得孩子套不住狼，千金散尽还复来，只要能借助三山好的力量把王百川弄趴下，甚至要了那老东西的命，舍身舍财舍名都值得。凭自己的年龄能力和关系网，不愁东山再起。盖茂权想透了，心里踏实，又扯开嗓子要见虎爷。

一千六百块现大洋加一根老山参的价钱，换来虎爷答应盖茂权入伙，还让他当上了三山好的四梁八柱。拜过香头，虎爷赏给他一个"粮台"的名号，其地位仅次于二当家的王半山。"粮台"属于绺子中的内四梁，主管资金粮草的筹集管理以及日常吃喝拉撒等内部事务，相当于虎爷的大管家。原来虎爷手下没有专门的粮台，日常事务由二当家的全担了，如今王半山的权力被小白脸盖茂权抢走一半，心里很不痛快，手下的崽子也有诸多不服，但是慑于虎爷威严，不敢说三道四。初入绺子帮的盖茂权很清楚自己有几斤几两，就职以后，处处谨小慎微，精打细算，很快就展现出他精明善管理的一面，各种议论和猜疑逐渐消退许多。尽管如此，在王半山和其他匪徒的心目中，没按绺子入伙的规矩过刀枪火三关考验的盖茂权始终属于另类，对他保持着防范戒备之心，外面有什么行动根本不跟他讲，更不准他参与。有两次喝酒商议砸窑的时候，盖茂权故意把话题引向吉林富户王百川和吉林永衡官银钱号，虎爷和王半山听后无动于衷，让盖茂权很失望。挫折之余，盖茂权复仇的心思反而更加强烈，暗地咬牙发誓，不达目的，誓不罢休。

"小孩儿小孩儿不用馋，过了腊八就是年。"人们刚刚跨入一九二五年的门槛，腊八节就到了。

腊月初八，一年当中最寒冷的日子，土地冻得开裂，一口气吸进肺里，仿佛肺叶子都被冻伤了一般，隐隐作痛。王百川一大早就坐上马车到河南街，查看白家临时搭在那里的粥棚。每年腊八节，王百川都在自家门前和河南街搭棚，施放腊八粥。临时垒砌的炉灶上，一字排开四口大铁锅，蒸汽升腾。几名伙计操着长把黑铁勺子，依次往排队领粥的人递过来的碗或盆里加粥。领粥的队伍排得很长，人群中有不少乞丐，但多数是住在附近的普通市民。富裕讲究的人家煮腊八粥，粥里不仅有大米、黄米、小米、糯米、芸豆、红小豆、绿小豆、瓜子仁、花生仁，有的还加栗子、红枣、榛子、莲子、杏仁、松子、葡萄干等，今天王家的粥锅里没有那么丰富的内容，满足有八种粮食而已。

今天，吉林市里搭棚施腊八粥的不只王百川一家，除了常年施粥的首富牛子厚家之外，还有另外四五个有名气的富户以及北山的寺庙，也都支起了腊八粥棚。领到腊八粥的人们不免要对各家的粥进行比较，粥的稀稠程度、里面放的是白糖还是糖精、用的是陈米还是新米、搭配够不够八种，或褒或贬，各种议论很快就在市井传扬开来，成为几天之内街谈巷议的主要话题。多年来，牛家的口碑始终居首，对此，王百川并不介意，只求自家的粥锅对得起良心。

看见王百川来了，人们纷纷跟他打招呼，王百川笑而不语。他走到铁锅前，接过伙计手里的铁勺子，在粥锅里搅动几下，粥香扑鼻，浓稠适度。他又仔细看了看粥里的几种米和豆子，微微点头。伙计们看见王百川满意的样子，招呼人们来喝腊八粥的嗓门儿更高了。

看过自家的粥棚，王百川急急地往钱号赶，有两份重要呈文还等待他阅批，其中一份是上次省长张作相去奉天公干之前，特别留下的信件，要求详细报告吉海铁路建设筹款进展情况。王百川听说张省长最近就要回来了，他必须做好当面报告的准备。王百川刚在办公室坐下，总务处关处长和齐明科前后脚进来，关处长笑眯眯地问道："总经理，有一件小事情需要请示您。"

"说。"

"今天是腊八节，眼瞅着就要过年了，前几年钱号经营状况不好，咱家秧歌队的行套多年没更新。去年正月十五灯会，赵帮办瞧见咱永衡官银钱号秧歌队还穿着旧行套，把我好一顿训斥，说我给钱号丢脸。眼下马上临近年根儿，能否花点钱，把这件事情办了，再不下手赶着做，就来不及了。"

"这种小事你找张副总经理就行，没请示他吗？"

"问过了，他没意见，说最好再向您汇报一下。"

王百川无奈一笑，说："咱永衡官银钱号的大秧歌是吉林市正月里的一景，多少年了，永衡钱号的秧歌队都是最好的，无人能比。老百姓过年扭秧歌图个啥？图的是新一年日子过得更红火、更兴旺、有奔头，如果钱号都一副破败相，老百姓就更没了盼头。前几年战事不断，伤财伤民，如今好不容易消停了，钱号也有盈余，抓紧去办吧，让大伙儿过个热闹顺心年。"

关处长脸上的笑容更舒展了，回转身对齐明科说："讲好了，跑旱船的小媳妇，还是由你扮啊，钱号里找不出比你更白净细粉的脸。"齐明科回答道："那要看董股长还扮不扮老蒯，我最愿意跟他逗，他不出场我也不出场。看他平时蔫头巴脑，扭秧歌的时候扮上老蒯，一对红辣椒往耳垂上一挂，手里两根棒槌要起来，活脱脱的老妖精。"

"董股长出场没问题，包在我身上。"

王百川对每年正月十五前后的秧歌会也十分感兴趣，秧歌队伍里，人们装扮成青蛇、白蛇、许仙、法海、唐僧、孙悟空、猪八戒、沙僧、吕洞宾、曹国舅、何仙姑、韩湘子、铁拐李、汉钟离、张果老、兰采和、刘海、金蝉子、王大娘、咕噜锅子、傻柱子、丑子、老蒯、洋小姐、洋先生，手持各自的专门道具或莲花灯，随着唢呐曲和锣鼓点儿，扭起来煞是有趣好看。他最享受在大街上挤在人群当中看秧歌，人们不分贫富尊卑，拥挤着，指点着，孩童般狂呼畅笑，那一刻，所有苦闷、烦恼、纠葛、是非、争斗尽抛九霄云外，可惜一年之中，这样的时光太少了。

关处长满意地出去了，齐明科凑到王百川近前，神色略显紧张地说："总经理，外头来了两个人想见您，还说非你不见。"

"什么人，认识吗？"

"恍惚有点印象，就是想不起来在哪儿见过，问他们又什么都不说，挺神秘。从穿着打扮看，非官非商的。您见不见？如果不想见，我编个理由把他们打发走。"

"商海渊深，任何人都避不得。把他们带到会客室，我批完这份文件就过去。"

王百川来到会客室的时候，看见齐明科在门外站着，不时通过门上的小玻璃窗往里面瞧。王百川问："你怎么不在里头陪客人，站门外干什么？"齐明科说："他们一句话也不说，我又不能跟他们大眼瞪小眼干坐着，只好出来。钱号重地，我不敢远离，在这儿监视着，等您来。"王百川点头，推门进屋，一眼就看见来的两个人当中，有一个竟然是土匪三山好的二当家王半山。王百川没敢犹豫，抢先大声说道："我当是谁呢，没想到是王掌柜，幸会，幸会，近来生意可好？"

"托关老爷的福，生意还过得去。"王半山起身拱手回答。

王百川回转身对齐明科说："这是农安的王掌柜，老朋友，我们说话，你去忙吧。"

王百川不想让齐明科知道自己与王半山的关系，齐明科知趣地退了出去。

三人重新落座，未等王百川发问，王半山就说："王老东家，恕俺们不请自来。你清楚咱的身份，这市里和钱号都不是俺们哥儿俩的久留之地，长话短说。按照俺们大当家立下的规矩，凡是仗义出手帮过三山好的，当年都要回礼谢恩，情谊账不过年。上回王老东家在大赉城出手相助不含糊，早当重谢。受老爷子所托，今天特送来薄礼一份，一根老山参，今年的账就算结了，咱们互

146

无亏欠。"言毕，与王半山同来的另一个人从棉袍里掏出一个长条的灰布包，递给王百川。

事发突然，王百川怎么也想不到今天突然出现的王半山还有这一手，一时接也不是，不接也不是。王半山见状一笑说："老东家不必顾虑，这件宝贝不是俺们砸窑别梁子得来的富贵，是绺子新近挂住的一个阔兄弟孝敬俺们老爷子的，不沾血，干净。"

"阔兄弟是什么意思？有钱人还落草挂住，是个什么人哪？"

"林子大了什么鸟都有，是你们的同行，干过钱号的。"

"方便透露他姓什么吗？说不准我还认识。"王百川警觉地问道。

"念你王老东家是个仗义攒儿亮知轻重的人，透给你也无妨。挂住的盖字万儿，余下的我不便说。"

"盖茂权？"王百川试探着问。

"老东家果然认识，看来姓盖的没扒瞎。这根山参能收下了吧？"

王百川把灰布包接过来，掂在手里说："礼物贵重，实不当收。这根老参暂存我这儿，日后你们万一遇到深沟高坎儿，打发人来把它取走，能有大用处。"

"俺们这些人，脑袋挂在腔后头，过了头晌不想后晌，还盘算什么日后？走了，后会有期。"

王百川把二人送到钱号大门外，他忍了又忍，还是把王半山的袖子拉住，低声问："前些日子我托人给你们送的警方通缉令没收到吗？咋还留了盖茂权？"

"收到了，俺们问过姓盖的，他说是家里老娘们儿给他戴绿帽子，一气之下杀了奸夫，遭警局通缉，入伙是为了避风头。"

"他杀没杀人我不清楚，他骗走我们钱号几千块大洋是真的。那小子不地道，你们别抱着土雷当宝贝把自己崩了。"

"老爷子心里有数。"王半山说完，转身蹾开大步走了。

看着两个人远去的背影，王百川脑海里想的却是盖茂权，他预感到了危险。当一个人赌上身家性命的时候，其行为将失去底线。

"百川，大冷天站门口瞅啥呢？"刚从马车上下来的帮办赵乾宇大声问，打断了王百川的思绪。王百川赶紧回答："送走两位客人。"

"是那两位吗？蹽得真快，哪儿来的？"

"天冷，走快点儿暖和。还是年轻啊，像你我这岁数，想快跑都甩不开腿喽。"

王百川有意回避客人的来处，他请赵帮办走在前面，两人进入钱号大门。赵帮办问："账拢得咋样了，预估去年能赢利多少？荣厚厅长昨天打电话问我，我说正在汇总。"

"初步算下来，不到一百万。"

"不多呀，但总算是不亏了。"赵乾宇叹息着，往他在后院的办公室走去。王百川回到办公室，关上房门，回想着刚才赵帮办问话的场景。多亏王半山早走一步，否则，被赵帮办撞见很麻烦。另外，盖茂权入胡子帮的消息是否应当让督办刘恒知道，也是一件左右为难的事情，王百川需要细细权衡。正想着，齐明科敲门进来，问："总经理，农安的王掌柜走了？这么快，我刚要过去给你们换一杯热茶。"

"临近年根儿，生意人都忙。"

"总经理，那个王掌柜我总觉得面恍儿的好像打哪儿见过，刚才冷丁想起来，他长的特别像前几个月报纸上登的土匪三山好匪首。"

"真的？你去把那张报纸找来，我看看。若俩人果真长得连相，我得转告王掌柜小心，别让警察错逮了去。"王百川装出很惊讶的样子。

齐明科显得有些为难，说："时间过去太久，怕不好找。"

"想办法呀，快去。"

十五

　　毓文中学的韩校长从天津回来了，参加每年五月的建校纪念日活动。上次接替韩校长职位的张姓校长任职不到三个月，就因为贪污公款的劣行败露，引发师生到教育厅请愿，被迫灰溜溜离校。现任校长姓李，与韩校长是旧交好友。

　　农历四月初四，再过些天，每年最热闹的北山庙会就要开场了，王百川与韩校长相约，提前去北山逛逛。

　　北山的春天，林木葱郁，鸟语花香。省长张作相力推的北山整治工程初见模样。登山的台阶被拓宽并铺上整齐的青石条，山脚下的死水坑经过扩挖清淤成湖，水清柳绿，碧波荡漾，鸳鸯私语。山前大片的开阔地上，商贩提前抢占好位置，搭起各式的布棚子，热盼历时一个月的好生意。王百川和韩校长踏着齐整的石阶登上山顶，映入眼帘的寺庙群，几乎全都成了建设工地，工人们站在脚手架上，砌墙搭瓦，修梁换柱，涂描彩绘，一派繁忙景象。二人躲避着堆放在场地上的木料、沙石、白灰、砖瓦，来到后面玉皇阁的二道院子，那里的地面上已经挖出一处方形基坑，这是张作相提议增建客厅的位置。基坑旁边传来熟悉的话语声，吸引了王百川的目光，他留意细看，是身着便装的张作相和冯占海在觉先法师的陪同下，正在跟一个工头模样的人唠家常。张作相问：

"你们在这儿干活儿，一天能挣多少钱？"工头回答："大工一天一块，小工五毛，庙上还管一顿晌午饭。"

"不少，政府的科长一个月的薪水也没有大工挣得多。"

"这不是难得捞着好生意了嘛，工期长，还不欠工钱。平常间可不行，有时候俺们在牛马行蹲七八天都等不来雇人干泥瓦活儿的，人闲肚子空，一家老小指望着呢。"

"你的手下有多少人？"

"十三个，五个大工，八个小工，不算临时来帮忙的。"

"经常有善男信女自带干粮来帮工，不要工钱。"觉先补充道。张作相夸赞说："好，愿意积德行善的人越多越好，众人拾柴火焰高。话说回来，一定要保证工程质量，否则我轻饶不了你们。"冯占海接茬说："张省长可是干过瓦匠和木匠的，行家，你们干得咋样，骗不过他的法眼。"工头惶恐地答："哪敢呢，有佛祖菩萨在天上瞅着呢，干丧良心的勾当遭报应。"

"懂得敬畏就好，政府挤出这些钱不容易。"张作相说着，转脸看见了王百川和韩校长，笑着说，"你看，说谁来谁，管钱匣子的来了。"王百川笑着迎上前去，向张作相介绍韩校长，张作相说："你们这些主张办新学的人，个个不安分，你也是满脑子新思想吧？"韩校长一笑，没敢贸然回话，他不清楚眼前这位大帅张作霖格外看重的辅臣持怎样的政治倾向和脾气秉性，恐言语有失。王百川问冯占海："张省长来工地视察过多次了吧？"

"今年这是第三次。"

"不能叫视察。抽空来听觉先法师讲经释惑，捎带脚看看。"

"张省长是久经沙场之将领，熟识生死，居然也倾心向佛，难得。"韩校长突然说出的话不知是赞是讽，让王百川替他捏了一把汗。张作相听了似乎并未在意，说："佛学深如海，你们也应当多来听听觉先法师的高论。韩先生虽然是有大学问的人，对人生世事不一定比他认识得透彻。"

"省长过奖。众生无明，各有所悟而已。"觉先谦虚地说。王百川见状打圆场道："这玉皇阁是道、释、儒三教合一，任何一家的学问都够研修一辈子。"张作相开口问："韩先生学识渊博，知道不知道佛教和道教哪家的历史更久远？"韩校长答："自然是佛教为先。佛教发端于我国春秋时期的印度，西汉初年传至我国，比东汉永和年间才兴起的道教早了好几百年。"听了韩校长的回答，张作相的眼睛一亮，又问："咱东北有名的几处道观我都去过，主奉的神仙各不相同，比如奉天的太清宫供奉玉皇大帝、财神爷、关圣帝，辽源的福寿宫供奉三清教主元始天尊、灵宝天尊、道德天尊，而此地的朵云殿，主奉玉皇大帝和琼霄、碧霄、云霄三位娘娘。你知道是为什么吗？"韩校长说："以我的理解，不是各处供奉的主神不同，而是道教供奉的神仙层次多，涵盖范围大。除了最高层次的黄帝、西王母、九天玄女、三茅真君、跨海八仙等诸多神仙之外，次一级的尊神就包括三清、四御、各类星辰及四方之神。供奉的俗神则更多，如雷公、电母、风伯、雨师、关公、文昌、门神、灶神、城隍、土地、妈祖、药王、财神、蚕神，还有道教各门派的创始人，比如张天师、王重阳、丘处机。各地道观因其门派不同，民愿民俗不一，必然有所取舍，择最具有代表性的神而供之。"

"你讲的似乎有些道理。"张作相盯着韩校长看了几分钟，对其有问必答有几分赏识。

小沙弥跑过来说水烧好了，请各位施主禅房喝茶，张作相说："禅房太窄巴，茶就不喝了，去看看后山整治的情况。"

几个人穿过小门，绕过两座青砖宝塔和空地上的石料堆，止住脚步，向后山望去。后山采石挖土放牧的都不见了，原来几处因大面积取土植被遭到破坏的地方，已经栽上了松树苗。觉先法师说："如此修复，再过十年，小树都长起来，北山的景致就大不一样。"冯占海说："主要在管。虽然后山的外围用铁丝网圈起来了，如果无人严管，用不了多长时间，那些铁丝网就被人剪走换钱了。"张作相点头说:"转告下面,抓住搞破坏的,重罚。"说完,他转身在石料堆上选了一块平整的石头坐下,对觉先说:"法师前头事务多,忙去吧,我们在这儿多看会儿风景。"觉先施礼后走了,王百川等其他三个人各自找到合适的位置,坐下陪着张作相。

和煦的暖风裹着松树的清香吹过,泛起阵阵松涛。不远处的树梢上落着一对漂亮的太平鸟,把张作相吸引住了,笑眯眯地盯着看。大家谁也不说话,唯恐惊扰了鸟儿,直到它们结伴飞走。张作相说:"妈了巴子,啥时候天下太平了,我就选一处有山有水的地方住,每天诵经、种花、遛鸟、养鸡、喂猪,再侍弄一小片菜园子,与世无争,颐养天年。"冯占海说:"那种日子谁不想过?可是南边那些蛮子不消停,见天儿憋着劲想另起炉灶替代北京民国政府。北京这边呢?虽说眼下冯玉祥段祺瑞跟大帅和好了,说不定哪天翻脸,又要靠枪炮说话。"张作相忧虑地说:"是啊,原本指望孙中山先生北上进京以后,大家能坐下来商量出一个稳定大局的好办法,没想到孙先生竟然病重不治。都说家有千口,主事一人,如今冯、段、吴各揣小九九,日后事态如何发展,谁说得清啊?"

"世上任何一种平衡,都是以牺牲利益为代价的,但是人的欲望无止境,欲壑难填,便有了分久必合,合久必分,这是天条。"王百川插话说。

张作相见韩校长未搭言,便问:"韩先生,你这文化人对当前的时局咋看?"

"辅帅让我讲,韩某就斗胆直言。我认为,当前我国的最大弊症是军阀争斗,封建专制,民主虚存,导致内乱无休,国弱民穷,饱受外国列强欺凌。孙先生为了强国,毕生倡导三民主义并为之奋斗,亮起民主进步的明灯。无奈先生早逝,实现和平统一建国大业的目标愈发渺茫。倘若我中华民国现状不改,必将战乱不止,分裂加剧,生灵涂炭,强国无望,百姓也难离水火。"

张作相面色冷峻,看着韩校长说:"孙先生空怀鸿鹄大志,可惜势单力薄,难转乾坤。中国地盘大，人口多，人上一百，形形色色，何况现下中国人口已然超过四万万，息战统一难如登天。所以我时常劝大帅说，关里的卵事少操心，把咱东北自个儿家的事管好就中，尽早罢兵休战，刀枪入库，马放南山，调养生息，恢复元气，让东北几省的老百姓过几天消停日子。可这些都只能是一厢情愿，由不得人哪。"

说话间，一名士兵气喘吁吁地从寺庙外跑进来，递上一张电报纸。冯占海接过来看了，转手交给张作相。张作相皱着眉头看过，说："看看，怕啥来啥，大帅找我，江浙又告急了。百川替我跟觉先大师打个招呼，我走了，得空再来听他讲经。"

热闹的四月很快过去了，五月，一场反帝大潮从上海掀起，迅速席卷华夏大地。

一切都来得那么突然，报纸上刊登上海发生"五卅惨案"的消息不到一个星期，毓文中学的师生就宣布罢课并上街游行，声援上海。随后，市第一师范学校、女子师范学校以及几所中学纷纷响应，吉林街头的电线杆子上，店铺的大门上，临街的墙壁上，一夜之间贴满了写有"打倒帝国主义""收回领事裁判权""严惩英日领事""与英日经济绝交""抵制日货"等标语。中国人民对英日等外国列强的仇恨以及长期埋在心底的屈辱，如沉睡的火山，瞬间爆发了。

这场震惊全国的风暴，沉重打击了外资工商业，外资银行不可避免地受到牵连，严重冲击了它们的在华业务。吉林永衡官银钱号上海分号的主要业务之一，是在外国银行与国内商户之间当二传手。国内工商户向外资银行贷款，需要外资银行先行放款给永衡官银钱号，钱号再放款给商户，钱号从中赚取手续费、存贷时间差和汇率差。反帝风暴掀起，导致汇率大幅波动，工商户纷纷避险，导致贷款合同无法正常履行，永衡上海分号一时陷入混乱。慌乱之中，上海分号忙于应对，没能第一时间向总号通报情况。兼任总号督办的财政厅长荣厚十分震怒，给总办刘恒打来电话，要求对上海分号严加处罚并要追究总经理王百川的失察之责。

在刘恒的办公室里，刘恒面色阴沉，对王百川说："荣督办已经安排赵乾宇赶往上海，要求他详细了解情况，对今后的金融形势和风险做出判断。今天找你来最紧迫的事情，是赶紧安排筹措一些头寸，随时准备接济上海分号，以防不测。"

"没问题，资金已经准备好了，足够上海分号应对一个月的。"

"那就好。最近汇率波动失常，咱们总号这边也要格外注意，城门失火，殃及池鱼呀。"

看着刘恒担心的样子，王百川安慰道："总办不必过分忧心，'五卅'事件对咱钱号来讲，究竟是利空还是利好，尚无定论，说不定还是一次难得的好机会。"

"此话怎讲？"刘恒问。

"从心理感受上，外商银行受到冲击，我感觉挺痛快。多少年了，洋人凭什么在咱中国发横财？不就是凭着他们紧攥着外汇买卖不撒手吗？仅一个英国汇丰银行，每年用于国际汇兑的资金就占到它资金总额的五成以上。反观咱国内的华人银行和钱庄呢？想涉及国际贸易、国际借贷和国际汇兑有多难哪，洋人处处设卡刁难，就是想让咱国内的金融业永远控制在他们的外汇大棒之下，任其摆布，忒憋气了，早就该教训教训他们。'五卅'这把大火从南烧到北，国民纷纷抵制日货、英货，各地洋行的日子肯定不好过，对咱钱号来说，这就是抢洋行市场的好机会，那些外国银行早晚也得上门央求咱们，您瞧着吧，大生意立马就要来了。"

"你也是这么看？咱俩想到一块儿去了。这个意思我在电话里跟荣厅长也说了，他将信将疑。走着瞧吧，不管事态如何发展，做多手准备总是没错的，干钱号，谨慎原则不能丢。另外，上海分号没有把重大变故及时向总号报告，是否应当追究你的管理责任，我也向荣厅长提出了不同意见。"

"我问过了，上海分号经理说他没料到这场风波会闹得时间这么长，波及范围这么大，原以为闹个十天八天就过去了。说句推卸责任的话，他荣大人就能预判到远在上海的一家纺织厂工人罢工，竟然翻腾起全国的反洋人大潮吗？这个不提，随他去，反正我在荣大人的心里从来没有什么好印象，他老早就打算把我替换掉了，现如今飞来一个给我加错儿的机会，他不麻溜儿抓着才怪。"

王百川话音未落，电话铃响，刘恒拿起电话。电话的听筒里传来副总经理张文举急促的声音："刘总办，游行的学生把咱钱号的大门堵了，要求咱们响应全市罢工罢市的号召，关门停业，咋办？"

"你跟他们讲，咱们是官银钱号，不是个人开的小钱庄，停业必须经过省署批准。"

"不行啊，他们把门堵死了，没法营业，还要把我拽上跟他们一块儿上街游行。不然，您赶紧给荣厅长打个电话？我实在顶不住哇。"

刘恒手持电话，为难了，电话里传来学生们高呼口号的声音。王百川走到刘恒身边接过话筒，对张文举说："老张，我是百川。事发突然，不请示了。我的意思是，顺大势，应民心，把营业门市关了，挂牌子停业一天。营业室人员可以休息，有愿意跟着上街游行的自便，但是钱号其他各处各股的员工必须正常上班，业务不能停。"王百川放下电话，刘恒担心地问："你擅自决定钱号营业部关门，上头要是追查下来，担得起吗？"

"虱子多了不痒，债多了不愁，我身上的错儿已经不少了，再加上几条也无所谓。"

接下来的几天里，游行集会每天都在发生着，规模越来越大，十四号那天达到了高潮，数万市民聚集在水门洞子，召开声讨大会，追悼上海死难同胞。王百川与永衡官银钱号的职员挤在集会的人群之中，他远远地瞧见有人轮番上台演讲，其中，毓文中学马老师的演说尤其引人注目，他声泪俱下地控诉上海内外棉七厂日方资本家残杀中国工人的暴行，慷慨激昂地号召国民奋起，与帝国主义进行坚决斗争，强烈要求政府严惩英日杀人凶手，收回租界和领事裁判权，废除一切不平等条约。台上演讲人义正词严，台下群情激奋，人们心中的怒火被点燃了，义愤填膺。

王百川全神贯注，倾听着台上马老师的演讲，情绪随着演讲人的情绪而起伏，仿佛自己的心跳都跟台上的人一致了。韩校长曾经建议他与这位博学的马先生相识，向其了解共产党，了解苏俄，了解马克思主义。在这些陌生的名词面前，他犹豫了。直到今天，王百川才第一次见到了马老师的真容。远远地，他感受到了马老师的满腔正义与炽热，散发出来的能量巨大到无力抵抗。集会之后，声势浩大的示威游行开始了，马老师走在各中学校师生队伍的最前面，随后是省议会、商会、工会、农会、律师会、教育会、医士会等市民团体，全市的警察跟着游行队伍，帮助维持秩序。游行队伍中，吉林永衡官银钱号的员工打出了宽大的白布横幅，上面用粗大的墨笔字写着"收租界，争主权，与英日经济绝交"。

王百川平生第一次看到如此规模浩大的集会游行场面，让他震惊、激动、感叹，他领略了民众被动员起来的力量，同仇敌忾，如决堤洪水，势不可当。这天晚上，他失眠了，合上眼睛，脑海中汹涌浮现的都是白天集会游行的场景：万头攒动的人群，挥舞如林的拳头，震耳欲聋的口号，目不暇接的横幅标语，激昂悲愤的脸庞。王百川索性起身披衣来到书房，铺纸研墨，挥毫写道："平地惊雷滚，反帝怒火燃，复仇呼声震，拳林向列强，民众揭竿起，日英皆披靡。"

随后的几个月里，民众抵制日货英货的潮流始终不息，外商银行和洋行的经营陷入困境，而国内银行和钱号吸收的存款则源源不断，放出的贷款又能够如期收回，很少形成呆滞。吉林永衡官银钱号附属的商铺、产业，放开手脚跟外商抢生意，经营状况大好。当年吉林永衡官银钱号吸收的存款达到上年的三十七倍，发放贷款比上年增长百分之五十，当年实现利润一百五十余万元，比上年增长百分之六十七。荣厚厅长原来想对王百川追责的事情不了了之。总办刘恒非常高兴，拍着王百川的肩膀说："这几个月外商一败涂地，你预测对了。"王百川说："只怕好景不长，洋人是不会甘心的。"

十六

盖茂权入了三山好的绺子，一晃过去了大半年。他在粮台的位置上勤勤恳恳，又善使手段，对上极尽殷勤，对下小恩小惠，身边逐渐聚拢了几个愿意跟着他转的崽子，其中一个外号叫"花脸儿"的土匪成了他的心腹。花脸儿是在一次打围时，被对方的土枪击中，落下满脸伤疤。

天气转暖，三山好把营盘转移到了长春西边的双青山。一天夜里，二当家王半山带领着十几名土匪外出砸窑回来，兴冲冲地到虎爷的屋子里报账，盖茂权端着小本子在一旁记账。王半山吩咐手下："来，把得的富贵抬过来，让老爷子过目。"

几名手下把抢来的东西搬进屋子，王半山逐一报道："今儿个这个窑砸得顺，耗费子弹一发，得吉大洋三十五块，铜钱两吊半，新缎子面棉被两床，红花斜纹布棉褥子两床，红洋蜡二十五根，羊皮袄一件，小米两袋一百四十二斤，苞米糙子一袋七十六斤，黄豆五十斤，还有一瓶子豆油，三只老母鸡，半坛萝卜干咸菜。"

虎爷微微点头，问："开枪伤人了吗？"一名土匪代替回答："没有，二当家的朝房顶开了一枪，那一家人就吓堆碎了，响屁都没敢放一个。"

"有崽子私藏富贵的吗？"虎爷又问。

“没有，在我的眼皮子底下，没人敢私掖私藏。”

“老规矩，洋钱、粮油进账，其余的你看着办吧。”

众匪徒出去了，屋子里只有虎爷、王半山和盖茂权三个人，盖茂权合上小本子说：“虎爷，二当家的半夜三更风风火火地跑出去一趟，才得这么点富贵，得的粮食不够十天嚼的，太不值了吧？”王半山斜眼看着盖茂权说：“别在那儿躺着说话腰不痛，现在是什么节气？正是青黄不接的时候，谁家都不富裕，我砸的这个窑是家里头正打算聘闺女，不然哪来的洋钱和新被新褥子？知足吧。”

“虎爷，给我几个人，我出去干一票大的。”

“你？机关枪都端不动，还想带崽子砸窑？别折在外头把老本儿都搭进去。”王半山很不屑。

盖茂权没有搭理王半山，眼睛紧盯着虎爷等回话。虎爷思索了一会儿，问：“真想去？”

“我走一趟让您老瞧瞧。”

“咱家砸窑的规矩你清楚吗？”

“听说过。”

“半山再给他念叨一遍。”

王半山不耐烦地说：“听好了，老爷子给咱家定的规矩，除了‘八不抢’，还有不欺残幼，不辱妇女，不惹官府，不使毒，不放火，在奉天地面儿上不动张家、孙家，吉林地面儿上不动牛家、王家，违者严办。”

“哪个王家？”盖茂权问。

“王百川。”王半山回答。

盖茂权听到王百川三个字，脸上闪出一丝惊诧，虎爷问：“听清楚了？”“清楚了。”“你自己选人，不准超过十个，去吧。”

盖茂权从虎爷的房子出去了，王半山问：“您老怎么答应得这么痛快，他带人出去，别整花搭了，坏了咱三山好的江湖名声。"虎爷道："姓盖的王八犊子满肚子坏水，一直憋着呢，他急三火四地想单独挑杆子，一定早有盘算。你悄没声儿地跟着，他规规矩矩地破围砸窑便罢，敢要花腰子，就地插了。"

盖茂权自从入了绺子，就一直被王半山和下头的崽子瞧不起，早有自己带人出去砸一票的打算，另外，当初他舍财落草挂住，就是为了借助匪帮之力，报复王百川，强忍几个月，今天终于忍不住，没想到虎爷答应得挺痛快，但是先用帮规给他划了道儿，让他有些沮丧。盖茂权回到住处，闭门呆坐想主意。花脸儿推门进来，问："盖爷，听说老爷子答应你带人出去搂一趟了？好事啊，你老大显身手的机会来了，啥时候走，我也跟着沾点光。"盖茂权说："机会确实难得，可是虎爷有规矩，不准对油水最大的牛家王家下手，我心里头不痛快。"

"这有何难？活人还能让尿憋死？"

"你有啥好主意？"

"俗话说，将在外君命有所不受。咱们少带几个人，挑那嘴严实的，管他牛家马家，瞅准了就干他一票，事成之后您用杆再堵他们一下，回头在虎爷跟前，还不是凭您咋说咋是？万一事后外头有传言，虎爷追究，你来个死不承认，江湖上大小绺子数不清，谁能证明是咱干的？只要咱砸的一票够大，您老的牌子那就算亮了，看谁还狗眼看人低。"

花脸儿的一番话，正中盖茂权下怀，他咬着槽牙说："你帮我选人，不用多，三五个足够，吃饱晌午饭上马，傍黑就能进长春。"花脸儿应声出去了。盖茂权暗道："什么破规矩，在我盖某人面前就是个屁，狠狠地砸王百川一票才是真的。十完了，老子拍屁股走人，留下一摊稀屎，你三山好自个儿擦去吧！"

盖茂权带着花脸儿等五个人天擦黑时进了长春城，他们找了家大车店暂存马匹，简单吃过晚饭，又进烟馆混了两三个钟头，出来时已近半夜。花脸儿问其他几个人："烟泡抽足性了吧？""足了。""粮台三爷对咱咋样，够意思吧？""没说的。""一会儿干活儿下手麻利点儿，回去瓢儿（嘴）严实点儿，三爷说了，窑砸得漂亮后头还有赏。""明白。"

大街上人迹稀少，路灯昏暗。花脸儿等人没来过长春，只能跟着盖茂权在街上转弯抹角地走，花脸儿不时提醒："都记着道儿，扯呼的时候别迷瞪了。"

走了很长一段路，沿途躲过两拨巡警，他们来到一条大街上，街道两旁，店铺一家挨着一家，可以想象，这条街白天一定很繁华。盖茂权停住脚步，手指街对面一家当铺说："就砸这家。"花脸儿等人顺着他的手指看过去，那家当铺的门面宽大、高台阶、黑大门，门楣上挂着黑底金字的匾额，上写"佰德应"三个大字。花脸儿悄声问："这是谁家的买卖？凡是当铺都守得严实，有的还养炮手护院守夜，咱事先没踩盘子，不摸里头底细，别整崴泥了。"

"我早踩过了，满趟街顶数这家佰德应最肥，他们越守得严实，里头值夜的越容易麻哒，才能砸个措手不及。一会儿破门以后，你安排两个兄弟做掩护，我、你，再带上一个人，咱仨　直往最后头那间屋子冲，那里头有保险柜，把保险柜里的东西弄出来就扯呼，其他零七八碎的东西一样也别拿。"

"还有俩弟兄干啥？"花脸儿问。盖茂权回答："他们俩一会儿顺着大街往北走，过两个路口，有一家佰德丰粮栈，不用砸，放亮子（火）就行。下手要狠，烧的片儿要大，等他们把巡街的狗子引过去，咱这边就动手。"

"这家叫佰德应，那家叫佰德丰，好像是一家的买卖，到底是谁家的？"花脸儿要问个究竟。

"王家，王百川。"盖茂权恶狠狠地说。

众人面面相觑，一个人胆怯地说："三爷，砸王家，放亮子，都是坏虎爷规矩的勾当，咱换一家吧。"

"别怕，虎爷追下来有我顶着，你们尽管放手砸，只要咱得的富贵足够多，虎爷一乐和，什么都过去了。"

按照盖茂权的安排，花脸儿选了两个人去佰德丰粮栈放火。过了有半个钟头，北边火起，随之传来很多人的呼喊声和刺耳的警笛声。盖茂权一挥手，花脸儿猫腰跑过街道，往佰德应的门板下头塞了一颗手榴弹，一声巨响，门板被炸碎了，盖茂权拎着盒子枪带头冲了过去，其他人紧随其后。他们刚刚进入佰德应，街角忽然涌出上百名东北军，迅速封锁了整条大街，包围了佰德应。

黑暗之中，王半山躲在远处的角落里，目睹着一切，冷笑，转身走了。

拂晓的时候，王百川得知自家在长春的买卖遭了胡子的消息，是佰德应的大柜从长春的警署给他打来的长途电话。王百川急匆匆穿好衣服，坐上马车去找三哥夏殿臣。

城市刚刚从长夜中醒来，各家各户陆续点火生炉子，呛人的煤烟弥漫在城市上空。一辆辆毛驴拉着的空粪车从城外进来，散落在大街小巷。街边店铺的伙计揉着惺忪睡眼，懒洋洋地出来下门板，挂幌子。商贩和进城卖菜的农民已经在街头巷尾占好了位置，迎接早晨的生意。有早起的小孩子蹲在墙根拉屎，引来野狗在身旁转来转去地焦急等待。平常的一天又开始了。王百川想，人的一辈子，如果每天都能健康地起床，无忧无虑地吃饭，顺顺当当地拉屎，踏踏实实地睡觉，那是多么宝贵的事情啊，千金难得。

王百川敲开夏三哥家院门的时候，夏殿臣正在院子里打太极拳，看到王百川大清早上门，知道一定有大事发生，赶紧收起架势，招呼表弟进屋。

"我刚得信儿，昨天后半夜，咱家长春的买卖遭了胡子，佰德丰被放了火，佰德应挨了炸弹。"

"损失大吗？"夏殿臣问。

"据说佰德丰的门面房烧得挺厉害，塌架了，好在后头仓库的粮食没过火。佰德应的损失小一些，土匪刚冲进去，东北军就到了，五个匪徒，一个被当场打死，其余的全给逮起来了。"

162

"我马上过去一趟？"

"找你就是这个意思。赶上午头班火车，过去详细了解两处买卖的损失情况，查一下是哪股绺子干的，咱家买卖里有没有内鬼。另外，一定代表我去感谢昨天晚上出动的东北军，问问他们属于哪部分，是怎么得到土匪砸窑的消息。说实话，多亏军队来得快，不然，佰德应非受大损失不可。"

"中，我吃两口早饭就动身。你吃饭了没有，没吃的话，我让下人出去买几根大果子。"

"没心情吃，走了。"

两天以后，夏三哥从长春打来电话，传回一条让王百川震惊的消息，来砸自家买卖的匪帮竟然是三山好，带头砸佰德应的是老冤家盖茂权。当王百川听到"三山好"这三个字，心头一震，自己与虎爷交好，他为什么对我的买卖下手？接下来又听到领头的是盖茂权，他似乎清楚是怎么回事了。夏三哥说，当天晚上奉命出来剿匪的是东北军驻长春二十八旅三营的一个连，当天夜里，有人直接把电话打到了旅部，报告有土匪已经进城，正准备对佰德应下手。部队集合出发的时候他们还将信将疑，到达佰德应附近才发现情报是真的，迅速包围。区区五个土匪不堪一击，匪徒花脸儿被当场打死，其余四个人皆被活捉。经互相指认，其中一人是匪帮三山好三当家的盖茂权。盖茂权表示要戴罪立功，愿意充当向导，去双青山端掉三山好老巢，结果军队赶到双青山的时候，土匪踪迹皆无，带队剿匪的三营长一怒之下，把盖茂权给枪毙了。王百川问电话另一端的夏三哥："能确认盖茂权真死了吗？"夏殿臣回答："千真万确，尸首都拉回来了，三营长说，他们的上司安排这两天就要公开处决另外三名匪徒，到时候，盖茂权的尸首也要摆在现场，曝尸三天。遗憾的是，当兵的不知道当天晚上有两伙土匪，结果让放火烧佰德丰的匪徒跑了。"

又过了两天，夏殿臣带着一张《长春日报》回来了，在报纸第二版头条位置，赫然印着黑色粗体字的通栏标题"三山好匪首之一盖茂权伏法"，文章的旁边，配有五名匪徒的照片，盖茂权的照片是被打死以后拍的，头脸模糊扭曲。

买卖遭了胡子，属于自家私事，王百川不便对外张扬，但是匪徒当中有钱号和警方都在寻找的嫌犯盖茂权，他就不能不向上报告。另外，事件突发在长春，总经理家的两处买卖被砸，长春分号必然关注，消息很快就会传到吉林总号来，隐瞒是徒劳的。

王百川拿着夏殿臣带回来的报纸，先去找在后院办公的帮办赵乾宇，他预判，凭借赵帮办平时对自己格外关注的态度，长春发生的事情，他肯定已经得到一些消息，之所以没有主动向自己询问，不过是等待合适的时机而已。

自从王百川到吉林永衡官银钱号任总经理，并在首次开展的清账整肃中，把延吉分号列为核查重点，曾经在那儿担任过经理的赵乾宇就耿耿于怀。虽然整肃之后，仅对核查出来的亏损造假问题进行了账目调整，没做深究，但是赵帮办预感到王百川很可能抓住了延吉分号经理帮助他谋私的把柄，碍于某些原因引而不发，令他寝食难安。在这些脓包没有被捅破之前，他也要想办法从王百川身上挖出一些短处来，他不相信王百川自家的买卖做得那么大却操履无玷。经过仔细观察，他确定齐明科是个可利用之人。齐明科是被王百川从长春分号带过来的，一直得到王百川的器重，但是赵乾宇注意到，齐明科是个不甘人下的主儿，把他拉拢到自己麾下，让他监视王百川，探王百川的底，应当是不二人选。赵乾宇恩威并施，特别是主动建议提拔齐明科任文书股长，齐明科感激万分，终于就范。自此，王百川的日常言行，关系交往，齐明科都事无巨细地向其汇报。过年之前，有两个男人专程来钱号拜访王百川，其中一人被王白川称为农安王掌柜，但是齐明科怎么看，都觉得那人与几个月前报纸上刊登的土匪三山好匪首的照片很像。事后，他千方百计，终于把那张旧报纸找到了，但是他没拿给王百川看，而是首先送到了赵乾宇的办公桌上。

永衡官银钱号的总经理跟土匪有瓜葛，非同小可，赵乾宇心里很兴奋，表面上却不动声色，他问齐明科对这件事情怎么看，齐明科说："原来我听坊间盛传，吉林的胡子不惹王家，我还有些纳闷，现在看来，假如那天来的人真是三山好的匪首，总经理跟省内几股大绺子的关系果真就非同一般。"赵乾宇吩咐道："这件事跟谁都别讲，继续留意就好。"昨天，齐明科从长春分号的老同事那里，听到王家的佰德丰和佰德应遭土匪三山好放火抢劫的消息，很是意外。今天上班以后，他在前头忙完王百川交办的事情，急不可待，敲开了赵乾宇办公室的门。他正在向赵乾宇报告情况的时候，正巧被推门进来的王百川撞见，齐明科的脸上闪出一丝不自然，但迅速被他特有的微笑代替了。

对齐明科的反应，王百川并未留意，他把报纸递给赵乾宇说："看看吧，盖茂权有下落了。"

领头砸王家买卖的匪首是盖茂权，且被枪毙了，这条消息，赵乾宇和齐明科都还不知道，看了报纸，两个人都很惊讶。赵乾宇说："今天上班以后刚听说你们家的买卖遭了胡子，没想到领头的是姓盖的这个王八蛋。这不仅是对你的报复，也是对咱吉林永衡官银钱号的报复。我去跟荣厅长和刘总办讲，土匪给你家造成的损失，由钱号补上。"

赵乾宇这几句话，明里是表示他对王百川的关心，暗里却揣着算计。齐明科跟着说："应当的，还是赵帮办想得周到。"王百川说："弥补损失就不必了。盖茂权死了，咱们是否应当请示荣厅长和刘总办，前一段时间盖茂权始终没有缉拿归案，因为他所造成的亏损一直在德惠分号和大赉永衡信的账上挂着，如今出现这个结果，那些亏掉的钱再也追不回来，亏损账该做实了。"

"只能这么办。让小齐起草一份报告，咱俩签字以后报送董事会。"赵乾宇同意了。

十七

　　吉林省长张作相这个官当得着实不轻松，除了要支应省内一大摊子事情，持续发生的战事，更让他难以安稳。他是大帅张作霖最信任的辅帅，需要经常奔波于奉天和吉林之间，参加大帅召集的重要军政会议，大战来临，他还要率队出征。上年年底，张作霖手下大将郭松龄突然倒戈，联合国民军冯玉祥起兵反奉，张作相亲率第五军团与郭松龄部作战近一个月，在日本人的帮助下才转败为胜。进入四月，北京的临时执政段祺瑞倒台，张作霖与吴佩孚联手进入北京，再次控制了北京政权。

　　京城安稳了，张作相从北京回到吉林，屁股还没坐稳当，各县告急之声不绝于耳，纷纷反映，今年遭遇大范围春旱，土壤墒情不好，该种的庄稼种不了，勉强种下去的，小苗刚出土就旱死了。看着瓦蓝洁净的天空，老百姓心急如焚。季节不等人，再不下雨，今年秋收无望。情急之下，张作相决定亲自去龙潭山的龙王庙和北山的卞阜阁为老百姓祈雨。他请高人起草了《祈雨疏》，又要求全市主要商户每家准备祭品一台，上置八样果品点心和三瓶好酒，随他共同祈雨。祈雨当天，张作相虔诚沐浴，身着便装，头戴柳条帽，光腿赤足，秉烛焚香，在龙王和玉皇大帝塑像前三拜九叩，诵读《祈雨疏》，敬献三牲五果大礼。随行的官员、商户、小学生和大量围观百姓，跟着张作相跪拜叩头，

166

黑压压一片，场面甚是壮观。连续两天祈雨仪式结束，第三天，天空竟然开始阴了，随之，便有细雨悄无声息地下了起来，虽然雨势不大，但久旱终于得雨，春播有望，人们高兴得欢呼雀跃。张作相兴奋的心情难于言表。他站立窗前，观赏着外面的缠绵春雨，心中大悦，转身对秘书说："打电话，让钱号的王百川来一趟。"

没有重要事情，王百川一般不到省长公署来，因为在省属财政厅里，有他最不愿意见到的厅长荣厚。今天省长召见，他不敢耽搁。王百川来到的时候，张作相的秘书已经在楼门前的台阶上等候，站岗的卫兵向他们敬礼。

走进张作相办公室，王百川笑容满面，大声说："省长大人率众祈雨，老天爷就给咱面子，喜降甘霖，应了那句话，精诚所至，金石为开。您知道老百姓怎么说吗？他们说，从今往后，您这位'辅帅'应当改称为'福帅'，有福气的福。"

"我才不在乎什么帅，老天爷肯赏雨，今年收成有靠，才是最让人宽心的。说不定咱不祈求，这雨也该下了，在天上憋着干什么？"

二人坐下，有人送上茶米。张作相又说："老兄你可不知道，前些日子真把我愁坏了，成宿地睡不着觉。咱吉林省每年财政收入主要靠啥？还不是粮食和土地税收占大头？农业要是遭了大灾，等于断了全省的血脉，那日子还咋过？"

"是啊，咱们省这些年开源增收的渠道不多，开支却年年增长，财政不堪重负。永衡官银钱号去年虽百般努力，才盈利一百五十万，倘若今年无雨成灾，财政无力补亏，必然要走多印票子的老路，到那时候，货币贬值，物价飞涨，灾民遍地，境况将惨不忍睹哇。"

张作相的脸色沉了下来，说："我刚从北京回来，表面上看，北京的乱局暂时按住了，但是吴佩孚是个什么鸟，大帅心里明镜似的，俩人翻脸是早晚的事。还有广东的蒋介石，闹得越来越凶，大有北犯之势。停战无望，军费开支就成了当务之急。为了扩大军费来源，大帅重开种大烟养兵之路，'种毒筹金'，下令东北开放烟禁，还特别成立了种烟筹济总局。这件事情打一开始我就不赞成，我跟大帅说，种毒筹金赚的是亡国灭种钱，缺德，这个钱我不能赚。不管旁的省咋干，在我的吉林省就是不允许种大烟，别的省上缴多少烟款吉林省也交多少，我在大帅跟前是拍了胸脯子的。今年要是真的大旱成灾，秋后绝收，我拿啥钱向大帅交差呀？"王百川赞许地说："这件事大伙儿都佩服您。咱吉林省私种鸦片的历史可不短了，多少人携家带口钻进老林子搭窝棚种大烟。您来当督军省长之前，全省四十二个县，种大烟的县就占了一半，尤其是绥芬河东宁县产的鸦片烟，号称'东土'，其质量优于云南产的'云土'，广受各地烟贩推崇。在咱吉林城内，大烟馆就有二十来家，烟赌之徒流行一句话，叫作'出了饭馆进烟馆，过足烟瘾摸白板'。您来了以后，定章法，铲烟苗，抓烟贩，剿烟匪，惩办禁烟不力的官员，费了多大的劲才把种大烟的势头压下来，可不能前功尽弃。"

"可不是，听大帅的令，再解禁种大烟，岂不是扇我老张自个儿的耳刮子？多少人要戳我张辅忱的脊梁骨。"

张作相长舒一口气，拿过旱烟袋点着，吸了两口，说："唠正题吧。今天让你过来，是想跟你合计几件要花大钱的事。在此之前，我已经跟财政厅打过招呼，让他们调研拿方案。在他们的方案提出之前，我先听听你的想法。"

"关于修建吉海铁路的筹资建议，我已经呈报给您了，除了这一项，还有什么计划项目？"王百川问。张作相挺直了腰杆，后背紧贴在沙发靠背上，信心满满地说："吉海铁路当然是第一位的大项目，不管有多少困难，也非干不可。除此之外还有两个我最想干的事情。"

"还有？百川洗耳恭听。"

"头一项就是咱吉林市的自来水工程。吉林全省至今没有一座城市通自来水，在这方面，跟大连、奉天、哈尔滨相比，都是落后的，尤其是比大连落后了四十多年，不应该呀。顺便问一句，你们家现在吃什么水？"王百川回答："我们家离松花江近，雇人挑江水吃，每天送三挑子。"

"对呀，现如今吉林市区人口已达十万之众，长期吃江水、井水不行。第一是江水不干净，喝了容易闹病；第二是城市今后要发展，楼房将越来越多，越建越高，没有自来水，一大堆问题都来了。跟我嚷嚷得最凶的就是消防队，水供不上怎么灭火？我请专家勘察过，专家说，在咱吉林市，修建自来水系统并不难。论水源，有四季不断流的松花江做保障；论输水系统，可以利用北山这个城市制高点，在北山顶上修建水塔，依靠自然高差，就能把水输送到市里各处。"

"搞自来水可是个大工程，除了修水塔，在城里开膛破肚铺埋管线，还要建水质化验、水处理、加压提扬、电力保障等设施，测算过吗？大概需要多少钱？"王百川问。

"两百万左右。"

"这些钱都由政府出吗？能不能考虑民间筹资？"

"不行。"张作相回答得很干脆，"保障市民饮水洁净，是城市的基础性建设，政府责无旁贷。如果下放民间，商人唯利是图，什么恶行都干得出来，这个口子不能开。"

"有什么打算吗？"

"我想这笔钱，省财政出一半，永衡官银钱号出一半。你刚才不是讲去年永衡官银钱号有一百五十万的盈利吗？拿出一百万来，修自来水。"

"您要花钱办的另一件事是什么？是不是打钱号剩下那五十万利润的主意？"

"不是。"张作相重新装了一锅烟，又说，"要办的另一件事情是修筑江堤。吉林市依江而立，因江而兴。我到江边看过几次，从小东门到临江门，三个码头，航运繁忙，居民密集，一旦松花江发大洪水，损失就不得了。"

"您说的是。多年以来，沿江百姓饱受无江堤之苦，洪灾三年两头地发生。我们家在河南街和牛马行的买卖就几次遭水淹，无奈至极呀。"

"遭过水淹的买卖不止你一家吧？"

"当然，只要江水泛滥，沿江几条街的商户无一幸免。"

"唠到关键处了。修江堤政府可以牵头，你们这些受益的商家也不能一毛不拔吧？"

王百川笑了："不愧身经百战，打埋伏的战术用到这儿了。您的意思，修江堤，政府不打算出钱，让商户分摊呗？"

"不完全对，是政府和商户共同出资，政府出一半，你们吉林的几家大户出一半，小家小户就算了，不搞逐户摊派。怎么样，主意不错吧？"

"江堤准备怎么修，修多长，有人帮您谋划过吗？"

"我有个老同乡，姓马，瓦匠出身，他在别处修过河堤，有些经验。他说，流经吉林市的这段松花江，水面宽，流量大，修江堤建议先用石头夯底做基础，然后在石头上立粗圆木，一根一根用铁筋绑起来，再填土护住，多大的浪都扛得住。你帮我算算，按老马的办法，修一里江堤大概需要多少钱？"

王百川琢磨了一会儿，说："我没搞过土木工程，不会算，不过可以参照修北山公园的工程费用。我算过，北山公园前头那条十米宽的马路，修一米长大约花了二十块吉大洋。假设修江堤的成本和修马路的花费差不多，那么修一千米就要两万块钱，看您打算修多长了。"

"十里地，十里江堤，够了吧？"

"那就是五千米，十万块，政府商户各出一半，五万块钱，不算多。"

"你替我牵头办这件事怎么样？动员几个大户出钱。"

王百川为难地说："我出面筹资不合适。您知道，咱吉林城第一富商是牛子厚，我出头组织捐款，卷了牛大哥的面子。最好由政府出面，动员他带头出资，我跟着响应，牛大哥出多少我就出多少，其他几户不好意思不跟着。"

张作相摸了摸脑袋，说："有几分道理，讲到底，你还是怕得罪人呗。好，明天我就让市长找牛子厚，然后召集富商开会，争取尽快动工。"

"这样最好。都说大旱之后必有大涝，今年刚刚一场大旱，说不定夏末秋初就得来大水，江堤抢在洪汛到来之前建成才好。"

"所以我心里急呀，能办的事立马办，快刀斩乱麻，我最看不上办事拖泥带水的人。"

王百川喝了一口茶，对张作相说："还有一件事跟您报告。自从听说咱们要修吉海铁路以来，几家外国银行跃跃欲试，尤其是日本正金银行的代表，已经两次来我们永衡官银钱号，表示有意提供贷款。两次都是赵帮办出面接待，具体谈了什么条件我不清楚。"

"我知道，荣厚厅长告诉我了，我明确表态，吉海铁路是咱中国人自家的铁路，不花外国人一分钱。日本人想插手，那是没安好心。他们一方面派南满铁路的人来说，吉海铁路必须由他们南满来修，或者中日合修，如果不同意，就不允许吉海铁路跟南满铁路接轨，不能利用南满铁路运输修建吉海铁路的材料；另一方面，又派银行的人假惺惺提供筑路贷款。讲到根子上，就是要控制吉海铁路，要把全东北的铁路都攥在他小日本儿的手里，他们想瞎心了。"

张作相的态度让王百川为之一振，感叹其在大事上有骨气，便说："老百姓要是知道您对日本人的态度，不一定多高兴呢。'五卅'事件，让中国人对洋人越来越反感。我在吉海铁路筹资建议里写了，吉海铁路建设可以考虑适当引入民间资本参股。铁路建设非同其他基础性建设，铁路建成通车以后，预期投资收益可观，且可持续，只要政府允许，有实力的个人应当愿意出资入股，修好咱中国人自己的铁路。"

"人心齐，泰山移，没有过不去的火焰山。一年钱凑不够咱就修两年，两年凑不够就修三年，反正只要有我老张在，吉海铁路一定修通。"

王百川拍手说："我得为您鼓掌了。借今天难得的机会，我再提一条建议，也是关于投资建设。"

"一条铁路已经压得喘不过气来，还有什么重要项目？"

"江桥。"王百川郑重地说出了几年来一直压在心底的两个字，"松花江上，至今没有一座连通江南江北的大桥，老百姓过江，夏天靠摆渡，冬天在冰面上走，既不方便，又不安全，每年因为过江都淹死人。我听说日本人计划明年要在松花江上建铁路桥了。"

"是啊，应该有一座桥。"张作相肯定地说，"但是在这么宽的江面上架桥可不容易，先别讲咱中国人有没有那技术，钱也是大问题。架桥不同于修铁路，建桥没有收益，不能靠民间投资，政府一时又没有那么大的财力，三年五年都别想了，或者等吉海铁路修完了再说。"

王百川有些失望，刚要继续讲下去，卫队团团长冯占海敲门进来了，向张作相报告下午的出行安排，王百川高兴地与其握手，说："看见你就想起大赉剿匪的事。你上次追的那股土匪三山好，最近刚在长春砸了我家的两处买卖，多亏咱东北军长春驻军提前得到消息，及时出手，把匪徒抓的抓，杀的杀，我才免遭更大损失，谢谢你们哪。"

"别谢我，要谢，你得谢三山好放笼子，不然，等到警察和军队得消息出动，匪徒早就得手跑了。"

"啥是放笼子？"王百川不解。张作相回答："放笼子，就是绺子帮里看谁不顺眼，想除掉他，就在砸窑的时候故意让他冲在最前头，为大伙儿挡枪子儿，或者提前给官家报信，借刀杀人。这回你就当是捡个大便宜吧。"

王百川苦笑。

从省长公署大楼出来，王百川特别绕行到了松花江边。江风裹挟着阵阵腥臭，扑面而来，那是江边停泊的船只和岸边居民任意倾倒的大量垃圾和粪便造成的。那些垃圾无人清理，在岸边形成伤疤一般的长长垃圾带，任其腐烂风化，或待涨水，冲至他处。不远处，有一具被江流推送到岸边的男尸，尸体膨胀，惨白，部分腐烂，令人作呕。王百川想象着这里因江堤的修筑而即将发生的改变，感到慰藉和坦然，毕竟促成这一变化的，将有王家的金钱付出。

刚刚进入七月，张作相担心的事件终于爆发了，以蒋介石为总司令的国民革命军宣誓北伐，剑锋直指张作霖和吴佩孚联合把持的北洋政府。北伐军气势如虹，摧枯拉朽，所向披靡，连克赣、闽、浙、皖、苏几省，紧要之时，山西的阎锡山也倒戈加入北伐行列，张作霖如坐针毡，急召张作相进京。

得知张作相要即刻赴京的消息，王百川带上文书股长齐明科，到张作相家送行，因为去火车站送行的高官太多，轮不上王百川到张作相的近前说话。

赶到张作相家的时候，张作相正准备上汽车，看见王百川来了，他把王百川拉到一旁说："你来了正好，帮我办一件事。"

"有什么事尽管吩咐。"

"前一段时间，我让内人把存在奉天东三省官银钱号和几家外国银行的钱陆续取出来了，拢共有二十多万块。你安排一个可靠的人，帮着她把这些钱全都存到咱吉林永衡官银钱号。我掂量清楚了，外国银行不可靠，奉票和哈大洋太毛，还是咱的吉人洋稳当。这可是我私人家底，千万办妥当，事后别忘了报告给你们钱号刘总办，传话，就说我老张信任他。"

"没问题，让跟我来的齐股长负责到底。"

"还有，我这一走，八成个把月回不来，那几个建设项目用款你给我盯紧了，千万别耽误事。"

"放心吧。"

张作相跟王百川握手，转身上了黑色福特轿车，出发奔火车站，轿车的后面，紧跟着站满卫队士兵的三辆军用卡车。

十八

有机会为省长家里办私事，齐明科喜出望外，这是王百川给了他与省长一家人搭上关系的良机，千载难逢。他不敢有丝毫懈怠差池，拿出十二分的殷勤，陪着张作相夫人，跑前跑后，办结了所有存款手续。办完事，张夫人提出要见一见刘恒总办，齐明科赶紧打电话联系。刘恒平时大部分时间在财政厅那边办公，钱号虽然设有他的办公室，但很少过来，今天刘恒正巧在钱号的办公室里。

张作相要把个人积蓄全部转存到吉林永衡官银钱号的事，王百川已经在第一时间向刘恒汇报了，说："张省长特别让我替他传话，他信任你，信任咱吉林永衡官银钱号。"刘恒昨天也曾随省军政高级官员一起，到火车站为张作相送行。站台上，张作相与送行人员一一握手，走到刘恒面前的时候，不仅与其握手，还例外拍了一下刘恒的肩膀，当时他并未理解是什么意思。此刻他领悟了，那一拍，是张作相对他的托付，今天张夫人又提出要见他，刘恒哪敢怠慢，吩咐齐明科赶紧带张夫人过来。

张夫人走进刘恒办公室，刘恒笑脸相迎。待张夫人坐定，齐明科觉察到刘总办没有让他也坐下的意思，知趣地退了出去，在门外等候。刘恒问张夫人："存款都办好了？"

"办好了。我不识几个字，手续都是小齐股长帮着办的，谢谢了。"

"应当应分的，不必谢。我佩服张省长的眼光和魄力，把钱存到咱吉林永衡官银钱号就对了。这几年，为了应付庞大的军费开支，奉票每年都超量发行，搞得奉票越来越不值钱，哈大洋也好不到哪里去。唯有咱吉林省，张省长力主控制货币发行量，吉大洋的币值相对稳定，波动幅度大大低于奉票和哈大洋。您家的这二十几万存款，今后不仅可以得利息，还可以参与咱永衡官银钱号的年度分红，您就等着钱生钱吧。"

"这些俺都不懂，反正老张说了，把钱交给你们经管，他放心。"

把张夫人送出办公室，刘恒心里很踏实，他相信，破例送给张作相的这份年年分红大礼，省长大人会懂的。

齐明科送走了张夫人，到总经理办公室跟王百川回过话，出来又奔帮办赵乾宇的办公室，他如果不及时报告今天这些重要信息，赵帮办追究起来可不得了。

眼见王百川跟张作相的关系越走越近，赵乾宇的心里很不舒坦。几年前，原省长孙烈臣病重，吉林省长即将易人，他曾经专程跑了一趟奉天，意在提前拉关系找靠山，为日后升迁铺路。大官的门槛登过几个，高香烧过几炷，唯一没想到大帅最后决定把张作相派来吉林当省长，自己一脚踏空，让王百川抓到了机会，心里一直不是滋味。

赵乾宇面无表情，听齐明科兴冲冲地汇报完，半晌没说话，弄得齐明科坐也不是，走也不是，尴尬地站在那里如同木桩子一般。良久，赵乾宇问："刘总办现在还在办公室吗？"齐明科谨慎地回答："应当在吧？我刚才没看见刘总办有要离开的意思。"赵乾宇说："你回去吧，有事我再叫你。"齐明科答应着，出去了。赵乾宇咬着后槽牙想，再也不能让王百川如此张狂下去，假如任其所为，有朝一日把他这帮办的位置顶替了也未可知。他没有打电话预约，直接去敲刘恒办公室的门。刘恒夹着皮包正打算离开，赵乾宇不约而至，他只好又坐下。赵乾宇在他的对面坐了，问："刚才张夫人来过了？"

"嗯。来办理私人存款，顺便过来坐了一会儿。"

"这位张督军就是不一般哪，你看上层那些达官显贵，哪个不是把家里的金条、银元，统统往花旗、汇丰这些外国银行里送，唯有他，反其道而行之。"

"这是张省长对你、我和咱吉林永衡官银钱号的信任。得君行道，我们只有百尺竿头更进一步，才能不负众望。"

"是啊，钱号近年良好业绩来之不易，但千里之堤毁于蚁穴，该提防的还是要防。"

刘恒警觉起来，问："乾宇何出此言，钱号内部又有什么不良苗头吗？"

"我担心一个人哪。"

"谁？"

"王百川。"赵乾宇把一张旧报纸递到刘恒的面前，说，"您看这张通缉令上印的照片，这就是土匪三山好匪首。据齐明科反映，就在过年之前，有一个与其相貌十分相似的人来咱钱号，专访的人就是王百川。百川称其为农安王掌柜，对其十分热情，两人见面的过程完全私密。这人走的时候，百川送客，碰巧被我撞见，遗憾的是我只瞧见个背影。原来有传言，说王百川与省内几股大的绺子均有来往，我还不信，齐明科给我找来这份报纸，我信了。王百川跟土匪三山好的关系确实不同一般。"

"不对。"刘恒摇摇头说，"前几天在长春砸百川家买卖的土匪，不就是收盖茂权落草的三山好匪帮吗？"

"这是王百川和土匪联手搞的苦肉计，障眼法，是三山好送给王百川的一份大礼。"

"怎么讲？"

赵乾宇压低声音说："我在长春守军里有一个亲戚，据他讲，他们审问土匪时得知，三山好给下头定了很多条规矩，其中一条就是：奉天地面儿上不动张家、孙家，吉林地面儿上不动牛家、王家，违者严惩。"

"既然有规矩，盖茂权还是带人对百川家的买卖下手，不怕受罚？"刘恒不解地问。

"这就是王百川的高明之处。他知道坊间有针对他通匪的传言，为堵众人之口，与三山好联手设计了这场闹剧，既把自身设计成了匪患受害者，阻止不利传言，又借军队剿匪之机除掉了盖茂权这个仇人，可谓一箭双雕。"

刘恒思索片刻说："这只是你的揣测而已。据我了解，王家此次因匪患受损的买卖是两处，先有货栈被烧，后有当铺被炸，军队接报匪情的只有当铺一处，货栈放火的匪徒侥幸逃脱。假如真如你刚才所讲，是百川与三山好联手设计，安全可以免去火烧货栈一节，何必多受损失呢？众人皆知，水火无情啊。"

赵乾宇的脑袋摇得像拨浪鼓："不然，如此设计，戏才演得真。您想，如果不是早有防备，那货栈怎能只烧了几间门面，不损仓库？我最近还听说，因为王家买卖在长春遭匪患，军队及时出动剿灭并将所擒匪徒公开处决曝尸，让王家的名声大涨，原来跟王家没关系的绺子，也争相往他们家递帖子，求关照，你看邪性不？商匪关系倒过来了。"

"你能保证真有此事？"刘恒还是不相信赵乾宇的话。

"无风不起浪。百川的职位太重要了，关系到咱钱号的声誉。所以，宁可信其有，不可信其无，小心无大错嘛。"

"既然如此，你有什么建议？"

赵乾宇咽了口唾沫，说："王百川算计得再精明，也难免百密一疏，总有透风的墙。总办您想想，坊间传言，连我都有耳闻，咱钱号的那几位董事、会办，难道都是聋子瞎子？万一质问起来，您怎么说？因此乾宇给您两条建议，第一条，找个适当机会把这些情况向荣厚厅长报告，让他知道咱俩已经在关注此事，万一事后爆雷，可免追责；第二条，提前物色替代王百川的人选，以防不测。"

"嗯。"赵乾宇的最后一句话，暴露了其真实用心，刘恒哪能听不明白，他不动声色地说，"好吧，我知道了。当前关内战事又起，省内大事繁多，钱号身负重任，不可出半点差池。你刚才讲的事情，我自会权衡。有关百川的传言，钱号内部不宜扩散，到此为止吧，免得以讹传讹，误伤好人。"

"那是当然，我也希望所有传言都是假的。"

赵乾宇从刘恒办公室出来，觉得今天的目的基本达到了，但是日后刘恒是否向荣厚厅长如实汇报，他心里没底，他想，应当提前往荣厅长的耳朵里吹风，要抢在刘恒的前头。

张作相被大帅召进关内，立即被日益激烈的战事缠住了，他被张作霖授予辅威将军，兼任第五方面军军团长，率领二十万奉军，到京绥一线攻打阎锡山的晋绥军。晋绥军是距离京津地区最近的一支北伐劲旅，是张作霖的心腹大患。

战事旷日持久，前线经费告急，张作相向大帅求援，张作霖大怒，嚷道："我都揭不开锅了，你还跟我要大饼子，我正打算跟你要钱呢。你是吉林督军，即刻想办法筹措军费五百万。"张作相说："吉林省今年的预算丁是丁，卯是卯，丁点儿余地都没留，我恨不得把明年的钱借来今年花，让我打哪儿生钱去？"张作霖说："咋弄钱我不管，当初我下令各省种鸦片筹款，你一个不干八个不干，啪啪地跟我拍胸脯子，今天到了叫真章的时候你当缩脖子鸡？告诉你，五百万军费一个子儿不能少，立即筹措到位，不然这仗打不下去了。"

大帅有令，张作相不能含糊。吉林省的家底，他心里一清二楚，苦思苦想，他终于下决心给吉林边防军司令长官公署参谋长熙洽和政务厅长诚允发急电："当此国家多故，军兴为已，军费所需，为数不赀，重累商民，本非所愿，惟是费用，属于额外，预算既无所出，自不得不另筹款项，以济要需。"筹资的办法是加征田亩特税，每垧地加征特税五角。

接到电报，熙洽把省议会议长、副议长、政务厅长、财政厅长、省商会会长、省农会会长、永衡官银钱号总办等有关要员，召到省长公署开紧急会议，王百川作为列席人员，坐在了会议室圆桌后面的一排。熙洽面色冷峻，宣布开会。他首先把张作相发来的催款电文宣读一遍，然后说："关内战事吃紧，所需经费既巨且迫。辅帅业已提出筹款之策，今请各位来商议一下，应当如何付诸实施。"

听了熙洽的开场白，与会官员面面相觑，半晌无人开口。政务厅长诚允忍不住打破沉默，说："以我省目前的财政经济状况而言，陡增军费五百万，实难承受。但是张督军在电报中已经把道理和筹款方法都讲得一清二楚，我看没有什么讨论的余地，省府即刻发文，开征土地特税，执行便是。"

省农会会长姓谢，是个胖子，肩宽腰粗，说话嗓门儿也粗，大声说："开征特税的办法，我不赞成，理由有二：其一，目前我们的地租负担已然不轻，现在一垧地每年要缴课国税、附加公费、积谷费、地方税，总共一块六，相当于土地租金的两成，如果再加上五角钱的特税，出租土地哪还有利？田地主必然把新增的特税负担转嫁到租户头上，极易引起民愤；其二，看目前关内的架势，仗打到什么时候还不得而知，假如战事结束遥遥无期，后续军费必然还要增加，而省内收入渠道有限，到了那个时候，特税恐怕要变成常税，再难取消。基于上述两点，我认为，特税的口子不能开，或者说，要慎之又慎。"

谢会长发言的时候，熙洽的眼睛并没有看着他，而是一直瞅着手里的电报纸。谢会长说完了，熙洽说："谢会长表示反对。其他人呢？商会张会长有什么高见？"

熙洽点名，张会长不能不发言，他犹豫了一下说："我也认为开征特税不是解决问题的长久之计。我听说永衡官银钱号去年经营出色，利润颇丰，且今年的收支情况好于去年，我建议，此次所需追加军费，还是劳烦刘总办，由钱号挖潜解决为好。"

王百川早就听说，商会张会长对永衡官银钱号的附属产业与民间商号之间竞争抢生意，一直心怀不满，今天借机难为总办刘恒。刘恒闻言回答道："诸位皆知，我钱号全部收支明细，均已在议会公开。钱号累年形成区区薄利，已全部投于北山改造、省会自来水工程和吉海铁路建设，再无分毫余地。这些情况张省长十分清楚，所以才提出加征土地特税之策，除此之外，别无他法。"

省议会齐议长轻咳了一声，慢吞吞地说："我也认为加征特税之法欠妥。众所周知，土地税收是全省财政收入的大头，全省一千一百万垧耕地，每年为省、县两级财政提供资金收入高达一千六百余万元，着实不少，如果再加特税负担，犹如竭泽而渔，严重削弱省府用于改善民生的经济基础。熙参谋长能否给辅忱省长发电报，细数难处，阐明利害，恳请再做权衡，再谋良策。"

熙洽环视与会官员，最后把目光落在荣厚的脸上。他与荣厚同为满族人，且荣厚比熙洽年长几岁，熙洽对他说话比较客气，问道："荣厚兄，您是财政厅长，可有高见？"荣厚欠了一下身子，说："列位发言皆有道理。既然各持己见僵持不下，我出一个折中的主意，不知是否可行。首先，前线吃紧，补充军费不可耽搁，就算诸位都同意加征土地特税，部署下去，待税费征齐，亦尚需时日，至少也要延迟一两个月，远水不解近渴。其次，张省长电文明示需要补充军费五百万，按照每垧地征税五角，果能收足，可得吉大洋五百五十余万元，折合现大洋只有三百余万，与五百万相比，仍有缺口。如何解燃眉之急？我的意思是，由永衡官银钱号先行筹款二百万元发往关内，以救水火。而加征特税之事可暂时搁置，我们再等他一两个月，其间战局突然向好，战事提前结束亦不是没有可能。倘若如此，我们既解了前线燃眉之急，又消了增税之虑，岂不两全其美？"

听了荣厚的折中主张，熙洽的脸上闪过一丝轻松，他问刘恒："刘总办认为荣厅长所提方案是否可行？"刘恒眨了眨眼皮，转问王百川："王总经理是具体操作之人，你的看法如何？"

王百川听出了刘恒总办的弦外之音，显然，他不同意荣厚的主张，但又不便直接反驳，意欲由他出头，便说："众所周知，永衡官银钱号每年的收入增长有限，利润微薄，而今年又有自来水和吉海铁路两大工程相继开工，钱号资金已倾囊投入，再无力额外筹措二百万巨款。由于吉海铁路投资中，原计划由商民集股的二百万元没能及时到位，影响工程进度，上个月荣厅长还专门下令，临时从经济情况较好的三十个县的自制费里筹款一百万元救急，想必荣厅长记忆犹新。"

"那两项工程可以暂缓嘛，你们钱号作为省署钱匣子的经管人，连轻重缓急、分清主次都不懂吗？"齐议长听了王百川的发言很不满意。

"恕百川直言，不行。张省长临行之时特别交代，那两项工程款不得挪用，保证工程按进度用款，是我们管钱匣子人的责任。"王百川的态度强硬，荣厚的脸上显出不悦之色，说："此一时彼一时，张省长赴京之时，关内战局还没有发展到今天的紧迫程度，顺势而变，相机行事，无可厚非。"

"倘若非要暂停两项工程拨款，百川需有张省长明示，否则断难执行。"

刚才王百川用吉海铁路工程临时筹款应急一事堵荣厚的嘴，现在又当面顶撞，让荣厚官威受损，颜面顿失，荣厚怒斥道："王百川，熙参谋长请你列席今天会议，已是例外，省署高层做重大决策，轮不到你出来否定。拿不执行吓唬谁？没有你，钱号还有总办、会办、帮办，更有我这个督办，简直是狂妄至极，无法无天。"刘恒见状劝解道："荣厅长息怒，百川也是一时性急，讲了几句大实话，并无恶意，都是为省长分忧而已，忠心可嘉。"

一阵颇具火药味的插曲过去，众人都钳口不言，会场沉寂了片刻，熙洽开口说："刚才荣厅长所提建议，虽遇反对之声，但亦含可鉴之处，就是不论是否开征土地特税，前线救急钱款必须由永衡官银钱号紧急垫付一部分的。刘总办，先垫支一百万元如何？"

"不敢虚言，一百万，钱号当下确实筹措不出来。"

"拿不出一百万，那就即刻垫付六十万，不能再少了，由荣厚厅长督办，三日内送达北京。至于特税一事，由政务厅负责起草征税文告，要讲明开征土地特税之举，完全是战局所迫，实出无奈。此项特税限征本年一年，勿存以后年度续征之虑。会后，我将给辅帅再次发电，详陈我等商议之过程，如辅帅无改变之意，文告即可下发。省农会和商会要配合省公署做好民众和农商贤达的解释工作，动员谅解之心，行为公义举，人人出力，与政府共济时艰。"

　　"散会。"

十九

寒冬又至，一场风雪，横扫吉林大地，厚厚的积雪把王百川家开办的一处货栈马棚压塌了，砸伤了两匹马，还有一名伙计受伤。王百川闻讯，赶紧坐上马车前去探望。

风弱了，降雪还没有完全停止，稀疏的雪花不紧不慢地飘落，气氛悠然却寒冷刺骨。街道上积雪未除，马车跑不起来，车轮碾轧冰雪，发出咯吱咯吱的声响。王百川裹紧皮大衣，心情如紧缩的身躯，压抑苦闷。南方战事息鼓，张大帅催筹军费的力度不仅未减，反而加码，下令奉吉黑三省钱号集募五千万元，向民间收购大豆。大帅严令：收购大豆时，只准许向农民支付各省钱号发行的省票，不准支付银洋。收来的大豆全部用于出口，以赚取外汇与省票之间的差价，补充军费。这一举措，让种大豆的农民叫苦不迭。辛苦一年，所获收成出卖之后换到手的奉票、吉大洋、哈大洋，竟相贬值，尤其奉票贬值最甚，上一年奉票与日本金票的比价还有三点五九，眼下已经贬到九点五七，且有加速贬值的趋势。让王百川稍感慰藉的是，在奉吉黑三省钱号各自发行的钱币中，吉大洋的币值波动幅度是最小的，这其中不乏省长张作相的功劳。

王百川赶到货栈时，表哥夏殿臣正指挥众伙计清理坍塌的马棚，看到王百川到了，便招呼货栈掌柜一同来迎。货栈掌柜姓宁，当地人，三十岁挂零，红脸膛，体格健硕，一双大眼明亮有神。焦急和忙碌，令他满头是汗，摘掉狗皮帽子，脑袋上直冒热气。他愧疚地对走过来的王百川说："东家，实在对不起，我这个掌柜没当好，让您操心了。"王百川问："听说有人受伤，在哪儿呢？伤得怎么样？"夏殿臣回答："受伤的叫根柱，他进马棚正准备牵马套车，棚顶塌了，好在没砸着脑袋，左肩膀伤得挺重，已经送医院了。"

"我让账房送他去的，东家放心吧。"宁掌柜补充说。

"好好的马棚，怎么就塌了呢？"王百川问。夏殿臣回答："刚才看过，这间马棚比它两边的房子低了许多，风吹雪，房顶积雪太厚，扛不住重压。"

"这处原来不是马棚，去年生意好，我增加了两挂大车，原来的马棚不够用，就在这儿又建个新的。没想到考虑不周，出了大事。"宁掌柜低声解释道。王百川看着现场忙碌的伙计，半天未语。夏殿臣说："外头冷，进屋坐吧。"

货栈账房里，炉火正旺，屋子里暖融融的，与外面宛如两个世界。王百川脱掉皮大衣，坐下，夏殿臣站在炉边烤火，王百川问："其他买卖的情况怎么样？"夏殿臣答："基本正常。前一阵子学生游行抵制洋货，咱家佰德祥绸缎庄积压了一大批日本布，入冬换季之前已经销得差不多了。今年收粮比较困难，大豆基本收不来，都被你们钱号搂走了，大宗的粮食只剩下高粱、苞米、谷子，好在最近市场粮价看涨，尤其是小麦和稻子涨得多，能赚一大笔。油坊的情况喜忧参半，市场上收不来黄豆，好多家油坊都支应不下去。好在年初你就安排咱家的几千垧地八成种了大豆，否则咱家的油坊也要唱关张大戏。原料短缺，豆油价格大涨，油坊利润可观。其他人家就不行了，据我所知，吉林长春两地的油坊有一半关门，瞪眼看着豆油涨价却挣不着钱。"

"明年播种大豆的耕地面积要适度减少，多改种苞米、谷子。"

"为啥？"夏殿臣问。

"今年市场上大豆供不应求，明年必然有更多的人跟风抢种，物极必反。另外耕地也需要换茬，否则减产。"

"宁掌柜的货栈经营得如何？"王百川问。夏殿臣离开火炉，走过来挨着王百川坐下，说："这小子脑瓜机灵，干得不错，上个月刚从长白山周边采购了一批山货和药材回来。据他讲，一路上十分顺当，只要报号吉林王家，不论官匪，畅行无阻，他正打算再走一趟呢。"

"走得顺不见得是好兆头。外头对我已经有很多不利的传言，大意失荆州，谨慎一些为好。"

夏殿臣往窗户外头看了看，说："这边有我招呼着，你这官身忙，回去吧。"

王百川答应了，坐马车离开货栈。走过三条街，他忽然想，很长时间没见到毓文中学韩校长了，应当顺便去看看。

来到毓文中学，王百川看见全校师生正在清扫操场积雪，韩校长迎上来打招呼，王百川笑着说："韩校长，走了半个吉林市，顶数你这儿雪扫得干净。"韩校长答："学校人多，积雪不及时清理，很快就被踩实了，容易打滑摔跤。学生安全是第一位的。跟你讲过多少次，别再叫我韩校长，如今的校长姓李，称我韩先生或者韩老师即可。"王百川说："叫顺口了，改不过来，不改了。"韩校长放下手里的木锨，引王百川进教员办公室。

自从韩校长从校长的职位上退下来，就改为与普通任课教师一起在大办公室办公。两人落座，韩校长问："王总经理今天怎么得空闲来学校？""来看看我儿子在学校的表现如何，不好吗？""当然欢迎。我把班主任老师请来跟您谈谈？""不忙。讲实话，就是心里烦躁，想跟你聊会儿天。每次跟你交谈，都有拨云见日之感。""言过了，不敢受，我这个人讲话，实话实说，无顾忌而已。"

韩校长从抽屉里拿出茶叶盒，问："没好茶，茉莉花茶如何？"王百川说："我喝茶不讲究，泡出来有色就中，关键是喝茶的心情。"

"人的一辈子，烦心事常常有，一个一个扛过去便是，千万不能自贻伊咎，自寻烦恼。"

王百川摇头，说："哪有自贻伊咎的闲工夫，官差都应付不过来。"

"水能载舟，亦能覆舟，让管政府钱匣子的人烦恼，一定与钱有关吧？"

"正是。这几年，战乱无止无休，钱号收入虽然每年都有增长，但是增长幅度远不及军费增幅。去年省财政用于军费的支出将近一千一百万，而今年还未到年底，已经花出去一千三百多万元。眼下关内战事稍有停息，暂时没有催款电报了，但是我们钱号还是连喘口气的时间都没有，上上下下又在为如何广开财路，为日后庞大的军费开源而忙碌不已，疲惫不堪。你想，全省每年收入的三分之二都用在了军费开支上，倘若能把军费减少一半，能干多少改善民生的大事啊。每次想起这件事，我都有一种负罪之感。韩校长，您认为，破解困局的希望在哪儿呢？"

"自然是彻底消除军阀分治，实现国家统一，才能结束战乱。但是从当前局势看，实现目标遥遥无期。"

"目前奉军与北伐军已经停战，您认为，双方再开战端的概率有多大？"

"百分之百。"韩校长肯定地说，"广东国民政府发动北伐的最终目的，是推翻张大帅和吴佩孚把持的北洋政府。遗憾的是北伐军在连克长沙、武汉、南京、上海等地，取得阶段性胜利之后，前后发生了蒋介石与汪精卫的'宁汉分裂'、国民党与共产党的国共分裂，两大变故阻滞了北伐进程。但这种迟滞是暂时的，据传，蒋介石与汪精卫已经有重新和好的迹象。我估计，战火再起，为期不远。上头让你们钱号加紧筹款，说明张大帅已经坐卧不宁，寝食难安了。"

"如果再打起来，您认为前景如何？"

"战火硝烟之下，什么情况都有可能发生和改变，不好预测。"

"是啊，世事难料，战事更难料。我从报纸上看到，共产党在江西、湖南、广东，都发动了武装起义，势力越来越大，张大帅要应对的，不仅有北伐军，还有共产党。张省长曾经多次提起，共产党动员民众的能力不容小觑。我记得去年你跟我讲过，要深入了解共产党，最好请教你们学校的马老师。'五卅惨案'发生以后，在声援上海的集会上，我有幸聆听了马老师的演讲，真是激动人心，至今难忘。那位马老师今天在吗，能不能帮我引见一下？"王百川今天不知为什么，突然产生了想见马老师的冲动。韩校长遗憾地说："晚矣，马老师去年八月份就走了。"

"去哪儿了？"

"有人说他去了哈尔滨，也有人说他去了苏联，具体去向不得而知。"

"太遗憾。我整天瞎忙，错过了一个结识精英贤达的好机会。"

"您讲的是真心话？"韩校长问，"马老师是共产党，多少人对共产党人避之唯恐不及，您就不怕沾上赤色？"王百川答："我早就给自己定下规矩，一生皈依佛教，不加入任何党派。之所以愿意结识持各种政治观念的社会贤达，只因为我是商人。经商成功有两大重要因素，一是抓住机会，二是规避风险，通过与不同界别的人士交流，有助于扩大眼界，增长阅历，捕捉信息，拓展思路，取长补短，发现商机，何乐而不为？"

"我也是你利用的一个？"韩校长笑着问。

"哪里，在我的心目中，您就是我的老师，咱俩是师生加朋友，关系非同一般，不可与他人相提并论。"

"既然是师生加朋友，我就不谦虚地当你一回老师，提醒一句，日后最大的风险不仅是关内战事，还有日本人的得寸进尺，咄咄逼人。据悉，日本人已经向张作霖提出交涉，要求由日本方面全权新修敦化至图们、长春至大赍、吉林至五常、洮南至索伦、延吉至海林的五条铁路。这五条铁路往北经索伦能通苏联，往东过图们与朝鲜接壤，往南直达关外，如果五条铁路都建成，加上原有的南满铁路，东北就全部沦落在日本关东军的控制之下。日本人的险恶用心，昭然若揭。"

"这件事我也听说了，张大帅能答应吗？"

"只能拭目以待。但是不论结果如何，日本人蚕食我东北的胃口越来越大是不争的事实，这才是最严重的危机。"

"内忧外患，什么时候才能有一个民主、清平的世界？"

"有希望。我相信我们这一辈人能看到那一天。"韩校长坚定地说。

放置在门边桌子上的电话机响了，韩校长走过去接听，是钱号张文举副总经理打过来的，找王百川。王百川接过电话问："你怎么知道我在韩校长这儿？"张文举回答："吉林市没有屁股大，你常去的地方有限。快回来吧，张大帅特派的驻省督办专员来了，训斥我们收粮筹款不力，是奉吉黑三省最差的，现在正气哼哼地坐在会客室等着你呢。"

"好吧，你先伺候好那位爷，我马上回去。"

"怎么，有急事？"韩校长问。

"嫌我们收购大豆不够多，军方兴师问罪来了。"

"好应付吗？"韩校长关心地问。

"这些狐假虎威的东西，不过是想借机在私底下捞好处，肥私囊。回去先毕恭毕敬地听督办专员臭骂一通，让他把表面文章做足了，回头再酌情打点，暮夜先容，漫天云彩就都散了。"

韩校长淡然一笑："军阀妄为，官员腐败，他们这是给自己挖坟墓呢。"

二十

一九二八年六月四日清晨，日本关东军在皇姑屯附近的京奉、南满铁路交会处的三洞桥下，预置炸药，炸毁了"东北王"张作霖乘坐的专列，张作霖伤重身亡。关东军对持不合作态度的张大帅早已忍无可忍，恨之入骨，终于恼羞成怒，暗下杀手。一时间，东北大地，风声鹤唳，阴云密布。

突如其来的惊天大难震惊中外，东北一时间群龙无首，辅帅张作相忙得无暇顾及吉林省政务，全身心扑在奉天，协调军政要员，稳定局面，积极拥戴少帅张学良接管东北军政大权。在张作相的全力举荐下，张学良就任东北保安总司令兼奉天省军务督办及东北政务委员会主席。

九月的一个星期一，张文举喜滋滋地来办公室找王百川，进门就说："昨天我儿子满月，我办了满月酒，钱号的同事凑了两桌。我怕你嫌人多，太闹腾，没通知你。今天晚上得闲吗？方便的话，我专门请你喝酒。"

"这个喜酒要喝。你盼儿子盼了好几年，终于如愿，应当祝贺。"

"说好了，下班以后，聚福楼。"

节气已过白露，随着日落，寒气袭来，街上随处可见准备迎接秋收的迹象。聚福楼里，灯火通明，王百川和张文举坐在一个僻静的小包间里，桌子上摆着六盘小菜，一壶白酒。王百川从手提包里取出一个精致的红绒布面礼盒，里面是一枚金镶玉的长命锁，说："送给你的小宝贝，百日那天戴上。"张文举说："却之不恭，收下了。咱俩同饮一杯，同时代表我夫人，谢谢你。"王百川端起酒杯，喝干了，说："老同事，好朋友，谢啥。你儿子今年出生当属龙，不错。今年是辰龙之年，五行归土。土龙命的人，有孝心，聪明，慷慨，才气高，善理财，日后长大了，或许能像你一样，当个银行家。"

"我可不认为自己是什么银行家，充其量是个账房先生而已，过路财神，提线木偶，个人有再大的抱负，难以实现。"

"不，等你儿子长大立业是在二十几年之后，到了那个时候，世界进步到什么样子谁能讲得清。拿你我来说，十六年前还是大清皇帝的子民，如今却是民国政府的国民了。你能预计，咱们这辈子还能经历几次一夜之间改朝换代的事情吗？世风倾向西化，倾向民主，下一代的前程一定比咱们好。"

张文举为王百川斟酒、布菜，说："论起改朝换代的事，你听说了吗，奉天城里有人传言，少帅张学良有意归顺南京政府，奉天的大街上，已经有学生上街游行，公开呼吁督促张学良改旗易帜。"

"前些天张省长回来，我问过，他说商议过易帜的事情，但是情况复杂，又有日本人干扰，还没有定论。"

"日本人当然不赞成，假如张少帅宣布东北彻底与民国政府切割搞独立，今后日本人就能当张学良半个家。"

"你在奉天的人脉比我广，消息多，你判断少帅可能会怎么做？"

张文举把玩着手里的酒杯，说："按我分析，少帅下决心易帜的面儿大。"

"理由呢？"

"首先，奉军经过去年和今年上半年跟北伐军的两场大战，损兵折将，军事实力顶不住蒋介石、冯玉祥、阎锡山三股力量联合的北伐军，经济上也无力再打下去。第二，关东军咄咄逼人，张少帅要想扛住日本人的压力，单打独斗肯定不行，必须借助国民政府的力量。第三，张少帅受新思想影响比较深，他的思路与老一辈完全不同，他认同孙文先生倡导的三民主义。两利相权取其重，除了改旗易帜这条路，他还能往哪儿走呢？"

"既然是大势所趋，咱钱号就该早做准备，尽可能多地存积银元，东北一旦易帜，银元与吉大洋的比价定会大涨。"

张文举一笑，说："你这脑子里想的都是怎么赚钱，难怪你家的买卖做得那么大。眼前有桩小生意你做不做？"

"什么生意，讲来听听。"

"就在嘴边上，易帜。易帜是什么？换旗呀，五色旗换成民国旗。民国旗上哪儿买去？我听说奉天城里学生游行请愿，要求少帅易帜。学生的游行队伍经过哪里，就把沿途商家门前挂的五色旗扯下来，要求改挂青天白日旗，否则不准许营业。大多数商家没有民国旗，有的被迫暂时关门，有的找白布或白纸画一个，贴到门上应付。奉天城里闹成这样，咱东北其他几个大城市的学生，难道不会有样学样？一旦少帅决定易帜，政府机关、军队、商家，民国旗的需求量就更大，多好的商机啊。"

王百川想了想说："这种事情理应官办，由政府出面安排定制或采购。你应当把这项建议跟刘总办和赵帮办提一提，他们若是同意，咱们就可以安排钱号附属的印刷厂和绸布庄做这笔生意。"

"我才不去找挨骂。"张文举拒绝说，"鼓动易帜，有叛逆之嫌，他们两个才不会同意。"

"既然发现了商机，你自己为什么不做？"

张文举无奈地说："我没有能力，既没有厂子，也没有资金，我要是有你王总经理的实力，早就下手了。"

两人又碰了一杯，王百川说："从哪个角度来看，这笔生意虽然不大，但好处是只赚不赔，东西自己做出来或者采购进来，一旦易帜成功，东北就有大市场；易帜不成，还可以把货返销到关内去。决定了，我来干，盈利了跟你分成。"

话语投机，两人喝到很晚才散席回家。

果然，没过多久，吉林市、哈尔滨市、长春市的学生们纷纷上街游行请愿，督促东北改旗易帜。吉林省学生联合会组织起吉林市的省立一中、毓文中学、法律专科学校、女师专等七八所学校的师生，在省议会大院内集会，之后又游行到省督办公署。游行的学生高举青天白日满地红的中华民国国旗，高呼"打倒帝国主义""反对内战，全国统一"的口号，沿途张贴标语，散发传单，撕毁商家门口悬挂的五色旗。一场游行，带火了王百川家的佰德祥绸缎庄——全市唯一销售民国国旗的商铺。

一九二八年十二月二十九日，张学良向全国发布通电，宣布东北易帜，归顺南京政府。电文中称："自应仰承先大元帅遗志，力谋统一，贯彻和平，已于即日起宣布，遵守三民主义，服从国民政府，改易旗帜。"

顺应易帜，吉林省的军政机构做了相应变动，行政方面，撤销省长，改为政务委员会主席，由张作相任主席；军事方面，成立东北边防军副司令长官公署，张作相任副司令长官，熙洽任中将参谋长，主持公署日常工作。

熙洽的权力比过去更大了，王百川有了不祥的预感。

转年，正月十五元宵节这一天，张作相力推的吉林市自来水工程，终于迎来正式通水。通水仪式的冷餐会上，嘉宾云集，张作相亲临现场祝贺讲话。王百川看到，张作相的脸上，露出了一年多来难见的笑容。讲话毕，张作相手持香槟酒杯，走向嘉宾席，逐一与大家碰杯共贺，参谋长熙洽和负责自来水管理的省议会贾副议长跟在后面。当张作相来到王百川的面前，对贾副议长说："自来水工程能够顺利完工通水，有吉林永衡官银钱号的一份功劳。百川，辛苦了。"王百川说："刚刚喝了用自来水泡的茶，味道果然不同。都说吃水不忘挖井人，咱吉林人今后要说，吃好水不忘张主席。"众人都随奉着说："对啊，讲得好。"张作相朗声大笑，走过去与他人碰杯。熙洽走到王百川面前，说：

"王总经理不简单哪，听说去年易帜的时候，全市的国旗生意都被你王家做了，连政府安排由商会统一采购的合同，都落到王家手里，赚了不少吧？"王百川说："让熙洽参谋长见笑，我家的铺子恰巧在宣布易帜之前进了一批货而已，有幸赶上了。"

"恰巧能赚到政府的钱，功夫下得深，佩服。""恰巧"两个字，熙洽说得很重。

"不敢，百川还要靠熙参谋长发财。"

熙洽微笑着走过去了，那笑容，让王百川感到全身一阵发凉，他不知道那笑容的背后隐藏着什么，是否因为这笔国旗生意，自己要倒霉了？他听说，熙洽是坚决反对东北易帜的一派。熙洽是满族人，爱新觉罗氏，他认定，东北的事情应当由东北人自己来管，改旗易帜，就是弃祖背叛。

几个月平静地过去，王百川担心的事情，一件也没有发生。

这一天上午，齐明科把一份新报纸送到王百川办公室，上面刊有中东铁路战事的新消息。

自从少帅张学良宣布以武力收回苏联对中东铁路的部分管理权，苏联远东特别集团军与东北边防军在几个地点相继开战，据说苏联军队强悍善战，战况惨烈。王百川问齐明科："怎么样，有好消息吗？"齐明科答："没有，看来形势很不乐观。"王百川接过报纸，齐明科从书架上取过黑龙江省地图，在办公桌上摊开，上面用红笔醒目地标出了中苏双方军队接触的几个点。这时，张文举敲门进来，说："总经理，有贵人来访。""谁？""牛家大公子，牛翰章。""他来了，有什么事？""他说打算申请一笔贷款。"

王百川的眼睛没有离开地图，说："贷款的事，你和信贷股长跟他谈就行，我就不见他了。"

"不行。"张文举说，"牛翰章提出的拟贷款额很大，我做不了主。"

"他想贷多少？"

"几十万吧。"

"几十万？没听错？"王百川抬头，睁大了眼睛问。

"是的，几十万。他和带来的孙掌柜在会客室等着你呢。"

"走吧，过去看看。"张文举和齐明科跟着王百川走出办公室。还没走到会客室，从钱号大门又进来了两个人，迎面向他们走来，二人皆西服革履，腋下夹着公文包，其中一人与齐明科四目相对，脸上现出惊讶的神色。没等对方开口，齐明科抢前几步，大声问："乔本君，是你吗？"对方回答："是我。没想到东京一别数年，今天在这儿见到了。"张文举问："小齐，这么熟识，这位先生是谁呀？""是我在东京留学时的同学，乔本三友。乔本君，我还没问，你什么时候来中国的，在哪儿高就？"乔本三友答："刚来三个月，在正金银行长春分行任职，今天是第一次来贵号联系业务。"齐明科说："乔本君，我给你介绍一下，这两位是我们吉林永衡官银钱号的总经理王百川，副总经理张文举。"乔本三友恭敬地鞠躬，说："认识二位十分荣幸，日后请多关照。"王百川说："既然遇到了老同学，小齐你就陪着他们办事去吧。"

齐明科兴奋地陪着老同学走了，王百川和张文举来到会客室，牛翰章和孙掌柜起身相迎，然后分宾主坐了。王百川问："你父亲身体可好？听说翰章来此是要谈申请贷款业务，准备做什么大买卖，需要那么多钱哪？"

牛翰章满脸倦容，但仍不失风度，西装齐整，皮鞋锃亮，刚吹过的头发熨帖自然，身上散发着淡淡的香水味。他搓着双手说："家父还在北京，最近几个月没回来，他老人家体格、精神头儿都好着哪，谢谢王叔惦记。讲到贷款，我也是跟孙掌柜权衡很久，才下的决心。想必您也有耳闻，近几年我们牛家的生意一直不顺，'升'字号的店铺已经兑出去好几处，急得我天天睡不着觉。老爷子交给我的家业，不能被我牛翰章越做越小，必须找机会做几笔大买卖，打翻身仗。"

"看来你发现大的商机了，是什么？"王百川问。

"当然是大豆，日本人、欧洲人最欢迎的硬通货。"牛翰章坚定地回答，"前两年，咱东北的大豆生意都被你们永衡官银钱号垄断了，民间商人想干根本插不上手。今年不同，少帅归顺南京，放手了大豆市场，这不就是我牛家大展身手的好机会？"

"你打算做期货还是现货？"张文举问。跟着牛翰章来的孙掌柜答话："我家大少爷说了，倾全力，期货现货一起做。"

孙掌柜是牛翰章最信任的人，牛家几十处"升"字号买卖，都由他负责日常经营，在牛家讲话颇有分量。

"计划需要多少贷款呢？"张文举又问。牛翰章回答："五十万起步，上不封顶，能贷多少贷多少。"张文举说："我们永衡官银钱号的规矩，押百借四，贷期不超过六个月，就是说，贷款四十块，需要有一百块钱的抵押物。您打算用什么做抵押？"

"牛家的全部买卖和房产，够不够？"牛翰章毫不犹豫地回答。张文举说："用不动产做抵押，需要先进行资产价值评估，然后才能按押百借四，计算出可放贷额度。"

听说牛翰章要倾全部家当做抵押贷款，王百川心里暗暗吃惊，半天没说话，他慢慢地喝了一口茶，问："翰章，这件事，我子厚大哥知道吗？"

"家父几年前就委托我全权经管牛家买卖，自从我接手之后，日常经营不论赔赚，他都很少过问，这回，我也不想惊动老爷子。"

"这回不同以往，你要动牛家全部基业，非同小可。商场无情，你还是回去征求一下他的意见为好。"

"多谢王叔关照提醒，这件大事我肯定要跟老爷子讲，但是怎么讲，我还要琢磨琢磨，咱们还是继续商议贷款的事情吧。"

显然，牛翰章心意已决，王百川便说："如此大额贷款，不仅要做不动产价值评估和公证，还需要有担保人。保人你找好了吗？"牛翰章显出无奈的表情,说:"在咱吉林市,有实力为我牛家担保的,首推你们'四大川'。不瞒您说,我来此之前,找过郭家、关家、金家,就是没找你王家,他们三家都婉言拒绝,说是数额太大,爱莫能助。我心里明镜似的,他们是等着看我牛翰章的哈哈笑。"孙掌柜说:"不然,他们也许是对你的非凡魄力怀有嫉妒之心呢。王总经理,我们虽然找不到合适的担保人,但是牛家的声誉价值连城,凡是东北人哪个不知谁人不晓。牛家买卖横贯东三省,遍及京津唐,凭牛子厚的金字招牌和上千间房产做抵押,竟然在钱号贷不来款,岂不令商界同仁耻笑?今天您若是不应了此事,让大少爷和我怎么跨出钱号这道门槛子?"

"既然话说到这个份儿上,我只能勉为其难。鉴于无人做保,没有先例,贷款利息就要相应提高。本号发放一般性商业贷款,最低利息月九厘,最高一分五厘,你的这笔贷款,要在最低基础上加三个点,月息一分二厘。"

"没问题,王总经理给面子,我应了。只要买卖做得成,区区利息不足挂齿。"牛翰章爽快地回答。孙掌柜阻拦说:"大少爷,一分二的利息太高了,王总经理可否降两个点?"牛翰章摆手说:"不必。听王总经理还有什么要求。"王百川说:"贷款合同上缺少保人签字,证人签字再不能缺。见证者最少五位,你们找两位,钱号找两位,再加一个公证人。另外,刚才说的,只是我个人意见,兹事体大,回头还要向刘总办报告,如果总办认可,就安排资产评估的相关事宜,你们要积极配合。"

"好,我们这就回去静候佳音。贷款这种买卖,借贷双方均有利可图,我相信刘总办不会阻拦。"话说完,牛翰章和孙掌柜起身往外走,孙掌柜说:"请王总经理和文举兄弟再考虑一下利息的事,尽可能往下降一降,日后咱们两家的日子还长着呢。"张文举说:"低头不见抬头见,我们会认真考虑,恰当从事的。"

王百川和张文举送牛翰章和孙掌柜到钱号大门口,牛翰章回头对王百川说:"您向刘总办汇报的时候可以转告他,我已经跟日本和德国的进出口商谈妥了，大豆，我有多少，他们就买多少，只等贷款到位，我就把收来的大豆装火车往大连港拉。货源充足，买家可靠，尽可放心。还有，王家可别抢我牛家的生意啊。"

二十一

　　牛家倾囊贷款，在吉林永衡官银钱号董事会内部引起不小的震动，但是最终还是获得了批准。这些事情，帮办赵乾宇已经不关心了，因为他的付出终于有了回报，荣厚签发一纸调令，把他调到省财政厅担任厅长助理。这个职位，赵乾宇虽然并不是十分满意，他的目标是副厅长，但是他相信，金钱开路，鬼神无阻，凭借与荣厅长日益热火的私人关系，不愁没有再往上爬的机会。总务处关处长特别组织了一场欢送酒会，钱号副股长以上人员以及钱号设在吉林市的附属业负责人尽数参加。

　　酒会摆在了邻近副司令长官公署的军人俱乐部，此地厅堂宽敞，装修高雅，中餐西餐日餐兼备。赵乾宇今天身着崭新的中式便装，容光焕发，与前来敬酒祝贺的人频频碰杯，喜滋滋地接受着或真或假的颂美之词。王百川来晚了，他在办公室等着接听上海分号的长途电话。据外电消息，美国纽约股市已经连续暴跌三天，汇市也受到波及，美欧市场人心惶惶。上海是外资银行的集中地，处于中国国际金融市场的最前沿，是中国金融市场的晴雨表，来自吉林永衡官银钱号上海分号的信息至关重要。上海分号经理报告说，今天美国股市开盘依然是下跌趋势，业界普遍预期悲观，外资银行已经有抛售黄金白银的迹象。听到这些消息，王百川紧张起来，他立即给总办刘恒打电话通报情况，刘恒也在办公室里急等来自上海的消息。

王百川赶到军人俱乐部的时候，酒会已进行到一半，多数人面红酒酣，个别酒量小的人已出现醉态。赵乾宇今天的酒没少喝，脸色涨红，头发凌乱，他用白丝绸手帕擦着额头上的汗，对刚进门的王百川嚷道："王大忙人，你可来了，罚酒！"王百川抱拳拱手道："对不起，等上海的长途电话，来晚了，我先敬您一杯，然后自罚三杯。"

"不行，你先自罚，然后再敬。"赵乾宇招呼总务处长，"老关，给你们的总经理换大杯，小齐，拿酒来，满上！"

王百川脱下外套，侍者接了过去，这时，餐厅门又开了，刘恒满脸怒气地走进来，他浓眉紧锁，手指着众人说："美国股市已然狂跌四天，大有崩盘趋势，你们这些肩负政府重任之人，还有闲心在这儿花天酒地。立即散席，各部门回去连夜起草危机应对预案，明天上午开会讨论！"

酒会不欢而散，王百川如释重负，他从心底不愿意参加这场祝贺闹剧，但是赵乾宇毕竟曾经是钱号的帮办，日后官居财政厅，还要继续与之打交道，不能得罪。

刘恒一怒，王百川避开了一场酒，王百川走到意犹未尽的赵乾宇身边说："今天的欠账先记着，找时间我给您补上。"

"好啊，我这个人，大事记不得，酒账忘不了，等着你啊。"赵乾宇在小齐的搀扶下，趔趄着走了。

赵乾宇调任财政厅一个月之后，经张作相提名推荐，王百川升任吉林永衡官银钱号帮办兼总经理。

由王百川补任钱号帮办一职，荣厚感到很意外，他曾经跟熙洽私下商议过，提出了他们信任的两个人选，但是省公署开会一讨论，张作相坚持选用王百川，其他人便无法开口。荣厚的如意算盘落空了，搞得他心里很不痛快。

王百川自从坐上帮办兼总经理位置的那一刻起，日子就十分不好过。美欧陷入新一轮经济危机已成定局且迟迟不见底，邻国日本也受到严重波及，日元持续贬值，日本国内农产品大幅度降价，进出口停滞，工厂接连倒闭，大批工人失业。受美欧日经济危机影响，国内市场也陷入混乱，报纸上、广播电台里，每天都有令人心惊肉跳的坏消息。首先受到冲击的是东北地区的农业，粮价大幅跳水，尤其是年产量百分之八十用于出口的大豆，跌价惨烈，降幅接近百分之四十，粮农陷入卖得越多亏得越多的两难境地，大量粮食积压，无人问津。面对经济危机的狂风暴雨，王百川和钱号全体职员，使尽浑身解数，左推右挡，闪展腾挪，疲惫不堪。好在永衡官银钱号自身不仅具备银行功能，还经营着涉及行业广泛的大量附属实业，可谓东方不亮西方亮，好歹暂时落个平安，未伤及筋骨。

这一天刚上班，张文举例行到王百川办公室碰头，张文举说："牛家已经两个月没按期结付贷款利息了，怎么办？"王百川问："催过牛翰章吗？他怎么说？"

"他说，日本经济危机，进出口停摆，他家原计划出口的大豆，有的到了横滨港卸不了船，还有的堆在大连港发不出去货，他也无计可施。"

"再看两个月，或许形势转好，如果不行，再做最坏的打算。"

晚上，王百川回到家里，表哥夏殿臣已经在餐桌前等着他，夫人梁氏端来了晚饭。夫人问："烫壶酒吗？"夏殿臣说："不喝了，最近经常头疼。"王百川问："这几个月闹心事忒多，愁的吧？"

"小菜一碟，跟你操的心比起来，不值一提。"

简单的晚饭吃毕，二人移步书房喝茶。夏殿臣说："国外这场经济危机忒邪乎，弄得市场一片哀号。咱家那些地，多亏黄豆种得少，不然也跟其他人家一样，想哭丧都找不着坟头。"

"我现在最担心牛家，不管今后几个月经济形势能不能好转，他家的大豆出口生意，大亏铁定无疑。"

夏殿臣说："牛家这几年真是走了背字，他们家要烧香，佛爷掉脸不给脸儿。像牛家这样在东北首屈一指的大户都难过，普通人家更过不下去。市场上黄豆价钱跌得不成样子，平均算下来，一垧地收来的黄豆，去年能赚四十来块钱，现今要亏十多块，身上没背债的还好说，那些个年初靠借债种地的，卖黄豆的钱不够还账。听说有的地方，惨到把卖不出去的黄豆当柴火烧，作孽呀。"

王百川皱着眉头说："这场危机何时才能结束，谁也讲不清楚，但是危机归危机，生意还要继续做下去，粮豆市场暂时萎缩，咱们可以减少种植面积，均衡配置粮食品种比例，避其锋芒。这次吉黑两省比奉天省的损失大，吃亏就在大豆种得太多，全省四成以上耕地种大豆，危机来了，无力回旋，元气大伤。除了粮食，在其他领域要寻找有利机会。据可靠消息，这次经济危机对日本缫丝产业冲击很大，很多工厂破产，日本生丝和丝绸的价格比国内江浙一带的产品便宜两到三成，而且还有继续下降的空间。你瞅准时机，抢先进口一批日本生丝和丝绸，暂时销不完，囤积起来也有利可图。还有，当前日元贬值，咱们可以利用这个时间窗口，采购日本的先进榨油机，把咱家油坊的老机器淘汰下来，待将来市场形势好转，用质量更好的豆油和更大的产量，杀他个回马枪。"

"好，这个主意太好了，我抓紧去办。"

"还有，黄金和白银价格后续依然看跌，通知各当铺大柜，金银当品估价，注意把握分寸。"

"知道了。"

经济危机来临，钱号内部格外紧张忙碌，相比之下，文书股不涉及钱号的实体业务运作，齐明科的压力不是很大，加班不多，下班之后有更多的自我支配时间。这一天下午，齐明科接到电话，老同学乔本三友又从长春过来吉林了，约他晚上喝酒，齐明科爽快地答应了。

自从那日齐明科与乔本在钱号意外碰面之后，两个人的来往从未间断，且越发频繁，乔本每个月都来吉林两三次，来了就要见面品茶喝酒。今天，两人选择的地点依然是乔本三友非常喜欢的松菊屋，这是火车站附近的一处日本酒馆，此处不仅可以喝酒，还有日本艺伎相陪。

松菊屋黑瓦盖顶，原色木窗木门，屋檐下挂着八盏红灯笼，门前挂着两幅紫布门帘，两幅门帘上分别印着"松"字和"菊"字，门前地面平整干净，与相邻店铺门前的杂乱无章形成鲜明对比。齐明科赶到的时候，乔本三友已经在一个隔间里等着他了。齐明科脱鞋进去坐下，乔本笑着说："老兄，今天我要送给你一份惊喜。"

"什么惊喜，带来好酒了？"

乔本三友不答，拍了两下巴掌，隔扇门被轻轻地拉开了，里面坐着一位美貌的艺伎。乔本三友问齐明科："你仔细看，她长得像不像咱们班的同学，秋山千美？"齐明科定睛细瞧，惊呼："哇！真像，如果洗去脸上的粉妆，就是活脱的秋山千美。"乔本招手，那位艺伎轻盈地走过来，坐在齐明科的旁边，身上散发出的脂粉香气，令齐明科悠然欲醉。齐明科问："姑娘的艺名叫什么？"艺伎回答："先生既然喜欢千美这个名字，不妨就叫我千美吧。"乔本三友说："还记得吗？大学的第二年，你、我和秋山千美去富士山下赏樱、野餐，那种惬意，至今记忆犹新。"

"是啊，那几年的生活真美好。千美姑娘温柔善良，聪慧可人，我一直暗恋她，可惜没有胆量开口表白，被班长抢先夺爱了，难过得我几天没心思听课。"

"你哪里是暗恋！"乔本嘲笑说，"你频频向千美套近乎献殷勤，谁看不出来？好了，在日本没得到的心上佳人，如今我帮你满足。"

"多谢乔本君关心，为了千美姑娘，我也要多敬你几杯。"

不多时，酒菜端上来，乔本三友对千美说："今天你不用弹琴唱曲，陪着我们兄弟俩喝酒，尤其把齐先生陪好就可以了。"

这一晚，三个人的酒喝了很多，喝到兴处，千美姑娘离开了一会儿，再回来时，脸上的粉妆已经洗去，换成了淡妆；高盘的头发解开，瀑布般披散在肩上；敞开的和服领子里露出白嫩的脖子和酥胸，身上喷过好闻的香水，模样更加妩媚动人。乔本把酒壶里剩下的一点酒全部倒进齐明科的杯中，硬着舌头说："明科，明天下午我就回长春了，千美姑娘在中国没有亲人，今后你要多多照顾她呀。"齐明科说："没问题，从今天起，千美就是我妹妹。我齐明科在政界军界都有熟人，在吉林市的地面儿上，没有人敢欺负她。"

自从认识了千美姑娘，松菊屋就成了齐明科下班以后经常光顾的地方，他不为了喝酒，只为与千美姑娘说话。千美善解人意，温柔有加，两人在一起谈幼年，谈日本，千美更愿意听齐明科讲工作方面的事情，她说自己没学过金融，银行业对她来说充满神秘感，齐明科便尽量满足她的要求。这样几个月过去了，其间乔本三友又来过吉林几次，三个人喝酒聊天的气氛已然不分你我。这一天，乔本三友又来了，特别提出晚上见面时，要给齐明科引荐一位重要朋友。齐明科下班以后没耽搁，骑上自行车直奔松菊屋，他本打算在乔本三友到来之前，跟千美姑娘多说几句话，没想到今天千美姑娘没上班，据松菊屋老板说，她身体不舒服，请假休息，让齐明科很失望。

没等多久，乔本三友陪着一位长者到了，齐明科起身相迎。那位长者身穿深色条纹西服，头发灰白，戴着一副黑框眼镜，目光深邃，鼻子下面蓄着整齐的胡子，气度不凡。三人对面坐下，乔本介绍说："齐君，我郑重介绍，这位是京都帝国大学著名教授井田东吾先生，他在经济学研究领域造诣颇深，他的很多学生，在国内政府部门或银行系统担任要职。这次，井田教授参加了国家派出的参谋旅行团，来中国东北地区进行综合经济考察。当他听说我有你这样一位同行、同学、好朋友，很想与你相识，并希望跟你探讨今后合作的可能性。"井田东吾点点头，没有说话，齐明科站起身，鞠躬说："认识学界前辈是我的莫大荣幸，请井田教授日后多多教诲，关照，提携。"井田东吾微笑说："你这位同学果然英俊，很高兴相识，也希望得到你的帮助。"齐明科说："乔本君，今天你能带贵客来，我脸上有光。今天我请客，请点餐吧。"乔本三友客气了一番，最后还是同意由齐明科做东。三人点齐了酒菜后继续说话。

齐明科问井田东吾："井田教授，敢问您此次随同参谋旅行团来东北考察，主要想考察哪些方面的情况呢？"井田东吾说："日本国人皆知，中国是日本的重要邻邦，而中国的东北地区是其中的重中之重。日本国土面积相对较小，其中山地就占百分之七十以上，可耕地和矿产资源有限，很多粮食和基础性原材料需要依赖进口，东北则是日本进口粮食和原料的重要产地。近几年，帝国每年进口豆类的百分之七十六、进口煤炭的百分之六十四、进口生铁的百分之四十六，均来自于东北。东北地区还是帝国产品的重要销售市场，其中机械产品的百分之三十七、百分之十二的棉织品和纸张、百分之十四的白糖，都是输往东北。向东北地区出口的贸易额占日本总出口额的百分之八以上。东北更是国际资本的重要投资地，因此，东北地区的经济情况与日本的发展息息相关，我们必须全面准确详尽地了解东北，以制定帝国的发展战略和规划。"

"这次综合考察责任重大，意义深远，唯有井田教授这等学界泰斗，才有资格担此重任。"乔本三友感叹说，"我也为有幸加入其中，深感荣幸。当然，也诚邀你，加入我们的研究团队。"

齐明科一时愕然，问："邀我加入？我能做什么呢？"井田东吾答道："在国家经济体系运行中，银行是不可或缺的重要角色，其重要程度不言而喻。我了解到，中国东北地区的银行运作体系及货币制度与日本有很大的不同，我想通过你，对吉林永衡官银钱号的运营情况做详细了解与分析，你加入我们的研究团队，共同完成综合调查报告。"

"我在永衡官银钱号担任的职务是文书股长，对钱号日常经营业务接触不多，恐怕难以胜任。"齐明科为难地说。乔本插话道："不然，我听千美姑娘跟我说，你给她讲过很多你们钱号内部的事情，很有价值，你只要按照井田教授提出的研究材料清单，为我们提供文件材料就可以了，你在文书股，有职位优势，不难做到。"

听到乔本提起千美，齐明科的心里一惊，顷刻间，他明白了乔本三友与千美姑娘之间的关系，原来他与千美之间的谈话内容乔本都知道，不禁有些后怕。看到齐明科的脸上露出犹豫的神色，乔本三友说："明科老兄，参加井田教授的研究团队，可是打着灯笼都难找的好机会，千载难逢，不仅有助于你业务能力的提升，今后完成的调查报告上，你齐明科的大名跃然纸上，那是多么荣耀，咱班同学要是看见了，非羡慕死不可。别犹豫了，参加，有什么困难我帮你。"井田教授也说："我的研究课题，有国内大财团提供经费支持，数额可观。你如果参加，亦可受益。"齐明科说："容我再考虑一下，喝酒吧，谢谢乔本君让我认识了井田前辈。"乔本三友说："好，喝酒，预祝我们的合作早日成功！"井田东吾也端起酒杯，对齐明科说："明天我就把需要材料的清单交给乔本，相信你的能力和判断力不会让我失望，干杯！"

二十二

　　西方国家的经济危机如同极地崩塌的巨大冰山，轰然垮塌，激起滔天巨浪并引发全球海啸，洪水所及之处，房倒屋塌，生灵灭绝。牛翰章倾巨资收购的大豆，陷入无人问津的地步，很多滞留在港口的大豆，因长期缺乏管理而变质腐烂，不得不推进大海。曾经寄托着牛翰章全部期望的出口生意，亏损得一塌糊涂，不可收拾。眼看为期六个月的抵押贷款即将到期，他急得眼窝深陷，嘴角起燎泡。贷款无论如何是还不上了。他让孙掌柜给钱号张文举打电话，申请宽限，延期还款。张文举说自己做不了主，来请示王百川，王百川说："美欧日发生经济危机属于不可抗力，牛家暂时还不了贷款，并非主观故意，可以考虑再宽限他们两个月。"

　　两个月的时间转眼间就过去了，国际经济形势非但未见好转，反而愈发恶化，美国、日本及苏联以外的欧洲国家一片混乱，银行倒闭、工厂停工、商人破产、工人失业、物价跳水、货币贬值，愈演愈烈，牛翰章彻底无力回天。牛家偌大的三进宅院里，出奇寂静，一大家子人都清晰地预感到，牛家大祸临头了，衰败破产的恶魔，正在头顶上虎视眈眈。孙掌柜对一直闷头抽烟的牛翰章说："大少爷，咱不能束手服输，得抓紧想辙呀，贷款延期的两个月时间，眼见就要结束了。"

"永衡官银钱号来人催了吗？"牛翰章问。

"没来，可是明天后头他们来不来人，就难讲了。"

牛翰章叹了一口气，说："没来人催账，是钱号给咱牛家留面子。伸头是一刀，缩头也是一刀，看来无论如何这一关是过不去了。"孙掌柜说："实在不行，不妨请老爷子出山，跟熙洽参谋长商量，请熙大人向永衡官银钱号施压或是讲情，免了这笔抵押贷款，不然按照合同约定，全部家产被钱号没收，牛家可就再无翻身之日。"

"熙参谋长官居高位，不知道他肯不肯屈尊为咱家通融。如果拒绝，连我爹的面子都丢尽了。"

"我琢磨熙大人不好意思拒绝，他不是一直惦记着要娶咱家淑章姑娘做他家的儿媳妇吗？为未来的亲家帮忙办事，情理之中。"

"事到如今，死马当活马医吧。"牛翰章勉强同意了。

牛家贷款逾期，已然成了钱号上下皆知的话题，如何处理，均拭目以待，王百川感到了从未遇到过的压力。牛家不仅是吉林首富，更以慈善著称，在吉林市老百姓心中的分量无人可及。在私人关系方面，王百川从来都把牛了厚当兄长看待，尊敬有加，如今牛家有难，于公于私，他都不愿意看到最坏的情况发生。今天上午，他刚刚跟总办刘恒通过电话，请示应当如何处理此事，刘恒说："国有国法，家有家规，钱号的立身之本就是信用二字。你是帮办兼总经理，该怎么办，自己拿主意。"放下电话，王百川坐在椅子上沉默许久，头脑中设想着各种可能发生的事件，这时，听到从窗外传来一阵汽车声。过了一会儿，齐明科急匆匆跑进来说："总经理，熙洽参谋长来了，已经进了会客室。""是吗？他来了，快去喊上张副总经理，跟我一起接待他。"王百川安排完，整理了一下衣服，快步走向会客室，边走，边急速思考猜测熙洽来钱号所为何事。

王百川与张文举前后脚走进会客室，看到会客室里，只有熙洽一个人坐在那里，并无随从，心里略有疑惑，但是来不及细想，赶紧满脸堆笑，跟熙洽打招呼，并吩咐齐明科沏茶。熙洽见王百川和张文举都站着，便说："随便坐吧，坐下好说话。"王百川坐下，张文举摆手，让齐明科出去，因为他看见熙洽不仅是一个人来的，且态度随和，一反往常盛气凌人的气势，预计要谈私事。会客室里，只剩下熙洽、王百川、张文举三个人。王百川试探着问："熙将军百忙之中莅临本号，不知有什么要事，需要百川和钱号服务。"

熙洽慢慢地品了一口茶，说："你王百川刚刚荣升帮办，今天来，一是表示祝贺，二是看看钱号有什么新变化。俗话说新官上任三把火，你的三把火烧了吗？"

"多谢熙将军信任提拔，百川诚惶诚恐。近几个月外部经济形势恶劣，钱号上下努力应对，唯恐招架不住。很多员工自愿加班，勤勉上进，踏实敬业，令百川十分感动，无须再烧火激励。"

"好。这我就放心了。刚才你讲到外部的经济形势，的确相当严峻，对国内的影响也不小，需要大家同舟共济，共度时艰。咱吉林首富牛家就首当其冲，受害不浅。牛子厚跟我说，他家在你永衡官银钱号有一笔财产抵押贷款，因为经济危机影响，还不上了，希望得到政府扶持。我主政吉林一方，虽然有权批准对其财政扶持，但是如果仅帮扶其一家，则一碗水端不平。我看这样吧，政府就不出面了，你们钱号把牛家这笔贷款免了，帮助其解决燃眉之急。"

对牛家贷款逾期，王百川设想过多种可能，但是怎么也没想到熙洽会亲自出面通融。熙洽是吉林省内张作相之下的第二号人物，位高权重，一言九鼎，他亲口下令，免除牛家抵押贷款，让王百川一时措手不及，不知如何回应是好。王百川试探着问："您刚才说的，是副司令长官公署的决定？"

"不，是我个人的建议。既然你们借贷双方都急需要有一个台阶下，我就来搭这个台阶，免得你们各自为难。"

张文举说："为了便于操作，最好长官公署能够签发一纸公文做据，否则，在钱号账上冲减如此大额亏空，省财政经济委员会那边很难通过审核。"

张文举的话，让熙洽很不满意，说："如果公署行文，我还有必要亲自过来一趟吗？偌大官银钱号，连这笔小账都处理不好，要你们何用？"王百川赶紧说："将军息怒，此举事关重大，不比其他。牛翰章用牛家全部家产在我号做抵押贷款，全市商界尽人皆知，影响甚巨，如今他生意惨败，早就引发街谈巷议。世界经济危机殃及我国，很多商户与牛家一样损失惨重，倘若钱号同意解除合同抵押，免除牛家贷款，其他贷款户也来请求仿效宽免，钱号当如何应对？没有长官公署发文明示对牛家网开一面，本号实在难以操作。"

听到王百川也明言拒绝，熙洽心中火起，但是他忍了忍，没有发作，反而放缓了语气说："我之所以为牛家贷款一事专程来此协调，皆为牛家在咱吉林市非同一般。多年来，牛家几辈人以慈善为先，为市民做了多少好事，谁人不知，是其他商户可比的吗？怎奈天有不测风云，牛家面临破产风险，钱号有能力，为什么不在关键的时刻伸手拉一把？从钱号的角度讲，牛家历来是纳税大户，是一只能下金蛋的老母鸡，你们贪图眼前蝇头小利，狠心把母鸡杀了，哪里再得金蛋？对牛家网开一面，有利于钱号长久利益，何乐而不为？"

王百川说："将军所言虽然有些道理，但是我永衡官银钱号，是为全省财政和全省民众服务的钱号，不是私人钱庄。钱号章程共六章五十四条，没有任何一条规定借款到期不能按约清偿的借主可以通融免责。以牛家在吉林市的地位特殊性而言，我们也曾经有所照顾，首先，当初借贷之时，牛家不能提供担保人，我们钱号例外放行了；之后，牛家贷款逾期不能如约归还，我们又例外同意其抵押贷款可延期两个月清偿，且不附加任何额外条件。如果依您所言，再行例外，以钱号利润冲抵牛家所欠款项，预计钱号将减少当年预期利润四分之一以上，远不是一只母鸡可比，何况咱吉林市，并不仅只有牛家一只能下蛋的鸡。"

熙洽的脸色阴沉下来，把手中茶杯重重地放下，问："难道就没有任何可以通融的余地了吗？"王百川说："有。""怎么通融，说来听听。"王百川思索了片刻说："牛家的贷款抵押物是牛家名下所有在吉林市的不动产，如果钱号依据合同约定，把这些不动产全部没收拍卖，牛家几十口人将居无定所，未免过于残酷。可以考虑把住宅部分排除在没收不动产清单之外。"

"还有吗？"

"按照总号营业章程第三十四条之规定：押款到期不能清偿，将对抵押之物进行拍卖，所得款项抵偿贷款本利之外，如有剩余，则交还本主，如拍卖款不足以偿还本利，不足部分由借款人或担保人赔补。牛翰章在与本号签订抵押合同之前，我们曾经对牛家的不动产进行过市场价值评估，以评估值为依据，核定贷款额度。日后如果对这些不动产进行拍卖，我们可以将原来的评估值确定为拍卖底价，并请牛翰章列出资产拍卖顺序，盈利能力稍差的'升'字号买卖先拍，市场前景好、盈利能力优的排在最后，我们希望有尽可能多的拍卖剩余，牛家的'升'字号买卖不至于在吉林市街头消失。"

"仅有这些？"熙洽对王百川的让步并不满足。

"已经尽我所能了。"

"看来我熙洽的面子不够大呀。走了。"

熙洽不理王百川还要说话，起身便走，张文举急步上前为其开门。熙洽止步看着张文举问："你姓张？"

"对，张文举。"

"王百川如今是帮办兼总经理，身担两职，你们钱号员工不关心下一任总经理是谁吗？"

"那是上头决定的大事，我们下面的关心也是枉然。"

"头脑清楚就行，记住，不识时务是要栽跟头的。"

王百川表情木讷，强装微笑，把熙洽送上汽车，车队扬长而去。张文举对王百川说："这回你把老熙得罪得不轻。没听说吗，他要娶牛家姑娘做他的儿媳妇，你只给了他半个面子，他在老亲家面前不好交代。听见他临走说的那两句话了吗，弄不好要给您挪挪窝了。"

"有老熙和荣厚在，把我挪开是或早或晚的事，我等着呢。"

"不然咱们向刘总办建议，把此事提交董事会讨论？"

"董事会从来不参与钱号具体事务，把这事提给他们，那几位胆小怕事的董事，一脚就能把皮球给你踢回来，咱别自讨没趣。"

回到办公室，王百川打电话给刘恒报告情况，特别说到熙洽对所做答复的不满意，刘恒说："借贷合同是双方共同商定达成的契约，对方有还债的义务，我们有收债的权利，无可厚非，不管什么人出来指责，我们都问心无愧。你做的让步已经够多了。"

刘恒表态支持，并没有让王百川的心情轻松起来，他的思绪依然很乱，无心办公，跟张文举打过招呼，独自一人上街，向松花江边走去。

临近正午时分，街上正值人多热闹，空气中，飘散着复杂的油腻的气味。街边商铺的布制店招随风飘摆，一辆辆人力车、马车，不时从身旁跑过，饭铺伙计在各家门口大声揽客迎客，此起彼伏。偶尔有乞丐拦住去路，伸出黑漆漆的脏手。行走算命的、剃头的、锔锅锔碗的、卖报的、卖药的、卖梳头油雪花膏的、卖烟卷的、卖菜的、代写平安家信的，各类游动手艺人或小商贩穿行于大街小巷，为自己谋生，为城市增色。大街两侧的商铺中，牛家的"升"字号买卖错落其间，这些店铺皆门脸宽大，匾额庄重，伙计穿戴齐整，凸显牛家的与众不同。王百川走到江边的三道码头，远远看着牛家那片青砖黑瓦的深宅大院，心中五味杂陈。撑起过半个吉林市的牛家即将轰然倒地，曾经的辉煌不再，感叹市场无情，资本无情。再尊贵的人，为了生存，也有他卑微之时，概莫能外。转眼望去，两年前修筑完工的江堤，固堤的粗大圆木捆绑紧密，整齐划一，堤面夯土平整，绵延十里，水波拍打堤脚，发出哗哗的响声。想到那年牛子厚响应张作相号召，慷慨同意出资修筑江堤，自己紧随其后，捐资两万。

江堤筑成之日，曾与子厚大哥并肩欣然漫步江堤之上，其场景依然历历在目。一艘渡船靠岸，船上下来十几个身穿孝服的男女，女人依然哭哭啼啼。王百川走过去问船家，船家答：这是三户人家，租船去江心烧纸的。七天前，一艘过江木船在江中遇险倾覆，船上十四个人，只幸存了两个，其余皆葬身鱼腹。王百川本来沉重的心情，此刻又加重了几分。眼望滔滔江水，不免潸然泪下。人类多少宏大的志愿与美好的憧憬，皆因无力回天而夭折于奋斗之中，没有实力，没有资本实力，一切沦为空谈。

一阵江风吹过，又有人站在江边向空中抛散纸钱。纸钱飞舞，承载着普通人对另一个世界善良的企盼。

二十三

历时三年零七个月，耗资两千四百三十万元，张作相力推的吉海铁路，终于在一九三〇年双十节这天通车了，人们欢欣鼓舞。由中国人自己经营的吉海铁路，运费比日本人管控的南满铁路便宜两成，吉林省内大部分货主随即将货运业务转移到了吉海铁路。十一月，国家邮政总局发出通告，责令吉黑两省的小型邮件，必须交予吉海铁路承运。盐务署也通告沿海各省，向吉黑两省运送的食盐必须走吉海铁路。受中国铁路的冲击，南满铁路的货运量大幅下降，当年岁末的最后两月，南满铁路的收益与上年同期相比降低了近四成。日方怒而反制，在吉海铁路与南满铁路接轨方面极力掣肘，施以报复。

岁末年初，张作相返回吉林，召开省政府委员会会议，讨论吉海铁路的路权归属问题。散会后，兴致勃勃的张作相让秘书打电话，邀王百川来家里吃饭。

自中东路事件以后，少帅张学良作为蒋介石特任的全国陆海空军副总司令，又率兵投入了中原大战，之后便长居北京，回沈阳的时间很少，沈阳这边一大摊子军政事务，全靠张作相支撑，难得回吉林一趟。

傍晚时分，王百川来到张作相在西关的住地，这是一栋德式黄色三层楼房，建成不足两年。王百川在警卫兵的引导下走进客厅，看见张作相与熙洽坐在沙发上喝茶。有熙洽在场，王百川略感意外，转念一想，意识到一定是自己跟张作相讲过与熙洽关系有些不睦，今天张作相为缓和二人关系而有意为之。

王百川与张作相、熙洽分别打过招呼，张作相说："好，百川到了，餐厅吃饭去。没准备什么好的，天儿冷，请你们涮锅子，热乎。"熙洽说："涮锅最好，随意，自由，越吃越暖和。"

走进餐厅，餐桌中间炭火锅里面的汤已经烧得翻滚，热气升腾，冯占海正在忙着摆碗筷，调整座椅，王百川打趣说："冯团长今天荣升勤务兵啦？"冯占海说："我姨父平时回来少，厨房配的人手不够，另外，伺候你们三位长辈也是应当的。"

四个人坐下，张作相说："吉海铁路通了，相关运营走入正轨，而且效益出奇地好，把小日本子顶了一个跟头，我心里痛快。咱们共同举杯，祝贺这个大胜利。"熙洽说："吉海铁路从立项到建成，其艰难程度不亚于打一场大战役，全省上下通力合作，有钱的出钱，有力的出力，众志成城，终成正果，可喜可贺。"

四人碰杯喝酒，然后各持筷子，夹起肉片菜蔬粉条豆腐下锅，边涮边吃。很快，几个人的额头上渗出汗来。张作相索性脱去外衣，问王百川："去年钱号经营情况怎么样，有多少盈利？"王百川答："去年的账，上个星期刚刚拢完。全年受国外经济危机影响很大，盈利情况不如前年。全年盈利只有二百二十几万元，比前年下降了一半。"

"外部危机难抵，你们钱号还要对重要商户打压，不施援手，目光短浅，何谈盈利？"熙洽显然因为牛家贷款一事，依旧对王百川耿耿于怀。张作相对熙洽的话未予理睬，顾自说："盈利二百多万，远远不够。我现在需要很多钱，最少五百万。"冯占海问："用那么多钱，您打算干什么？"张作相说："中原战事，虽然以阎锡山冯玉祥通电下野而告一段落，但形势依旧不稳，随时可能战端再起。咱关外这边也不消停，近来关东军频繁调兵遣将，不知道葫芦里卖的是什么药，所以军事准备丝毫不能松懈。过两天我回沈阳就要开会研究抓紧筹款购粮的问题。去年入秋，大批粮食下来以后，因为看不准市场趋势，不清楚粮价究竟会下跌到什么程度，没有安排各省采购。如今再也等不得了，必须立即下手。按照需求计划和当前市场粮价，大约需要筹款五百万元。我琢磨，这笔款从哪个省出呢？首先辽宁省不行，从大帅健在的时候到现在，早先的奉天省，现如今改叫辽宁省，一直在军费承担上扛大头，多年下来，元气大伤，而且奉票市值疲软，贬值最凶。黑龙江省的情况稍微好一些，但是黑龙江官银钱号的经营状况很不理想，实力太弱，扛不动这五百万巨资。掂量下来，只有咱吉林永衡官银钱号了，这也是今天我特意把百川叫来的意思之一。提前给你打招呼，早做准备。"

张作相的一番话，让其他三个人瞬间沉静下来，陷入思考。熙洽夹起两片白菜叶子，说："刚才都听见了，去年钱号盈利仅有区区两百万，这些钱除去岁尾分红，剩余部分远远不够今年已经确定的投资项目用款，再要筹款五百万，出处何在？除非再发新币。"张作相说："发新币，不失为当前最有效的应急措施，但是，你们钱号来得及吗？"王百川说："几年来，您一直坚持严控吉大洋的发行数量，才保持了吉大洋币值的相对稳定，去年全年才发行十万新币，钱号没有如此巨量的储备，目前库存新币不足五十万。"冯占海问："咱吉林永衡钱号没有，奉哈两家钱号也没有吗？"王百川说："冯团长提醒我。张主席不知您是否还记得，民国十三年的时候，有一批由美钞公司承印的新版哈大洋券，总共三十箱，每箱五万张，票面总金额大约五百万元，因为当时没通过财政部币制局的批准，没能上市发行，暂存在永衡长春分号的金库里。如今情况特殊，能不能拿出来应急呢？"熙洽摇头，说："东三省各官银钱号发行的钱币，只限于各省内流通，哈大洋券理应由黑龙江官银钱号负责发行，并在黑龙江省内流通，我们吉林不好越俎代庖。另外，即便能发，仅靠新发哈大洋券，不能解决其他两省的购粮用款问题，此举不甚妥当。"张作相一拍大腿："活人不能让尿憋死，不能任凭老规矩捆住咱的腿脚。如今是我张辅忱在沈阳代替少帅主政东北，下令各省发一纸文件，明确本次特别发行的新版哈大洋券，特许在三省流通，任何人不得拒收，问题不就解决了？"熙洽赞道："好主意，如此既可应急济困，又减轻了咱吉林省的财政负担，一举两得。"

迫在眉睫的难题，终于有了破解的良方，张作相很高兴，端起酒杯说："都说三个臭皮匠，顶个诸葛亮，让我挠头半拉月的难事，一顿涮锅子，解决了，这顿饭真值钱，干了！"熙洽说："你张副司令当家难，咱自家人理应替您分忧，还不知道你回沈阳开会，那两个省是否同意呢。"

"好办，哪个不同意，哪个就给老子拿五百万出来，我乐见其成。"

王百川看着张作相痛快的样子，自己却轻松不起来，不管今后这批购粮任务向吉林省分摊多少，大量新币发行，对钱号来说都是巨大的压力。

散席了，王百川和冯占海陪着张作相把熙洽送上汽车，走了。王百川与张作相两人握手话别。张作相说："回去跟你们刘总办讲，抓紧做好代发新币的准备。这次筹款购粮，主力是吉黑两个产粮大省，吉林省要扛大头，谁让我是吉林省主席呢，这副重担，咱不担谁担？"王百川回答："我明天就向刘总办通报，然后派人上长春分号清库打包，只等您一声令下，就把新币运往哈尔滨，加盖监理官印，完成正式发行准备。"

"好啊，等着听消息吧。届时占海负责派兵押运，确保全程万无一失。"

王百川又说："再过个把月就过大年了，您要是回吉林过年，就找个日子，咱三家聚一聚。"张作相说："这个还真讲不好，过年要是回来，一定相聚热闹热闹。"

王百川转身摆手离开。他无论如何也想不到，这一摆手，竟然是与张作相的最后一别。

回到家中，王百川洗漱脱衣上炕，却怎么也睡不着，乌七八糟的事情在脑海中搅作一团，理也理不清楚。昏昏沉沉挨到后半夜，刚刚睡着，听见有人重重地敲大门，过了一会儿，门房老谭来敲窗户，轻声说："掌柜的，钱号来人了，姓关，说有急事找你。"王百川答应了一声，起身向窗外望去，外面天色微明。他急匆匆披上棉衣出屋，来到大门口，见总务处关处长正焦急地站在大门外等着。王百川说："大早晨的，天冷，有什么话进屋说。"关处长说："事情紧急，不进去了。刚才警署派人找我，说齐明科昨天晚上因为酒后打架闹事，被抓进警署。在审问过程中，发现重要情况，署长认为有必要与您面谈。""现在吗？""就是现在，这不是？我是坐着署长派的警车来的，司机还等着呢。"

王百川这才向关处长身后的街上看过去，果然停着一辆黑色警车。王百川说："你上车里等着，我洗洗脸马上就来。"

吉林市警察署长姓古，与王百川是老相识，王百川和关处长一走进古署长办公室，古署长就从办公座椅上站起来，与王百川握手，说："真不好意思，天不亮就把王总经理惊动来了。我本想直接往你家里打电话，又担心电话里讲不明白，后来想想，大冷天的，干脆，还是派车接你过来更合适。做得有些唐突，千万别怪罪老弟我啊。"

"哪里，我清楚，非十分特别的案子，你不至于等不到上班。说吧，什么情况？"

古署长请王百川和关处长坐了，才详细讲述事情的经过。

原来昨天下午，日本正金银行长春分行的乔本三友又来吉林市了，主要目的是找齐明科取永衡官银钱号上年度年终总决算账的副本。

永衡官银钱号年度总决算账册共有五册，分别是营业统计总册、旧账统计总册、仓库统计总册、经费统计总册和全体损益总册。按照钱号规定，决算表册为一式两份，一份送总办、会办办公处存档，一份留营业股备查，齐明科利用文书股负责向总办办公处转送账册之机，把营业统计总册和损益总册连夜誊写了一份，私藏起来，交给乔本三友。在此之前，齐明科已经按照井田教授提出的清单，多次向乔本提供相关账册材料。俗话说，上贼船容易下贼船难，当齐明科第一次用钱号账册材料换来不菲报酬之后，便一发不可收。昨天晚上，齐明科再次如约到松菊屋与乔本会面。随乔本同行的还有一个名叫山崎的助手，三个人在松菊屋喝了不少酒，酒兴未尽，齐明科又请乔本和山崎去德胜门外的新庆戏院听戏。

新庆戏院是个木结构的二层楼，二楼正对舞台位置的座位称为楼座，二楼两侧是包厢。一楼台下的座位统称为池座，池座的中央位置最好，称为雅座，设有茶桌和椅子。池座最靠舞台的前三排称为槽帮，摆的是木条长凳。坐在槽帮看戏，仰脖子吃灰，不舒服。舞台两侧也摆着条凳，称为台耳，坐在台耳是从侧面看演员，效果较差，但票价最便宜。

戏园子演出的剧目是京剧《武家坡》，齐明科他们去晚了，没有买到一楼最好的雅座，只能选了二楼右侧的一处包厢。三个人进入包厢的时候，正戏早就开场了，伙计送上茶来，喝多了酒的山崎大声嚷道："不喝茶，拿酒来！"片刻，酒送上来，齐明科又叫了冻梨和点心，三个人又吃又喝，肆无忌惮地大声说笑，引起场内观众纷纷侧目。一楼雅座里摆了八套桌椅，围桌而坐的或是官员富商，或是戏迷票友，靠右一侧的一组桌椅旁，看戏的是几个富家少爷戏迷，他们是专为花钱捧角儿而来。《武家坡》首场戏，王宝钏与薛平贵大段的精彩唱段，完全被齐明科等三个人的吵闹声搅了，几个少爷心里十分不悦。第二场戏开场琴板响起，山崎问齐明科："刚才楼下那些家伙，不老老实实看戏，大声喊叫，什么意思？"齐明科解释说："这是中国人看京戏的规矩，看到精彩之处，可以人声叫好，比如，演员出场亮相，完成高难度唱腔，武打或舞蹈动作利落漂亮，琴师的伴奏出彩，都可以叫好。总之，你看着高兴，就可以叫一声。"

"是吗？太有意思了，我也叫一个。好！"山崎扯开嗓子，突然大声嚷了一个"好"字。此刻，台上扮演王宝钏的女演员，正出场唱第一句西皮散板，"前面走的王宝钏"，头两个字还没唱完，山崎突如其来喊一声好，把女演员吓了一跳，以为自己唱错了，被观众叫了声倒好，不禁神情一愣。她定下神来继续唱，不料山崎又大喊："好！好！好！"这回，不仅女演员慌了神，本该紧跟着出场扮演薛平贵的演员也犹豫了，不知道台下发生了什么事情。山崎这一闹，激怒了台下雅座里那几位戏迷阔少爷，其中一人仰起头冲楼上包厢嚷道："楼上谁家的瘪犊子，会不会看戏？瞎嚷嚷你奶奶个熊！不爱看滚蛋！"山崎一听，立即站起身扯着嗓子与楼下对骂，骂了还不解恨，他回身绰起茶壶向楼下砸去，茶壶砸到桌面上，粉碎，飞溅的茶壶碎片割伤了一个人的下巴，瞬间鲜血直流，而受伤的洽是警察署古署长的儿子。伤了署长家的少爷，俨如太岁头上动土，几个哥们儿岂能罢休，起身直奔楼上，挥拳便打。山崎肩宽背厚，体格健壮，尚能招架，苦了齐明科和乔本三友，单薄文弱，被打得鼻青脸肿，好在巡警及时赶到戏院解围。

巡警把打架闹事的几个人押解到警署审问，发现乔本三友和山崎是日本人，且又有古署长的儿子参与其中，感到事态严重，连夜把古署长从家中请来，指导办案。在审问调查中，从乔本三友随身携带的皮包里，发现了永衡官银钱号的年终决算账册，齐明科又是钱号职员，古署长意识到案情复杂，不得不惊动王百川。

听古署长把案情讲过，王百川问："决算账册怎么到了日本人手里，调查清楚了吗？"古署长答："那个日本人坚称账册是在戏园子楼梯上捡的，你们钱号的齐明科咬牙说他完全不知情。简直就是扯犊子，瞪眼说瞎话，那账册上的字迹，明明就是齐明科的，证据确凿，板上钉钉。"

"您打算怎么处理？"王百川问。古署长叹气说："没办法，日本人，咱惹不起，我打算上班就把两个日本人放了。好在打架双方都承诺，各自治伤，不追究赔偿。我分析日本人是因为被我们拿住了短处，不敢往大了声张。剩下的几个人，按寻衅滋事罪，收监关押三天。齐明科是否另案处理，我听听你的意见。"

王百川气愤说："情况复杂，我回去向上报告以后再定。这个败类，先押他三天，这期间你们再严审，说不定能挖出什么来。"

王百川和关处长回到钱号，气得他早饭都没吃，伤心透了。想到自己一心着重栽培的齐明科，竟然甘为内奸，恨自己有眼无珠。他专程到刘恒办公室，把从警署拿回来的两份手抄账册放到刘恒的面前，报告了昨天晚上发生的事情。刘恒很震惊，对王百川说："正金银行收集咱永衡官银钱号的情报，居心险恶，其后还暗藏哪些阴谋，咱们不得而知。我要把情况向熙参谋长报告，提醒关注。对钱号内部人员，要全面梳理一遍，凡是可疑者，坚决辞退。关于齐明科一案，立即除名，查清案情后，任凭警署和法院处置。"

二十四

一九三一年九月十八日，农历八月初七。

这是一个平常的日子，且正值月中，钱号没有紧急业务，王百川的事情不多，下班以后吃过晚饭，他带上夫人和三个儿子，到粮米行西头的秋星电影院看电影。王百川带全家人看电影的机会不多，这一次是因为今晚上映的影片，是由上海明星公司拍摄的中国第一部有声电影《歌女红牡丹》。以往看的电影都是无声的，而这部有声电影，银幕上的人能说话会唱歌，很神奇。

秋星电影院不大，是把几间屋子打通的平房，长排木椅座席，椅子靠背上用白漆写着座位号，屋子四角摆着取暖煤炉子，夯土地面，观众散场后一清扫就尘土飞扬。两架美国产的电影放映机摆在最后，电影开始放映以后，机器转动的哗哗声甚至压过影片人物的说话声。影片中歌女红牡丹由盛及衰的悲惨人生和面对无赖丈夫忍辱求全的哀伤情节，让王百川很受触动。电影散场后回到家里，他的思绪仍然沉浸在影片的情节之中，以致半宿都没睡好。早晨起来打开收音机，爆炸性新闻让他大吃一惊："昨天夜里，日本关东军突袭沈阳北大营。""四平、营口、长春等地驻军均与日军发生激烈战事。"王百川的脑子里瞬间闪出一个念头：关东军全面动手了！

情况突然又危急，王百川简单洗漱，坐上马车急奔钱号，副总经理张文举和几名股长也都先后来到了，大家齐聚王百川办公室，关心同一个问题：到底发生了什么事情，事态到底有多严重。

王百川让张文举给沈阳的东三省官银钱号和长春分号打电话询问，过了半个多小时，沈阳的电话接通了，那边的回答是："日本兵已经把省政府、边防司令长官公署、广播电台、包括咱钱号和中国银行都控制了，钱号内外都有日本兵把守，不准我们乱动，沈阳城门和城墙上都插上了日本旗，你们那边也要小心哪。"又过了一会儿，长春分号也有了回音："驻军正在南岭跟关东军交火，枪炮声听得真真儿的，十分激烈，站在街上，能看见城南炸弹爆炸升起的浓烟。"王百川吩咐："告诉长春分号，关门停业，安排勇役加强戒备，防止匪徒乘机抢劫金库。"安排完了，他打电话给刘恒，问怎么办，刘恒说："我联系不上荣厅长，熙洽参谋长办公室电话也没人接。钱号今天暂停营业，有准确消息了再说。"

这一天，钱号的职员都守在办公室里没有回家，一台收音机成了钱号的中心，大家围拢在桌子四周，收听着不时更新的消息。

坏消息一个接着一个传来，四平失守，营口失守，安东失守，南满铁路和安奉铁路沿线大部分城镇失守，长春战况惨烈。

吉林市的大街上，已经出现手持木棍短刀的日本浪人和朝鲜人大喊大叫，沿街砸店闹事，商户纷纷关门避险，行人唯恐躲之不及。

中午时分，大家依旧到饭堂吃饭，总务处关处长对王百川说："庶务股长刚才跟我汇报说，今天市场萧条，管理员上午出去，转了好几个地方才买到些茄子土豆，看样子明天不一定有人敢出来卖菜了。"有人问："关东军会不会打到咱吉林市来？"张文举说："咱吉林市有三个团近万人的驻军，又有松花江相隔，即使日本人打过来，拿下吉林市也不那么容易。"

这一天，众人在惊慌之中度过了。临近傍晚，王百川安排从第二天起，每天两名股长值班，钱号其余人员除负责日常安保的勇役之外，一律在家休息待命。转天上午，王百川早早来到钱号，刚刚坐下，就接到总办刘恒打来的电话，刘恒说："南京方面对东北地区发生的中日军事冲突已有明确态度，要求忍让为先，一切问题通过外交渠道解决。昨天半夜，长春守军已经弃城撤退，吉林市的守军今天上午也将撤到城外。熙将军今天早晨主动派人与日军方面接洽，我相信吉林市不会发生战事，你让大家尽责值班即可。钱号何时开业，等待通知。"

听完刘恒的一番话，王百川的心里产生了不祥的预感，驻军撤了，吉林市即将成为一座不设防的空城，不禁心头发冷，六神无主。他离开钱号，到自家货栈找到表哥夏殿臣，商量如何自保。夏殿臣气愤地说："平时咱交税养兵，到了裉节儿的时候，他们倒是脚底板抹油，刺溜得飞快，撇下咱老百姓咋整？"王百川说："兵熊熊一个，将熊熊一窝，日本人刚开火，南京政府先尿了，老熙跟着尿。眼下联系不上张主席和冯占海，不知道他们现在咋样。反正谁也指靠不上，跟各铺子掌柜的说，抓紧清库，能打包的打包，随时准备把东西往乡下转移。"

九月二十一日，吉林市民担心的事情终于发生了，日军多个师团未发一枪开进吉林市，随即占领各军政机关，吉林永衡官银钱号被查封。

王百川、张文举和钱号部分股长及员工，站在钱号对面的马路边，黯然看着钱号大门上，赫然贴着"日本军占领，犯者杀无赦"的封条。大门两侧，日军用沙袋构筑了半圆形工事，头戴钢盔的士兵架着机关枪，守在工事后面。张文举伤心地说："完了，钱号不是咱的了，金库里还有那么多金银和现大洋呢，全归他们了？"有两名日本兵手持步枪走过来，边喊边比画，意思是让大家离开。人们无语，泪水在王百川的眼眶中转动，一步三回头，脚步格外沉重。顷刻间，他觉得天地无光，心痛欲碎，浑身全然没有了知觉，身体摇晃，险些跌倒，张文举赶紧上前搀扶。

在几个人的护送下，王百川回到家里，夫人梁氏服侍他上炕躺下，这一夜，王百川似睡非睡，噩梦不断。第二天早晨起来，他坐在书房的椅子上，头晕耳鸣，胸口发闷，嗓音沙哑。梁氏看到丈夫病了，心里发急，打电话告诉了夏殿臣，不到一个时辰，夏殿臣带着老中医魏先生来了。魏先生洗手后坐下，把脉，问诊，看舌苔，然后说："苔白脉弱，面色无华，您的病是忧伤心急而致，伤及肺心，上焦不通。眼下虽不甚严重，但也要早治早调理，否则一旦病情加剧，引发真心病就麻烦了。"梁氏焦急地问："现在该咋办呢？"魏先生说："我开个方子，先吃三天药看看，关键是注意休息，安神静养，把情绪心情调顺，以正驱邪，加上药力辅助，病自然就好了。"

送走了魏先生，夏殿臣回书房陪着王百川说话，夏殿臣说："不必太过伤心，钱号被日本人封了算个啥？这才几天，关东军就占了咱东北三十几座城和所有的铁路沿线县镇。当官的甘愿当奴才，咱手无寸铁的平头百姓又能如何？如今外头大街上，已然成了日本浪人和日本宪兵的天下，螃蟹逛大街——横行霸道，搞得十家店铺九家关张。咱家米铺掌柜蔡老三，看老百姓没地方买粮怪可怜，市场粮价又高，不听我劝，非要下板儿开张，结果老百姓哄抢，招来日本人当街开枪，打伤了两个，蔡老三吓得又关门了。没办法，熬着吧，过不了几天政府就该有办法了，日本人也不能挡着老百姓过日子。"

王百川背靠在椅子上闭目不语。夏殿臣说："难得清闲，好好歇着吧，明天再来看你。"

从这天开始，夏殿臣每天上午都来，跟王百川讲外头发生的事情。这一天，夏殿臣和张文举一同来了，张文举进门就问："咋样，身体好些了吗？"王百川说："好多了，今天脑袋清爽了，只是还胸闷气短。"夏殿臣问："听戏匣子了吗？老熙宣布吉林独立，早晨刚播的。"

王百川自从生了病，便一直待在家里，不是睡觉就是看书写字，收音机再没有打开过。前两天来人通知让他到省公署开会，他托病请假没去，没承想竟然是此等大事。他让张文举介绍究竟是怎么回事，张文举说，熙洽已经宣布撤销原省军政两署，成立吉林省长官公署，自任署长，统辖全省军政民政及监督司法大权，同时发表声明，与南京国民政府脱离关系，吉林独立。三十号，要举行长官就任仪式；十月一号，召开长官公署成立大会。

听完张文举的简单叙述，王百川说："宣布吉林独立，老熙这是唱的哪出戏？"夏殿臣说："他打什么算盘，咱哪看得透，说不定是日本人在背后出的主意，听说老熙聘请了好几个日本顾问。不过不管咋样，他这一宣布，街面上的治安见好，浪人和朝鲜人出来少了，大部分商户又都开张做买卖，就是粮价涨得太凶。"

"守钱号的日本人撤了吗？"

张文举答："没有，包括守省公署的日本兵都没撤，不仅没撤，我看把守得好像更严实，是不是担心有人在长官就任仪式那天闹事。我听说冯占海接到张作相的命令，脱离了老熙，把他的卫队团拉走了。张作相还发来电令，不准吉林的军政人员听老熙的。"

"张省长终于有消息了，我相信张作相和冯占海，不会像老熙一样屈从于日本人。但是眼前的事情还要应付，新的省长官公署成立，钱号重新开业的日子也不会太久，你判断钱号重新开门以后，吉大洋的市值看涨还是看跌？"张文举不假思索地回答："当然看跌，即便吉林独立了，耗子尾巴长疖子，又有多大脓水？民众大量抛售吉大洋的趋势是完全可以预见的，除非提前采取避险措施。"王百川说："老熙顾不上这个，准备应付一场骚乱吧。"

又过了几天，夏殿臣兴冲冲地拿着一张报纸，拎着一只鸡来了，进门就说："好消息，冯占海在永吉县马官山举行抗日誓师大会，向全省各县发了通电，你看，报纸上还有照片。"

王百川接过报纸展开，上面清晰地印着冯占海一身戎装骑在马上，立于部队前列的照片，身背后是一杆带火焰边的三角形大旗，旗帜中央写着一个大大的"冯"字。冯占海在通电中讲道："日寇侵我国土，掠我省库，杀我同胞。

熙洽卖国求荣，认贼作父，丧权辱国，罪大恶极。从即日起，我团官兵誓举义旗抗倭讨贼，与我吉林爱国军民，团结一致，同仇敌忾，坚决与寇逆抗战到底，恪尽保卫国土神圣职责，愿我吉林全省爱国同胞共勉之。"

王百川把这张报纸反复看了好几遍，心中既有对冯占海的敬佩，又有对他的担忧。日军实力强大，与之抗争，必陷腥风血雨，真希望有更多的中国军队效仿冯占海，合力抗倭，以示国威。夏殿臣见王百川眼睛盯着报纸不讲话，就说："我把鸡拿厨房宰了，晌午咱俩喝酒。自打你闹病就一直没喝酒，今天有好消息，心顺，整两盅。"说完，刚要转身出门，门房老谭敲门进来，说："东家，大门口来个汉子非要见你，他自称是农安的王掌柜。"王百川听了一愣，吩咐道："赶紧请他进来。"夏殿臣问："哪个王掌柜，没听你讲过。"王百川说："是绺子三山好的二当家，王半山。"

"土匪头子来干什么，我用不用避一避？"

"不用。外头这么乱他还敢进城，一定有急事。"

正说着，王半山进来了，看了一眼屋里的夏殿臣，王百川说："他是我表哥，没外人。"夏殿臣把手里拎着的鸡放到墙角，给王半山倒了一杯水，王半山接过去一饮而尽，用衣袖头抹了一下嘴角说："王老东家，我又遇上坎儿了，不得已，上门求助。"

"什么事，尽管说。"

王半山未等开言，眼眶先发红，他强忍悲伤说："昨天下晌傍黑的时候，俺们正在九台东梁子（大道）边的林子里生火做饭，冷不丁有两辆四轮子（卡车）从旁边过，车上站的都是日本兵。可能看俺们这几十个人手边有喷子（枪），就立马停车，朝俺们开火。俺们边打边扯呼，我爹和我果实（媳妇）腿脚慢，被日本人的手雷炸着了，果实当场断气，我爹的身上伤了六七处。假如不是俺们跨风子（马）在林子里蹽得快，日本兵追不上，不一定损失成啥样。我看俺爹伤得太重，救命要紧，只好摸黑进吉林城，找大医院瞧伤。今天早晨进了医院，大夫说简单包扎不中，必须动手术，跟我要杵子（钱）。我赶得急，身上没带，那个王八羔子说啥也不通融。若在平常俺早就掏家伙了，哪听他的屁话，可在这儿咱气短，大街上有日本兵。我一急，就跟那小子说，王百川跟我有亲戚，你先治伤，我找王百川借钱去。他一听你的万儿，答应了，我就赶紧来找你。"

"虎爷伤得很重吗？"王百川问。

"够呛，我看顶多剩半条命。"

王百川回身打开柜子，拿出三十块大洋，说："救虎爷要紧，快去吧，钱不够再来找我。"王半山接过大洋，感激地说："大恩不言谢，来日再见。"说完，转身就走。王百川说："等等，让我表哥跟你一块儿去。"王半山说："不用了，医院人杂危险，万一出事受牵连。"

王半山走了，王百川的心一直放不下来。天黑了，他仍然坐在书房里，回想这些年来与王半山爷儿俩的几次交往。正想着，听见有人敲门，门开了，老谭带着王半山进来。王半山上午来过，老谭这回没有提前通报。

王半山进屋，脚步沉重，双目通红，腰间扎着一条白布孝带子。王百川惊问："虎爷没了？"王半山点头，说："出血太多，没留住，埋到龙潭山了，特来跟王老东家报信辞行。"

"天都黑了，住下歇一宿吧。"

"不必，兄弟们在城外头等着我呢。"

"打算往哪儿去？"

"哪儿能打小日本子就往哪儿去。我王半山生来有恩必谢，有仇必报。"王半山咬紧牙关说。

王百川看了看王半山通红的眼睛，说："你要是真心想打日本人，手下那三十几号人马太少。我给你介绍个去处，不如带上弟兄们投军去。咱东北副司令长官公署卫队团团长冯占海，刚刚在永吉县马官山举旗抗日，你投奔他去吧。"

"冯占海？我不认识。"

王百川一笑，"你们俩可是交过手的，那年东北军的剿匪部队把你从前郭追到大赉，带兵的就是他。"

"这么说，我有恶名在先，他能收我吗？"

"我写一封信，他看了信，保证不仅能收留你，还一准把你当兄弟看。抓紧去，万一部队开拔就不好找了。"王百川说完，坐在写字台后，铺纸提笔写信。很快，书信写好，装在牛皮纸信封里，交给王半山。王半山说："我到永吉县有了着落，一定给你捎信回来。"说完，转身欲走。忽然，王半山又止住了脚步，伸手从怀里掏出一个长条绒布包，打开来，现出那根王百川曾经在邢家店见识过的马鞭子，手把部分，九寸长寸半粗的竹节状紫红色玛瑙石闪闪发光，上面豁然雕刻着"三山好"三个字。王半山说："这是俺们绺子的镇山之宝，您替我保管吧，江湖上从此再无三山好。"

王百川和老谭把王半山送出大门外。王百川看着王半山急匆匆消失在夜色里，回转书房，心绪难平，冯占海举旗抗日的形象持续在脑海中浮现，他铺开宣纸，挥毫疾书：

"战旗呼唤民众，怒火冲破苍穹，利刃挥向倭寇，铁蹄踏碎敌营，占海横刀立马，抗倭再建奇功。"

二十五

　　钱号员工终于获准上班了，王百川和众人在日本兵的监视下进入钱号。大家看到，金库里的黄金和白银已经被关东军洗劫一空。王百川吩咐库储股长，安排库管员清点造册，待各分号的损失情况传来之后一并汇总上报。

　　办公室内，凌乱的桌椅上布满尘土，空气浑浊。大家默默地开窗打扫卫生，整理桌椅和账簿资料，为开门营业做准备。王百川黯然地看着大家所做的一切，心中无可奈何。这时，从钱号门外进来了四个人，西装革履，昂首挺胸。走在前面的一人王百川见过，是齐明科的日本同学，正金银行的乔本三友。其他三个也都是日本人。乔本三友走过来对王百川说："王总经理，幸会，我们又见面了。"王百川面无表情地答："钱号尚未营业，乔本先生如有公干，请改日再来。"

　　"不，我们是受大日本皇军指派，来贵号进行开业前的业务检查，请配合我们的工作。"

　　"我们吉林永衡官银钱号是中国人的银行，你们日本军方有什么资格进行业务检查？得到吉林省长官公署的许可吗？"王百川质问道。乔本三友的脸上并无怒色，反而充满轻蔑，他从皮包里取出一纸公文，对王百川说："你自己看。另外请把钱号股长以上全体高级管理人员集中到会议室，我们要宣布重要事项。"

王百川接过公文看过，文中写道："为尽快恢复全省金融秩序，归钱号服务军政商民之本质，利管理向国际银行营运规范靠拢，应关东军驻吉林长官公署财政顾问之要求，从即日起，向吉林永衡官银钱号派驻日方监理官数名，行业务检查及营业监督之责，命钱号总办以下人员遵行。"落款是吉林省长官公署财政厅，厅长：荣厚。

王百川看过公文，忍怒不语。乔本三友说："既然看过了，就请执行吧。"

通知要召开重要会议，张文举等两名副总经理以及总务处下属的文书股、稽核股、统计股、调查股、会计股、庶务股，营业处下属的司柜股、管账股、库储股、票贴股、经租股、借贷股等各处长和股长，悉数在会议室聚齐，大家窃窃私语，不知道要发生什么大事。

王百川阴沉着脸，让张文举宣读了荣厚签署的公文，向大家介绍了乔本三友等四名日方监理官，随即乔本三友训话。乔本三友说："经我方前期调查，吉林永衡官银钱号管理混乱，账目不清，货币发放过量，信贷收发无序，记账方式落后，与正常开业的要求相差甚远，必须全面清查改进。为此，日方监理官将进驻钱号文书、营业两处。即日起，所有月度清结账册必须经监理官复核认可，所有大额资金往来必须经监理官核定，所有投资、汇兑、借贷等重要事项必须经监理官复审，钱号所有岗位，应随时无条件接受检查并按照监理官要求提供账表及文件。违者，以利敌行为追究。"

听了乔本三友一番话，众人面面相觑，有一种被拘押的感觉。乔本三友继续宣布："为了严格监管纪律，在重新开业之前，钱号总经理、副总经理，必须签署'不做利敌行为'誓约书，承诺不予同日本军方有敌对行为或可能发生敌对行为者进行交易，誓约书文本日后送达。"

散会了，大家走出会议室，张文举吩咐总务处关处长为四位日方监理官安排办公室，乔本三友来到王百川近前说："王总经理，有一件私人的事情转告你，我的好朋友齐明科已经被释放出狱了。我们正金银行不会对曾经为大日本帝国效力的人弃之不管，反之亦然。请你好自为之。"说完转身而去。王百川愤怒地回到办公室，张文举跟了进来，骂道："这也太欺负人了，咱中国人的钱号，凭啥让小日本子指手画脚？说咱们管理混乱账册不清，老子当年进钱号的时候，他乔本还吃奶呢。"王百川说："生气有什么用？气大伤身。我看不错，一切业务都由他们审核把关，你我难得落个清闲。咱俩江边钓鱼去。"张文举说："猪八戒摔耙子——不伺候了，走！"

到了十月中旬，吉林永衡官银钱号终于开门了，但仍属于临时营业，与市民日常生活无关的业务都停止了。开门的前一天，总办刘恒来到钱号，代表长官公署宣布："停止接受任何性质的贷款申请，原来放出的贷款，无论到期与否，一律通知收回，且不承担违约责任。对于一般商户和民众的存款不限制支付，但是官署存款及军政高官的私人存款，一律不准提取。"这些规定同日发电报，下达至吉林永衡官银钱号所辖上海、天津、长春、哈尔滨、大连、营口、双城、延吉、珲春、宁安、五常、依兰、富锦、桦州、桦甸、磐石、敦化、宾县、伊通、榆树、扶余、密山、长岭、德惠、农安等二十五个分号。钱号的业务被冻结大半，日方派来的监理官也因此撤走了两个，但钱号内部的气氛依然紧张。

看到永衡官银钱号张贴出来定于本月十五日恢复营业的告示，大量市民急不可待，人们纷纷传言吉大洋不值钱了，很快就要变成废纸，抓紧把手里的吉大洋兑换成现大洋才保险。于是，不论穷人富人，天不亮就争相赶来排队，长官公署特别派出警察维持现场秩序。

上午八点，钱号终于开门，挂出了吉大洋与现大洋1∶1.15的牌子，第二天涨到1∶1.22，第三天为1∶1.27。永衡官贴与吉大洋的比价同样凄惨，由原来二百八十四吊兑换一元吉大洋，下跌到三百九十六吊才可换一元吉大洋。恐慌气氛与日俱增，钱号门前，每天都被前来挤兑的人围得水泄不通。张文举跟王百川说："照这个势头，咱钱号库存的现大洋支撑不了两个月，跟上头申请，停止或者限额兑换吧。"王百川说："你还没看清楚吗，如今吉林省的实际控制权掌握在日本人的手里，荣厚、熙洽，不过是人家手里的提线木偶。日本人愿意怎么折腾就怎么折腾，库银能维持几天算几天。另外，限额兑换不是办法，老百姓巴不得一次就把手里的吉大洋都兑换完。你搞了限额，他今天换不完，明天、后天还要接着来，不仅来的人越来越多，紧张气氛也会越来越浓。你我不能助纣为虐，让老百姓为难。"

钱号艰难运行，如同得了哮喘病的老人，王百川基本被晾在一边，每天无所事事。如此，反而让他有更多的空闲和精力关心自家的生意买卖。夏殿臣陪着他，把王家在吉林市内的几处铺面都走了一遍。

转眼间又到了年底，腊月二十四，天气极其寒冷，滴水成冰，王百川在办公室里往屋中央的炉子里加煤，有人不敲门就进来了，王百川扭头一看，来人竟然是齐明科。

齐明科身穿狐狸皮大衣，头戴水貂皮帽子，腋下夹着皮包，脸上似笑非笑，问道："王总经理，多日不见，您一向可好？"

"齐明科，你还有脸回来？"王百川毫不客气，当啷一声，把手里的煤铲子扔进煤筐里，在办公桌后面坐下，没给齐明科让座。

齐明科摘掉皮手套，自己拉过一把椅子坐下，说："王总经理，我纠正您一句，本人现在不叫齐明科，我已改回满族原名，我叫齐达呼·明科，目前在省长官公署秘书处任职。"

"是否应当祝贺你高升啊？"

"哪有什么高升，为熙署长效力而已。"

"不止为熙署长效力吧？你不是还有一个日本东家吗？你的朋友乔本三友目前就在这儿，你不过去看看他？"

"总经理您误解了，我参与的不过是日方一个调查课题而已，我和乔本三友都参与了日本横滨正金银行关于永衡官银钱号经营情况调查报告的撰写，其中管理层分析部分，特别是关于王百川您个人的情况，没有我的参与，他们写不出来。没办法，谁让我对您了解得太深呢？"

"报告里那些数据也是你帮着偷出去的吧？怪我眼瞎，培养了你这么一个吃里爬外的东西。"

"这话说得太难听了，怎么是吃里爬外？我做的一切，都是顺势而为。您以前最讨厌国内军阀混战，年年为筹措不断加码的军费发愁，头发都愁白了。现如今好了，吉林、辽宁、黑龙江相继独立，日方正在积极帮助溥仪皇帝把三个省捏合起来建国，一个新的国家指日可待，我能为此出力，实乃三生有幸。您老人家应当敦本务实，抛弃旧念，多做利己利国之事，才是正道。"

"乳臭未干，信口雌黄，还轮不到你在我的面前高谈阔论。说吧，来办什么事？办完滚蛋，看着你心烦。"

"不愿意听就算了。"齐明科说着，打开皮包，从里面拿出一张纸，"看吧，熙署长下达的资金调拨令。吉大洋六十万元，即刻到位。"

王百川把资金调拨令接过来看，上面果然签有熙洽的大名。他把这张纸又甩给齐明科，说："现今钱号大额资金往来必须经日方监理官审核批准，给你的乔本同学送去吧。"

"我已经给他看过了，他的职责是审核，资金调出，最后还要您签字才行。"

"他还知道钱号有我这个总经理，难得。把调拨令搁这儿吧，没其他事情，你可以走了。"

齐明科站起来，说："王总经理，我毕竟跟了您十年，日后万一遇到什么难事可以找我，我跟熙署长说话方便。"

"用不着。"王百川气呼呼地回绝了。

齐明科走了，王百川气得周身颤抖，他气恼的不只是一个齐明科，那些认贼为友、开门揖盗的软骨头，把中国人的颜面气节都丢尽了，总有一天，他们将遭万夫所指，不病也亡。

"促进独立建国运动"终于开场了。在关东军的授意之下，东北三省长官公署分别向各市县下发通知，要求组织学生和民众上街游行，请愿，敦促政府积极推动东北独立自治。财政厅专门给永衡官银钱号下达指令，要求永衡官银钱号张贴布告，凡参加游行者，钱号给予酬劳。张文举拿着文书股起草的布告文稿来找王百川，进门就说："你看看吧，布告拟好了，文书股拿不准给参加游行的人多少酬劳合适，金额部分还空着。你看该给多少钱？从一般道理来讲，既然是自愿游行就不应当有报酬，上街转一圈回头就拿钱，跟给人打小工有什么区别？"王百川说："当局心里清楚得很，所谓独立建国，完全是日本人操纵的闹剧，何谈百姓自愿？没有几个人愿意没事上大街帮着招呼，只能花钱买人头。财政厅明确要求给参加游行的人多少酬劳吗？"张文举说："没有，只是口头说，这笔钱不论发生多少，均由钱号承担，进当期损益。"

王百川考虑了一会儿，说："长官公署和财政厅都发话了，咱细胳膊拗不过粗大腿，抗命是不行的。按你说的，比照打小工，游行半天发吉小洋票一百元，怎么样？"

张文举说："一百块吉小洋，能买一斤半高粱米，差不多。"王百川又说："既然按劳领酬，第一，要有相应措施，防止冒领和重复领取；第二，不要把领酬日和游行日安排在同一天。"

"上头要是问为什么不安排当场领钱，咋回答？"张文举不解。

"就说当场领钱，自愿游行的自愿二字就打了折扣，政府面子上不好看。我想，哪怕麻烦一些也要来领这份酬劳，才是真正急等着拿到这区区一百块吉小洋买米下锅，日子过得确实艰难的人。"

到了游行的那一天，响应者寥寥，游行人的手里都挥动着一面彩色纸张糊成的巴掌宽尺半长的窄条旗，上面写着"支持独立建国""倾听民声，爱护民意"等文字。游行中的日本人格外活跃，又喊又叫，引来围观民众侧目而视。当天报纸的版面，皆被民众请愿游行的新闻和个人发布的请愿书所占满了。事后统计，吉林永衡官银钱号付出的游行酬劳吉小洋票还不到五万元。

一九三二年三月一日，"满洲国"宣告成立，年号"大同"，定都长春，后改名为"新京"，清逊帝溥仪为"满洲国"首任执政。

熙洽自任吉林省长官公署署长仅五个月便告终结，他的新职位是"满洲国"财政总长兼吉林省省长。

熙洽直管财政，王百川叹息，老熙这个冤家，自己无论如何是摆脱不掉了。

二十六

　　"满洲国"在喧闹之中成立了，随即传来要撤销辽吉黑三省官银钱号和东北边业银行，组建"满洲中央银行"的消息，总办刘恒多次被召去新京参与"中央银行"的筹建，王百川几次打电话询问相关情况，刘恒唯有叹气，且以保密为由，并不多言。王百川预感到情势不利，每日愁眉不展，闲下来就约夏殿臣下棋。

　　这一天，他又把夏殿臣约来了，无精打采地摆棋子。夏殿臣说："看你的样子，心情越来越糟糕，小心再愁出病来。"王百川说："如今不是发愁，是临死之前的绝望。永衡官银钱号就像一头待宰肥羊，等着被人抹脖子呢。"

　　"整个东北都被日本人当肥羊宰了，小小的钱号算个啥。告诉你一个好消息，王半山托人捎来口信，他已经到了永吉，加入了冯占海的队伍。他说有好几股绺子都入伙了，冯占海的队伍扩大到了一万多人，部队开往舒兰县，让你放心。"

　　听到这个消息，王百川的心情舒服了一些，拿起棋子，走了一步当头炮，夏殿臣跳马回应，这时，老谭来了，对王百川说："刘总办家的护院来传话，说刘总办刚从新京回来，请你过府一趟。"王百川说："回话我马上就到。别忘了给来人赏钱。"

夏殿臣收拾棋盘，说："刘总办这次去新京三四天了吧？回来就找你过去，一定有大事，你判断是吉是凶？"

"吉少凶多，肯定是日本人又出了什么幺蛾子，刘总办跟我打招呼。"王百川说完，穿上大衣出门。

吉林的三月，午暖还寒。正午的太阳晒化积雪，傍晚冷风一吹，地面又开始结冰。此时天已经黑了，街上很滑，马蹄踏在冰面上，一跳一滑，跑不起来。路上行人寥寥，步履艰难，脚下每滑一步，都要张开双臂保持身体平衡，如同扭秧歌踩高跷。大部分商铺天黑就关门了，少有几家尚在营业的铺面亮出的灯光，在门前街道的冰面上反射，可怜地维持着城市的微弱生气。

王百川赶到刘恒私宅的时候，刘恒已经吃过晚饭，在书房里等着他。王百川脱下大衣坐下，佣人端来热茶，王百川问："新银行筹备得如何了？"刘恒说："还在进行之中，谈得很艰难。我临时回来取一些资料，明天上午还要坐火车赶回新京。时间有限，有些事情跟你提前讲一下。"

今天刘恒的表情很复杂，平静中难掩焦虑，平时的威严消减了七八分。他调正了一下坐姿，胖大的身子压得皮转椅咯吱吱响。

"这次筹建'满洲中央银行'，虽然把原来三省的财政厅长和拟撤并的四家钱号总办都请去了，但是商讨的全过程完全被日方主导，看目前的趋势，今后新银行建立起来，也都将在日方的严密管控之下，总行和支行，均有日方人员参与管理。总的组织框架是总行、分行、支行，预计设立一百二十八家分行和支行，咱吉林永衡官银钱号将降级为'满洲中央银行'吉林支行。据传，荣厚借着与溥仪有远支姻亲关系，可能被选中担任总行总裁一职。"

刘恒喝了一口茶又说："关于你的去留，争议很大。不瞒你说，熙省长建议换人，他对你以往的表现不甚满意。荣厚的态度暧昧，我分析，他就任新职，需要能力强的人在下头给他撑台面，他暂时找不到业务能力与你比肩的人选。当然，一切都在不确定中，今天找你来，就是让你提前有被免职的思想准

237

备。"

刘恒的这番话，王百川并不感到意外，他有自知之明，被熙洽踢掉是迟早的，今天心里反而踏实了，说："原来老熙对我的印象就不咋地，牛家贷款一事又彻底把他得罪了，即便我依旧留在钱号，他是财政总长兼省长，能有我的好果子吃吗，弄不好还连累同仁。被免了更好，躲他远远的，回家踏踏实实做生意。"

"别想得那么简单。"刘恒反驳道，"今后的生意不会很好做，控制市场的一系列措施很快就要出台，新政府急于积累资金，壮大国力，重要物资的流通将受到严格限制。我还是希望你守好本分，我回新京以后，要再找荣厚，跟他阐明利害，争取吉林分行经理一职还是由你继续担任，我们需要有实力与日方代表抗衡的人，维护自身利益不被日方蚕食。特别要提醒的是，一旦你的职位保住了，切不可锋芒太露，要讲究策略，不能给别人得寸进尺排除异己提供口实。"

王百川明白刘恒的好意，说："一个小小的分行经理，闹翻了天也无撼大局，我清楚自己有几斤几两。您今后去向如何，明确了吗？"

"吾老矣，与世无争，顺其自然。我今后说话恐再无分量，你好自为之吧。"

三个月之后，"满洲中央银行"宣告成立，总部设在新京，荣厚为首任总裁，副总裁是台湾人山成乔六。王百川任"满洲中央银行"吉林分行经理，副经理中，乔本三友列于第一位。

一九三二年七月一日下午，"满洲中央银行"举行开业典礼，王百川等分行经理被要求参加。王百川乘坐早班火车，中午时分赶到新京。他在火车站附近选了一家小饭馆，简单吃过午饭，乘马车来到"满洲中央银行"临时办公地。这栋大楼曾经是吉林永衡官银钱号长春分号，他在此担任过分号经理，如今物是人非。王百川看着周边熟悉的街道，房屋依旧，店铺依旧，空气依旧，感觉却全然不同。

为保证开业典礼安全，邻近"中央银行"的十字路口和附近的街道，被大量警察和关东军封锁了，围观的市民被驱赶到马路对面。大楼的正面，悬挂着一面大号"满洲国"五色旗，门楣上，拉起红布条幅，上书"满洲中央银行开业典礼"。门前宽大的台阶被临时设计成典礼主席台，王百川等与会人员被安排面向台阶，站在人行道上。人群一阵骚动，七八辆黑色轿车在关东军的护卫下驶来，"国务总理""国务院总长""财政总长"等军政要员先后下车。最后一辆警备更加森严的轿车中，坐的是"满洲国"首任执政溥仪。溥仪下车，向周边民众招手，然后抬头看了一眼主席台上方悬挂的五色旗，在众高官的簇拥下，缓步走上台阶。

王百川第一次见到溥仪的真容，他面庞消瘦，皮肤清白，头戴黑色毛呢礼帽，外罩黑色毛呢长大衣，内穿西服，扎领带，戴深色框眼镜，身上并未显出昔日皇帝的气场，反而有一种弱不禁风的感觉。

开业典礼开始，"国务总理"亲自宣读成立"满洲中央银行"的决定及首任总裁、副总裁任命书。荣厚和山成乔六毕恭毕敬地从"国务总理"手中接过任命书，转身向溥仪行鞠躬礼。几名军政高官致贺词之后，溥仪走到立式麦克风前，宣读执政训词。他嗓音单薄，话音清晰，毫无语气感地念道：

"国家银行为利用厚生之根本，与人民有极巨至切之关系，各先进国家无不注意于此。今日'满洲中央银行'成立，总裁荣厚等，才识优长，经验宏富，营立始基，予甚嘉之。所望益励厥诚，力求美善，保持货币之安定，调剂金融之均平，国用民生，实利赖焉。"

典礼毕，主席台上的高官与溥仪合影，王百川看到，刘恒木讷地站在人群的最后一排。

"中央银行"开业的第二天，吉林分行也开业了，开业后的首件大事就是清理旧币，总行要求限期将原吉林永衡官银钱号发行的钱币，兑换成"满洲中央银行"发行的新币，因为新币正面一角印有五色旗，被老百姓称为"彩旗票"。其后又发行的百元新钞背后印着一群羊，且纸质不好，又被老百姓戏称为"绵羊票"。

看到"中央银行"下发的新旧币兑换率，大家震惊了，规定的兑换比率是：永衡官帖五百吊换新币一元，吉小洋票五十元换新币一元，吉大洋票一元三角换新币一元，哈大洋票一元两角五分换新币一元。张文举涨红着脸，闯进王百川办公室，全然不顾乔本三友已经坐在王百川办公室里，大声说："这是谁核算出来的，跟胡子抢劫有什么区别？这不是等着让老百姓指鼻子骂咱钱号祖宗吗？"乔本三友问："怎么，兑换率不合适？"

"当然不合适。"张文举愤怒地说，"去年吉林独立以前，咱的币值是二百三十四吊官帖换一元吉大洋；独立以后，市场极度恐慌，也才下跌到三百九十六吊官帖换一元吉大洋。现在呢，'满洲国'成立，市场相对稳定了，却要用五百吊官帖换一元新币。你知道现在市面上流通的永衡官帖和吉大洋票有多少吗？告诉你，官帖是一百零三亿吊，吉大洋九百零六万，还有一千一百八十五万吉小洋，这一兑换，凭空折掉好几百万元，还有天理吗？"

"这个兑换比率是经过多名经济学家反复测算的，真实反映了旧货币的含金量。另外，限期兑换旧币，是总行下达的指令，没有讨价还价的余地。张副经理还是把力气下在如何保证柜台兑换秩序吧，不要因此引起骚乱。"乔本三友俨如张文举的上级，居高临下地训斥说。张文举气得把房门狠狠一摔，走了。

吉林分行的外墙壁上，挂出了印有"旧币将废，快换国币"八个醒目大字的布告，布告的下半截有两排小字，内谷是："依据'满洲国'法律，目本年七月一日起，原吉林永衡官银钱号发行之旧币失去其流通效力，凡手存旧币者，速来交换永远通用之国币。"布告的最下面印有新旧币兑换率。同日，广播电台、各类报纸，也都播发或刊发了相同的消息。

一石激起千层浪，布告一出，民怨沸腾，不久市间就传出民谣："官帖换彩旗，不死扒层皮；永洋换绵羊，绵羊胜豺狼。"

对明显由关东军一手操弄的倒行逆施，王百川的心里只有愤怒和怨恨，怒日方盘剥东北人民的手段残忍，怨向日方屈膝者的软弱无能，其中也包括自己。他想起了冯占海，他的抗日队伍目前在哪里呢？

银行的营业室内外，每天都挤满了前来兑换新币的人，乱哄哄的，人们的心情都不好，怨声骂声不绝于耳。这一天，王百川从营业室转了一圈回来，乔本三友跟着他走进来，说："这几天我查原省署和军政高官存款的冻结情况，查到原省长张作相有一笔三十万元的存款。按照总行要求，这笔存款必须转到总行，与他的其余个人财产一并管理。"

王百川听后一愣，问道："总行什么时候有过这个要求，我怎么不知道？"

乔本三友说："'满洲中央银行'开业之前，就对张作相等几名不愿意与我们日方合作的官员遗留财产事项做出过专门安排，你不知道很正常。"

王百川未语，他联想到前几天夏三哥告诉他，人们看见张作相官邸前开来了几辆关东军的大卡车，把官邸内的家具摆设衣物等财产搬运一空，原来这些行动，都是早就计划好了的。可叹，当初张作相对吉林永衡官银钱号百般信任，如今存款被全数上收，今后这笔钱如何处理，完全掌控在日本人的手中。他忽然想到一句歇后语：肉包子打狗——有去无回。王百川忍住怒火，问乔本三友："既然总行早有规定，就按规定办，还跟我讲什么？"乔本说："大额资金转账，需要盖上你分行经理的印鉴。"

乔本三友出去了，王百川感到无比窝囊，自问这个分行经理当得有什么意思？原来讽刺熙洽、荣厚是日本人的提线木偶，自己又何尝不是？日月暗淡，屈辱负重，人生无光，什么时候才是终点？

旧币换新币的混乱尚未过去，新的麻烦又来了。银行合并前，原东三省官银钱号、吉林永衡官银钱号、黑龙江省官银钱号和边业银行所发行的旧币，依据新币兑换比率，币值累计折损三千三百万元。按照日方顾问的意志，这笔折损不该由新成立的"满洲中央银行"承担，而应当通过发行补偿公债来弥补损失。这种抢了你，还要向你讨工钱的强盗行径，让王百川怒不可遏，也遭到公众的强烈抵制。

总行给吉林分行下达了五百万元的补偿公债指标，限期完成。结果公债上市之后惨遭冷遇，无人问津。半个月过去，公债销售情况不见改善，总裁荣厚把完成任务不好的分行支行经理统统招到新京"满洲中央银行"总部训话。

偌大的会议室里空空荡荡，只在最前面摆了一张桌子和一把椅子，荣厚黑着脸坐在桌子后面，他的身后站着副总裁山成乔六和两名警察。接受训话的众人站立在他的对面，几位分行经理站在第一排，王百川立于其中。

荣厚清了一下嗓子，说："今天是'满洲中央银行'成立以来，首次把这么多家分行支行经理招来参加的重要会议，内容只有一个，就是敦促补偿公债加速发行。"

"公债开始销售已半月有余，但是三千三百万元额度，至今销售量不及三成，如此龟速，何时才能完成？你们这些分行支行经理，一丝紧迫感都没有。你们拿着经理高薪，不行经理之责，心里可还有愧疚二字，你们可曾认真检讨过？如果没有，今天本总裁给你们一个机会，站在此地，反躬自省，两个钟头之内，任何人不得离开。"

说完，荣厚和山成乔六走了，众人窃窃私语。一名警察举起手里的警棍大声喝道："不准讲话，违者严惩！"大家不再言语。王百川心里清楚，这是荣厚给下属的一次下马威，同时又在向日本主子展示他的忠诚，否则不会把山成乔六拉来旁观。

难熬的两个小时过去了，荣厚在一名高级别警察的陪同下回到会议室，他坐下以后说："不知道诸位刚才检讨得如何。我现在要下达的指令是，给你们各分行支行分配的补偿公债指标必须在一个月之内完成，否则，到总行来下跪谢罪！再强调一遍，完不成者下跪请罪！据了解，你们之中的大部分人已经把公债指标分派给商户，但是，有一些刁蛮商户不仅不配合购买公债，还谩骂殴打银行上门催购人员，此等恶行，岂能容忍？"荣厚指着身旁的高级警官说："我已经跟'中央警务司'郑重提出此事，警方表示坚决支持我们，已通知地方各级警察厅、局、处、科，派警员协同我方逐户催购。凡顽固抵制购买公债之商户，警方协助封店。另外，凡向各级银行申请贷款者，必须先行购买公债，否则贷款不予批准；凡一次兑换三百元以上新币者，必须扣除所兑新币的一成购买公债，否则不予兑换。如此力度的措施，如果诸位仍不能竣事，一个月之后，本总裁将言出必行，严惩不贷。王百川留下，其他人自便。"

自己被单独留下，王百川感到很意外。待其他人都离开，荣厚对王百川说："发行补偿公债，是'中央银行'成立以来的首件大事。你吉林分行地处省会，人口众多，商户林立，公债销售情况却是最差的，我十分失望。为何如此，能给我一个交代吗？"王百川答："'中央银行'初立，便有新旧钱币兑换之乱。兑换比率之低，百川难以理解。此次受新币冲击，民众损失惨痛，随之巨额补偿公债入市，市场无力承受，再施警力强推，必引民愤。况且所谓旧币金值折损，亏空，完全是凭空捏造，无凭无据，又以此为借口，发公债搜刮民脂民膏，伤天害理，百川不能苟同。"

"放肆！你刚才所言，与乱党宣传如出一辙，妄下雌黄。"

"荣总裁，我冒昧地问一句，您主管吉林财政多年，对吉林永衡官银钱号经营情况了如指掌，对苛刻离谱的新旧币兑换比率，你认可吗？"

荣厚的脸上闪过一丝尴尬，随即恢复严肃，说："古人云，在其位，谋其政。念你我多年旧识，今天暂且不追究你的非分之言。但是你要认清楚，今日之银行不是昨日之钱号，上令下达，令行禁止，不容失晨之鸡。他日不及，必严惩不贷，没有例外，好自为之吧。"

从新京银行总部回来，王百川处于极度矛盾之中，按荣厚指示的办法强售公债，其行为与地痞黑帮无二，而不采取强硬措施，全凭民众商户自愿购买，响应者寥寥，他索性交给张文举全权去办，指示他不能强推，但可以采取一些奖励促销措施，比如购买公债的多少与贷款浮动利率挂钩，与紧缺商品搭配销售等。一个月时间很快过去，五百万元公债指标完成近七成，王百川又接到赴新京银行总部的通知，他清楚即将面临的是什么，但是也必须硬着头皮去扛。

与王百川同时被召到银行总部的还有七八个人，大家见面，相互苦笑。他们依然被集合到大会议室，总行监察室主任和两名保安人员等候在那里。监察室主任板着脸宣布："总裁训令，你等在规定时间内，未能完成总行下达之任务，严重失职，必须严处，责令罚跪自责。"

王百川此生跪过父母，跪过佛祖，因所谓失职下跪还是首次，心中百感交集。大家不得已，在保安的监视下，跪在会议室的青砖地上，默默无语。近两年来发生过的事情，在王百川的脑海中一页页翻过，如暴风雨来临之前的浓云翻卷，他看不到光明，裹挟而来的只有凄风骤雨，电闪雷鸣。

过了三个小时，监察室主任回来了，又宣布道："总裁令，特别再给你们十天宽限时间，如届时再不能完成指标，自行离职，永不任用。回去吧。"

在硬邦邦的青砖地上跪了整整三个小时，王百川的两个膝盖疼痛难忍，他艰难地站立起来，从心底冒出一句话：这个狗屁分行经理，老子不干了！

二十七

　　从新京回吉林的火车上，王百川的脑子里想的都是辞职的事，回想自二十八年前入股吉林永衡官帖局以来的得与失，五味杂陈。即将退出沁润半生的银行业，既有心痛、沮丧，亦有超脱、坦然。他随着下车的人流走出火车站，发现附近的街道上有许多当兵的在用沙包垒防御工事，气氛紧张。他走过去问一名挂上尉衔的军人："老弟，怎么在这儿修工事，要打仗了吗？"上尉回答："听上司说叛将冯占海带兵奔着吉林打过来了，最近没事别出城啊，危险。"

　　这个消息如一剂强心针，让王百川顿时兴奋起来，一扫心中阴霾。他兴冲冲回到家中，向夫人梁氏传递这个好消息，梁氏说："打仗有什么好？没结婚的时候为躲避战场，跟着爹妈跑反的日子，想起来都后怕。"王百川说："这回是咱盼着打起来，不用跑反，坐等着冯将军率领人马杀进吉林城。"

　　接下来的几天里，吉林城里的紧张气氛越来越浓，不断传来冯占海所辖"吉林救国军"逼近吉林城的消息。城里的兵越来越多，老百姓抢购囤粮，当铺里前来赎当的人比平时明显增加。王百川把辞职的事情抛在脑后，夏殿臣每天晚上都过来陪他下棋说话，预测吉林城的未来。

　　这天晚上掌灯不久，有人敲响大门，门房老谭开门看，外面是一个精干的年轻人，说有事要面见王老东家。老谭把他引到书房，指着王百川说："这位就是你要见的人。"

王百川仔细端详来人，见他二十多岁，中等身材，一身半旧的黑布裤褂，皮肤黝黑，双目有神，问道："先生怎么称呼？"年轻人抱拳行礼："不敢称先生二字，当兵的，姓叶，叫我小叶就行。原来在三山好绺子吃饭效力，现随二当家王半山投靠冯占海将军麾下参加抗日。今天混进城里踩盘子，为日后大军攻城蹚道。天黑了，城门封锁出不去，城里的兵又太多，旅店不敢住，听二当家讲您王老东家仁厚，特来府上求住一宿，天亮城门开了就走。"

王百川问："冯将军带了多少人马，半山也参加攻城吗？"

"如今冯将军麾下有五万余众，十二个旅，三个独立团，还有特种营，势力浩大，即将到达吉林城下。二当家当了连长，这回他带着俺们原来的弟兄都报名参加了攻城敢死队，等来日攻进城来，你们就能见面了。"

王百川又问："进城的就你一个人？"小叶回答："一共五个，他们还在外头。"

"赶紧喊他们进来。"王百川吩咐老谭，"把下屋收拾一下，安排他们住下，烧水洗脚。"小叶说："不用太麻烦，凑合能睡觉就中。"

这一夜，王百川、夏殿臣和老谭都没敢睡，围坐在门房间说话，生怕有当兵的来查夜。天蒙蒙亮，老谭上街买来三十几只芝麻烧饼，夫人梁氏熬了小米粥，招呼小叶等五个人吃了早饭。王百川让他们把剩下的烧饼都带上，小叶说："多谢老东家照顾，等我们打进城，我第一个来给您报信。"王百川说："多加小心，代我问候半山和你的弟兄们，等着你们的好消息。"

一场大战在即，"满洲银行"吉林分行被列为重点保护对象，总行下达指令，把金库内的库存大洋和新币紧急转移新京。乔本三友亲自带着几辆总行派来的专用运钞车，在重兵保护下离开了吉林。王百川和张文举看着车队出发，张文举问："大兵压境，公债销售的事不知道荣厚下步怎么说，还追究咱们吗？"王百川不以为意地说："吉林城即将不保，公债卖给谁？你给上头打报告，申请分行关门停业，以防不测。上头要是答应了，咱就回家歇着，让当兵的来替咱守大门吧。"张文举苦笑，说："原来咱钱号金库保存那么多黄金白银，去年被关东军洗劫一空，如今存了些大洋和新币又都紧急运走了，这回分行穷得真就只剩下大门，胡子打劫都没得抢，可笑之极。咱俩这经理副经理当得忒没劲了。"

凌晨，吉林市民被一阵惊天动地的爆炸声惊醒，大地颤抖，房屋摇晃，冯占海率领的"吉林救国军"开始攻城。霎时间，枪炮声响成一片。天空上，尘土飞扬，炸药爆炸后散发出的硫黄气味裹挟在空气中，在全城弥漫。王百川出门站在街上，远远看着城墙上升起的一股股浓烟，当兵的在街上慌乱奔跑，关东军的飞机从远处低空呼啸而来，在城外丢下炸弹，响起震耳欲聋的爆炸声。太阳升起来了，被硝烟燃得血红。全市停水停电，商铺关门，家家大门紧闭，很多人家的大人孩子都聚集在院子里，防止破旧的房子被震塌了埋在里头。

下午，枪炮声逐渐停歇，老谭打开半扇院门朝街上探望，见很多伤兵从城头上撤了下来，还有运送弹药的汽车往守城阵地开过去，老谭关上院门，回头对王百川说："看样子没攻下来。守城军队又是飞机又是大炮，厉害呀。说书的常讲，伤敌一千，自损八百。守城的兵死伤这么多，攻城的不知道死伤有多少。"

入夜，城外传来零星枪响，不时有曳光弹划破夜空。王百川呆坐在书房里，向佛祖默默祈祷，保佑攻城将士顺利平安。

转天清晨，攻城的枪炮声再次响起，比第一天更猛烈，更密集，更令人心惊肉跳。王百川站在院子里，抬头仰望被硝烟熏染成灰黄色的天空，心中极度不安。又有关东军的飞机低空掠过，强烈的爆炸引来大地一阵阵抖动，爆炸声淹没了一切，麻雀在空中惊飞。

下午，枪炮声又停歇了，街上兵车纷乱，有士兵开始砸店抢劫。

两天攻城不下，燃烧在王百川心头的希望之火熄灭了一半。他茶饭不思，脾气暴躁，家里人吓得不敢与他说话。入夜，硝烟散尽，大半个月亮挂在晴朗的夜空，月光皎洁，似乎在冷眼俯视世间的一切。王百川翻看日历，再过三天就到八月十五了，今年的中秋将是一个怎样的团圆之夜？

半夜，骤然而起的枪炮声把刚刚入睡的王百川惊醒，他急忙穿衣起来，站到院子里，听城头上爆豆一般的枪声，枪声里，隐隐传来撕裂的呐喊。大约过了一个时辰，枪声逐渐稀落了，忽然有人急促地敲门，老谭把大门打开，门外是周身血迹的小叶，他斜挎花机关枪，手提砍刀，气喘吁吁，显得疲惫不堪。王百川急问："你们打进来了？"小叶回答："败了。"老谭赶紧把小叶从外面拉进来，随手关上大门。小叶一屁股瘫坐在地上。王百川问："到底什么情况？"小叶含泪说："刚才，我们敢死队趁今晚月亮好，守城敌人麻痹不备，悄悄爬云梯突然攻城。刚开始很顺利，敢死队员都杀上了城墙，但是后援部队被敌人火力阻挡，迟迟上不来，敢死队的兄弟死伤大半。二当家的为了救我，身中数枪，阵亡。没办法，寡不敌众，大家只能撤退。"

"你咋没走？"王百川问。

"专为给您报信，马上就走。"

老谭说："你单枪匹马，怎么冲得出去？"

"冲不出去又咋样？不就是一条命嘛，刚才在城楼子上我已经杀了好几个，早赚够本了。"小叶咬着牙说。

王百川把小叶扶起来，说："不能蛮干。先在我家藏两天，等外头消停了再做打算。"

吉林城久攻不下，冯占海的队伍凌晨时分撤走了，王半山又在城头殉难，王百川的希望破灭，心痛欲裂。第二天，他在下屋专设灵堂，摆起香案，把王半山的牌位和留下的那根马鞭供在上头，燃香叩拜。两天以后，老谭出去探知城门已经正常开放，王百川为小叶更换了新衣服，准备了钱和干粮，送小叶出城追赶部队。临行前，小叶双膝跪倒，给王百川磕头，说："我替二当家和战死的敢死队兄弟们谢谢你。后会有期。"

回到书房，王百川在书案前坐定，铺开白纸，提笔写了"辞职书"三个字，随后写道："本人王富海，今年五十有七，日渐体力不支，精力不济，已难堪重任，故申请从即日起，辞去吉林分行经理一职，盼准。"

辞职书递交上去了，王百川难得清闲，每天都到自家的几处店铺里坐坐，与伙计们聊天，跟各位掌柜的分析市场行情，或到街上闲逛，观察别家生意的兴衰。他又到原来属于吉林永衡官银钱号的几家附属产业看了看，政府把它们相继接管之后，正在着手进行整顿清理，其中印刷、电灯、米面加工、制革、纺织、木材、货栈等重要处所都进驻了日方人员，关东军的黑手已经插入其中，普通民商能够涉足的行业越来越少了，令他伤感。

这样的清闲没能维持几天，王百川接到了让他赴新京大兴公司任职的通知。

新成立的大兴公司，是"满洲国"政府将原属于东三省各钱号和边业银行的附属产业进行整顿重组的产物，与银行彻底脱钩，主要继承各旧行号附属的典当、酿造、代理保险等几项无关紧要的业务，其余重要部分，则直接交由日方主导的满铁、满电、满矿、满电信控制经营，如此一举，"满洲国"的经济命脉，完全被日方所控制。

接到新的任命，王百川疑惑了，坐在书房苦思之时，张文举登门，坐下以后开口便说："总行来电话催了，让你马上赴新京任职。"王百川说："刚刚轻松了几天，真后悔辞职晚了，现在无拘无束，凭什么还去日本人手底下找气受？"张文举无奈地说："你不愿意去也得去，恐怕没得商量。"

"为什么，我连人身自由都没有了？"

"据我所知，新成立的大兴公司，摊子遍及全东北，凡是有'满洲中央银行'的地方就有大兴公司的分店，咱吉林市也有，你没想想为什么非要把你调去新京吗？"

王百川摇头："我正在疑惑，那个大兴公司，有我不多，没我不少。"

"前天去总行开会，听人议论你的事，得到的消息是，荣厚把你的辞职书转给了熙洽，老熙说：早有耳闻，王百川平日常与赤色分子接触，近期又屡次在不同场合散布不满政府言论，此人危险。考虑其在吉林市商界颇具影响力，必须防患于未然，调离吉林市，放在新京'满洲国'政府的眼皮子底下，便于行监坐守。"

"我要是坚决不去，能奈我何？"

张文举说："人家这叫作先礼后兵，你不遵从，后面的手段跟着就来了，后果凶险难料。恕我直言，反正给你的职位是个闲差，不如暂且听他们安排，落得相安无事，岂不更好？"

王百川沉默了一会儿，说："你想得过于简单，那个闲差的日子未必好过，相安无事是一厢情愿。我了解过，大兴公司的七名董事里，日本人占了三席，其下设备部，部长皆由日本人担任，大的分店也有日本人参与管理，我去大兴公司，前景不卜可知。不然我去找韩校长帮着拿个主意？"

"千万别去。"张文举阻拦说，"当下毓文中学已然被警局盯上了，非常时期去找韩校长，对你们两个人都十分不利。如今全国时局动荡，'满洲国'这场戏不知道能唱到什么时候，多事之秋，求稳为上，我劝你还是藏锋敛锷，没坏处。"

王百川万没想到，此次新京一去，竟然长达五年。其间，他眼看着大兴公司在极短的时间内，垄断了全东北的典当业与酿造业，同时通过代理保险、债券、储蓄等手段，疯狂敛财，所得资金，相当一部分变成了关东军向关内扩张的军费。王百川心力交瘁，身心疲惫，曾两度提出辞职，皆未获准。

五年之中还发生了几件大事，首件是"满洲国"改行了帝制，溥仪由

"满洲国"的执政变成了"满洲帝国"的皇帝。王百川的老冤家熙洽，由财政部总长改任财政大臣。另外一件是吉林毓文中学师生持续进行反日斗争，被当局勒令封闭停办，部分师生被迫流亡关内，韩校长也走了。当王百川得知消息，失落感陡然膨胀，一时六神无主。从那时起，王百川的身体每况愈下，心脏病几次发作，当终于被获准离职回家养病时，早已年过六旬。

一九三七年七月七日夜，日军向宛平城和卢沟桥发动进攻，中国军队奋起抵抗，日军的全面侵华战争开始了。

二十八

辽宁千山龙泉寺，王百川又回到幼年出家的地方。熟悉的山门，熟悉的石阶，熟悉的古松，熟悉的僧舍，熟悉的大殿，微笑的弥勒。

与王百川同行的还有表哥夏殿臣和省土木厅潘处长。他是一个敦实的中年男子，中等身材，圆脸，慈眉善目，戴眼镜，曾在日本京都大学学习土木工程专业。在张作相力推的北山整治改造、修建自来水厂、修筑江堤等工程中，都有他的身影，王百川也因此与他结交。三人此次千山之行，是专为一项重大工程而来。

自从"满洲国"成立，王百川目睹日本人对东北越来越疯狂的经济蚕食，从商做生意的动力丧失殆尽。从大兴公司退职回到吉林家中，他跟夏殿臣和夫人梁氏提出了思谋已久的想法，彻底退出商界。对王百川的决定，夏殿臣很支持，他说："如今的买卖确实干不下去了。咱家的当铺、烧锅、火磨坊、货栈，本来就被日本人压得喘不过气来，又加上隔三岔五摊派下来的公债、储蓄、募捐，挣的钱不够他们惦记的。不干了挺好，免得天天跟那些王八犊子生闲气。"

王百川说："假如继续干下去，任由他们盘剥，早晚肥的成瘦的，瘦的成病的，病的成死的，大半辈子积累的家当烟消云散。不如尽早脱手，把商铺都卖了，用出兑所得，完成我此生夙愿。"

梁氏问："如今都是'满洲帝国'了,你还忘不了在松花江上建大桥?"

"忘不了。"王百川说,"自打那年外甥喜旺坠江亡殁,我就决心在有生之年,把松花江上的大桥建起来。如今我已经是奔七十的人,再不做,真就来不及了。"夏殿臣说:"建桥耗资巨大,单靠出卖咱家的买卖可能不足,弄不好要搭上你的全部家当,不考虑给孩子们留下点什么?"

"人生各自有缘,孩子们将来长大了,自己的路自己走,上辈人想留下的未必留得住。如今多事之秋,内忧外患,关内中日大战又起,今天不知明天。保住此生奋斗所得,唯有建成大桥,不怕倭寇来抢,不怕战乱加剧,不怕货币贬值,不怕朝代变换政权更迭,长久造福吉林百姓,可谓大善之举。"

"在松花江上架桥,不比砌墙盖房子,得找懂技术的人,另外没有政府支持你也干不成。"夏殿臣对能否建成大桥表示怀疑。

王百川自信地说:"放心吧,有人自愿出资建桥,上赶着给政府的脸上涂脂抹粉,他们百分之百乐见其成。"

果然,王百川到省土木厅找到潘处长,谈了想出资建桥的想法,探讨是否可行。潘处长听了很惊讶,说省政府有关部门年初曾经讨论过在松花江上架桥的议题,也组织过初步勘察,但是不知什么原因尚无结果。潘处长表示愿意帮助进一步了解情况,尽力促成此事。

很快,好消息传来,王百川的意愿与省政府的设想一拍即合,省府决定修建连接江南江北的松花江大桥,定名为"兴亚大桥"。桥长四百五十米,宽九米,由王百川出资,省土木厅负责组织前期勘察、设计、建造施工及工程监督,政府承担大桥两端的公路建设。土木厅组建了大桥建设工程部,潘处长为主要协调人。

前期事项一切顺利,王百川把第一笔二十万元建桥款打到了土木厅的账户上。工程即将开工,王百川决定在开工之前,回辽宁千山龙泉寺还愿祭拜。他特别邀请潘处长同行,潘处长欣然应允。

四十余载过去，当年王百川在龙泉寺出家时的方丈和师父印明已经圆寂，但是因为王百川多年来的布施不断，寺内僧人对他十分熟识，看到王百川一行到来，热情接待，周全安排一应法事。祭拜礼毕，他们住下，王百川要带着潘处长，好好游览一下千山的寺庙群和山川美景。

　　千山号称"释道同源、皇家仙山"，崇山峻岭之间，点缀着四十余座庙宇，终日香烟缭绕，钟鼓幽鸣。三天转下来，潘处长意犹未尽。转天就要回吉林了，入夜，三个人坐在龙泉寺外的山石上乘凉。山风习习，松涛阵阵，繁星满天。回首仰望龙泉寺山门上镌刻的"敕建龙泉"四个大字，王百川说："龙泉寺是我的人生福地，愿建桥大事亦能顺利。"夏殿臣说："心诚则灵，心善则美。'骑马坐轿为何因，前世修桥补路人'，从古至今，佛家都把修桥补路看作一件功德无量、造福子孙的大事。修桥者，渡千万人；铺路者，利万千人。咱们会顺利的。"王百川说："善事应当尽快办好，明天回去，三哥把还没有出兑的商铺抓紧出手，防止夜长梦多。"夏殿臣说："咱家的九处买卖已经卖了七处，还剩下绸缎庄和火磨坊没出手。绸缎庄是买家对咱的存货估值不接受，我坚决不退让，暂时僵持。但是临来千山之前，买家捎话，说有意再谈。我没理，抻他们几天，估计对方能够做出让步，毕竟咱库里存的都是一等一的好货，不愁寻不到买主。比较棘手的是火磨坊。咱家火磨坊的机器好，清一色日本货，八成新，原本有三家看中了，参与竞价。眼瞅着谈得差不多，吉林大兴公司突然插手要买，而且比我的报价压低了三成，那三家惹不起大兴公司，杀猪不吹——蔫儿退了。气人哪，你前脚刚离开大兴公司，他们紧跟着就来搅和咱家的买卖，下手毫不留情，真是欺负人到家了。"

　　王百川伸手折卜一根松针，送到鼻子下闻着，说："大兴公司的嘴脸一贯如此，跟他们生气，不值。回头告诉大兴公司，火磨坊不卖了。等过了这段时间，你再找那三家，把机器分散卖给他们。咱再缺钱，也不能给大兴公司这头肥猪加膘。"

潘处长望着满天星斗说:"财富对大多数人来说,如同这满天的星星,看得见,摸不着。偶尔有人得到了,便攥着不撒手,多了还想更多。也有人口口声声说愿意做善事,结果真正到了该出钱的那一刻就打了折扣。这次您慷慨解囊,几十万真金白银,真就不心痛吗?"

王百川淡然一笑,说:"当年我还俗的那一天,印明师父送我走出身后这道山门,他说:'要记住,你虽然一步踏入富人家,但并非从此苦尽甘来。财富如水,水可载舟亦可覆舟。只有终生勤奋、寡欲、谦忍才能得福报。财富缘来要懂得珍惜,财富缘去要舍得放手,唯有如此,才有天地广阔,功德圆满。'师父教我如此,现实中何尝不是?多少人求财而不得财,更有人为财铤而走险,最终落得身败名裂倾家荡产。何况当今乱世,国家财富尚且不保,任人抢掠,个人财富更轻如羽毛,一阵狂风便吹得无影无踪,不如留下一座桥,吹不走,抢不去,惠及众人。"

潘处长赞许,说:"好,真是那么回事。据说张作相省长留在东北有几十万存款和多处房产,想要回去,结果日本人脑袋瓜子一拨嘚,说还给你可以,但是有两个条件,或者公开宣布跟少帅张学良决裂,或者回'满洲国'当官。张省长不答应,结果全部个人财产一风吹。应了那句古话,覆巢之下,安有完卵!就是这次建桥,日本人也不少赚钱,咱们得请他们做设计,雇他们的工程技术人员,租他们的架桥设备,当下东北政局所限,这是唯一途径,没有选择,关内有能人也过不来。"

王百川说:"不管设计施工是日本人还是中国人,只要在松花江上成功架起公路桥,我此生的心愿就了结了。"

高大的桥架立起来了,大桥的第一根桩打下去了,王百川每天都坐在松花江边,远远地看着建桥现场,关注每一天的建桥进度。北方天气寒冷,冰冻时间长,每年只有五月到十月的六个月时间可以施工。全桥设计十四个桥墩,到开工的第二年十月,九个桥墩浇筑完成,看样子,再有一年,大桥即可竣工。

转年开春，王百川又来到江边，看着在冰面上露出的大半段桥梁，想象着大桥全部建成之后的样子，心情宽慰，盼望着冰雪尽早融化开江，迎来新的施工季节。

四月下旬，过了谷雨时节，天气转暖，强劲的西南风罕见地连续刮了十几天。这天清晨，王百川尚未起床，忽听街上有人喊："开江啦，开江啦，赶紧打开江鱼去呀！"

听说开江了，王百川急忙起来，简单洗漱，赶到江边，举目望去，他惊呆了，多年不见的"武开江"展现在眼前。只见咆哮的江水夹带着无数巨大冰排，如脱缰野马，前呼后拥，呼啸着从上游冲下来。冰排相撞，发出震耳巨响。冰块拥挤在一起，形成一座座冰山，以排山倒海之势冲向下游，势不可当。原来封冻在岸边的木船，顷刻间被冰山挤压解体，水鸟惊飞，人们尖叫。让王百川最担心的事情发生了，冰山被未完工的桥梁阻挡，越积越高，挤压发出的声响令人毛骨悚然。终于，轰隆一声巨响，去年底最后浇筑的两座桥墩抵抗不住冰山冲击，倒塌了，与冰块一同落水，激起冲天巨浪。江水翻滚，冰排一泻而下。

桥墩脆弱到承受不住一次武开江，岂不是笑谈，引起吉林市民议论纷纷，王百川也急于找潘处长询问原因，土木厅的监建职责何在？不久，潘处长回话，经分析，这两座桥墩坍塌，是因为去年入冬之前的一股寒流来得凶猛突然，最后浇筑的水泥质量受到低温影响，凝固程度未达设计要求。吸取此类教训，为保证工程质量，今年开工也要晚一些，待天气彻底转暖再行施工。

时光飞逝，建桥进入第四个年头，王百川觉得身体状况越发不如从前，急盼着大桥早日竣工。夏末，艳阳高照，王百川和夏殿臣又结伴来到江边，看即将合龙的大桥。夏殿臣递给王百川一个香瓜说："早晨在头道码头早市上买的，羊角蜜，甜。洗过了。"王百川把香瓜掰开，给了夏殿臣一半，两人吃瓜。

夏殿臣看着江面说："快了，看样子秋后大桥就能建成。时光越往后走，越能显出你当初决心退出商界做得对。我听街上店铺那些掌柜的说，新一波储蓄又摊派下来了，年头儿还不短，存期十五年，不能提前支取，还说谁不接受摊派，就是违反'国民储蓄会法'，严办。你看霸道不霸道？咱家那些买卖若是不出手，如今也少摊派不了。"

"这哪叫储蓄，是明抢。"王百川愤愤地说，"存期长达十五年，兵荒马乱的，今日不知明日事，十五年以后，钱贬值到什么程度谁知道？能不能再活十五年谁知道？第二次世界大战最终落个什么结果谁知道？老百姓的储蓄最终都得打水漂，谁也别想着把钱再拿回来。'满洲国'的银行就是日本人的钱袋子，推动鼓励民众储蓄是名，搜刮民财、为日军的侵华战争输血才是实，想想心里就疼。"

烈日炎炎，两人坐在树荫下仍觉得酷热难耐，夏殿臣说："松花江好几年没发大水了，但愿今年也平安，保证咱家那几千垧地还能有个好收成。"王百川说："今年是马年，理当风调雨顺。"夏殿臣说："我心里打鼓，这天儿热得邪乎，往年没这么热过，感觉不大对劲。求老天爷保佑吧。"王百川说："乌鸦嘴，多说点好话行不行，你还盼着发大水吗？"夏殿臣说："我看玄乎，说不准就要闹水灾。"

两天之后，夏殿臣的预感应验了，天气突变，接下来便是连续几天大雨，松花江上游江水猛涨。这天上午，王百川站在自家屋檐下，看着天上如漏勺一般的降雨，坐立不安。潘处长身穿雨衣，急匆匆进来了，开口就说："坏消息！松花江涨大水，漫堤了，今天凌晨，洪水冲垮了大桥尚未完工的两个孔。"

听到即将合龙的大桥又出事，王百川险些站立不住，他尽力平静心情，把潘处长让进书房。潘处长脱下雨衣，坐下，王百川问："快说说，是咋回事？"潘处长解释说："垮掉的是即将合龙的那两跨，洪水冲垮了施工支撑构架，造成尚未完工的跨梁垮塌，还死了两个人，好在大桥其他部分完好无损。"

"工期又要往后拖了？"王百川忧郁地问。

"眼瞅着就要立秋，今年肯定完不成了。我测算过，返工费用最少还要追加十万元。怎么样，承担得起吗？不行就申请由政府掏后面追加的钱。"

"不用。追加的钱我出，只求把大桥尽快建起来。"

潘处长抹了一下嘴巴说："我何尝不急，着急上火，嗓子疼得快说不出话了。眼看着再有两个月就大功告成，没想到好事如此多磨。"

又是一年痛苦地等待，吉林松花江上第一座公路桥终于建成了。省政府决定在阴历八月十六晚上，举行大桥开通仪式。人们奔走相告，早早地扶老携幼，摩肩接踵，来到桥头看热闹。

大桥雄伟，在月色中宛如蛟龙俯伏在松花江上。桥头立着一块石碑，上刻：吉林大桥 王百川捐资修建 康德十年八月。

大桥的名字是王百川建议修改的。他认为，这座大桥是咱吉林人自己的大桥，原定的桥名"兴亚"，有日本人的味道，潘处长表示赞同，他向上反映之后，得到政府层面的同意。

入夜，八月十六的明月，更圆更亮，映照着人们欢悦的笑脸。晚七时许，仪式开始。潘处长身穿崭新的西装，主持开通仪式。他朗声宣布："吉林大桥开通仪式，现在开始。"话音一落，鞭炮齐鸣。接着，政府官员和嘉宾讲话。终于轮到王百川发言，王百川站在话筒前，声音颤抖地说："我王富海能以毕生所得捐建大桥，解吉林民众多年过江之苦，此生足矣！"

发言毕，众官员和嘉宾走向桥头，高兴地剪彩。被剪断的红绸带落地，围观的孩子们竞相去抢。七彩焰火在空中绽放。几支秧歌队和高跷队踏着锣鼓点相继扭上大桥。数只彩船从桥下穿过，乐师弹奏的丝弦乐曲淹没在锣鼓鞭炮声中。欢乐的人们点燃千盏河灯。

王百川悄然离开欢庆的人群，独自默默地向附近的文庙走去。

文庙，红墙黑瓦，朱门紧闭，松柏环绕，寂静庄严。

王百川缓步走到文庙的石阶前,屈膝跪倒,双手合十,仰头向天,泪如泉涌。

半边天上,浓云翻卷,吞噬了皎洁明月。几道闪电撕裂夜空,雷声滚滚,狂风骤起,暴雨将至。人们互相招呼着,慌乱散去。

松花江上,千盏河灯顺江流而下,如繁星闪烁,又被狂风吹散,逐渐淹没在茫茫夜色和雷雨之中。

王百川冒雨回到家中,换了衣服,擦干头发,独坐书房,思绪依然激烈跌宕。大事结束,夙愿得偿,始知伤痛,他的心里觉得空落落的。他拿起书案上摆着的一封还没有拆开的信,这是下午出门之前邮差送来的,信封上没有寄信人的地址和姓名,他急于出门,没来得及拆看。剪开信封,抽出信纸,展开先看落款,此信竟然是韩校长的亲笔。王百川喜出望外,迫不及待地细阅内容。信中写道:

"百川兄:近好。分别多年,甚是想念。吾自回津,便忙碌于东北流亡学生安置的繁杂事务之中。几年间,流亡学生虽达数万,但有各方爱国人士鼎力相助,均有着落。他们或在京津入校续读,或远赴西南西北,或弃学从戎,其抗日救亡激情不减,斗志高昂,不惧险阻,可敬可叹。近日从毓文同仁处得知,兄捐资修建的松花江大桥即将落成,在此祝贺。您的慨然决断,吾甚赞赏。我中华民族历来有不屈不挠不畏列强之品格,万千抗日英豪前赴后继浴血奋战即为铁证。目前,共产党领导的八路军、新四军在各抗日根据地的反扫荡反蚕食战斗中取得胜利,根据地不断扩大,世界反法西斯战场也出现重大转折,抗战胜利指日可待。启明东升,兄所期盼的民主、清平的新世界即将到来。吾终日忙碌,行无定数,不必回信,谨祝阖家安好。"

王百川把韩校长的来信又反复读了两遍,抚信沉思,一生足迹,如旧梦重温,历历在目:少年饱经凄风苦雨,中年深陷商海沉浮,壮年幸遇贤良得志,老年忍辱成亡国奴,半生空怀报国之心,终了仅存桥梁一座。几十年历尽坎坷，有成有败，有悔有恨。迷茫、探求、抗争过后，他才真正理解了文天祥的两句诗："山河破碎风飘絮，身世浮沉雨打萍。"身处一个军阀割据内战无休的国家，一个倭寇入侵支离破碎的国家，一个苦难深重贫穷落后的国家，个人纵有学富五车之才，拔山扛鼎之力，皆如雨中无根浮萍。自己如此，所崇敬的牛子厚大哥何尝不是？虽有百年巨富家业，也抵不住排空浊浪一击。没有强大的国家做后盾，渺小脆弱的个体，无论有多么宏伟的理想与抱负，都难成正果。

王百川后悔自己醒悟太迟，无奈人生不能重来。

时光如承载着历史的江河，不止步，不回头，浩浩荡荡，奔流不息。岁月淹没过往，又满载新的憧憬。从韩校长的信中，王百川又一次获得了希望，这个希望是那些胜利的消息所赋予的，坚实可靠，激奋人心。他起身走出书房，立于廊檐之下。

雨停了，乌云散尽，秋夜的天空分外洁净清澈，深邃高远。王百川深吸一口清新的空气，仰首望月。

明月如盘，清辉万里。